Im Schrei des Fisches

Bibliografische Information der Deutschen Nationalbibliothek: Die Deutsche Nationalbibliothek verzeichnet diese Publikation in der Deutschen Nationalbibliografie; detaillierte bibliografische Daten sind im Internet über http://dnb.dnb.de abrufbar.

Impressum

© Oktober 2018 Rainer Mauelshagen

ISBN: 9783748111245

Coverbild: Othmar Kruse aus Lübeck |

https://www.facebook.com/galerie.mystik.art

Umschlaggestaltung: Gerschwitz Kommunikation | *www.gerschwitz.com*

Lektorat, Satz und Redaktion: Sabine Dreyer | *www.tat-worte.de*

Verlag und Herstellung: BoD Norderstedt

Rainer Mauelshagen

Im Schrei des Fisches

Psychothriller

Zum Buch

Ein Herzstillstand reißt Robert Lichtenberg aus seinem gewohnten Alltag. Mehr tot als lebend wird er in das Krankenhaus eingeliefert, in dem seine Frau Anja als Krankenschwester arbeitet. Nachdem sich sein Gesundheitszustand nach erfolgreicher Reanimation wieder verschlechtert, drängt Doktor Samuel Merzhadaj, der Anja nicht nur beruflich sehr nahesteht, darauf, dass Robert ein neues Herz transplantiert wird.

Das Schicksal will es, das bald darauf ein geeignetes Spenderherz zur Verfügung steht. Nach erfolgreicher Transplantation sieht es zunächst danach aus, als könnte Robert mit seiner Frau und seinem Sohn Julian wieder ein einigermaßen normales Familienleben führen, wären da nicht seine schrecklichen Visionen und Albträume, die er schon bald mit dem Spender in Verbindung bringt. Er kann sich keinen anderen Reim darauf machen, warum ihn ein ominöser Fisch mit seinem Schrei quält.

Und was hat es mit der jungen Frau auf sich, die ihm in ihrem blutverschmierten Kleid verstörend real begegnet?

Und so setzt Robert Lichtenberg alles daran, die Vergangenheit seines Spenders zu erforschen, was noch mehr Probleme nach sich zieht.

Für Werner.
In Erinnerung an einen Freund.

»Denn auch der Mensch weiß seine Zeit nicht; wie die Fische, die gefangen werden im Verderben bringenden Netz, und wie die Vögel, die in der Schlinge gefangen werden: Wie diese werden die Menschenkinder verstrickt zur Zeit des Unglücks, wenn dieses sie plötzlich überfällt.«
Prediger 9/12

»Jeder will ewig leben, aber manchmal ist das Schicksal ein richtiges Arschloch.«
Robert Lichtenberg

Robert Lichtenberg ist weiß Gott kein gläubiger Mensch ...

... aber als er aus seiner tiefen Bewusstlosigkeit erwacht, spürt er sofort, dass es ihm dreckig geht, verdammt dreckig. Und folglich kann er es nicht verhindern, dass sich der Gott seiner Kindheit in sein Bewusstsein drängt. Zu ihm spricht er in Gedanken nur vier Worte: *Lieber Gott, hilf mir!* Noch traut er sich nicht, die Augen zu öffnen. Seine Rippen schmerzen, als habe man ihm während seiner geistigen Abwesenheit mit schweren Stiefeln auf der Brust herumgetrampelt, und irgendetwas steckt in seiner Nase. Er hat das Gefühl, dass dieses Etwas Luft in sein Gehirn bläst. *Was ist nur geschehen?* Sein inneres Auge starrt in ein schwarzes Loch, in dem es momentan keine erkennbaren Anzeichen dafür gibt, warum er sich jetzt in dieser beschissenen Situation befindet. Allerdings ... ganz allmählich tauchen in der Ferne lichte Bilder auf, die sich schemenhaft verdichten. Die sich in dem Maße verdichten, dass er sich plötzlich selber sieht. Auf einem Sportplatz rennt er herum. Mit seinen Füßen treibt er einen Fußball voran, direkt auf das gegnerische Tor zu. *Wenn ich jetzt schieße, hat der Torwart keine Chance mehr.* Kaum ist dieses Bild in ihm aufgestiegen, wird es wieder schwarz um ihn herum, und diese Schwärze ängstigt ihn. Ganz vorsichtig öffnet er schließlich die Augen. Um ihn herum ist es fast ebenso dunkel. Viel kann er nicht erkennen. Aber seine Ohren hören. Zunächst ist es nur ein leises Piepsen, das er vernimmt. Ein Piepsen, das unregelmäßig ertönt. Seine Augen bewegen sich langsam nach links. Neben ihm sind Geräte aufgebaut. In einem dieser Geräte verwandelt sich das Piepsen in Lichtzeichen. Im ungleichmäßigen Rhythmus des Tones hüpfen erleuchtete Linien auf und ab. Er will seinen Körper vorsichtig zur Seite drehen, um besser sehen zu können, doch der stechende Schmerz hinter seinen Rippen reißt ihn sofort zurück, worauf das Gerät Alarm schlägt. Er stöhnt auf. Dieses Stöhnen bewirkt, das sich rechts neben seinem Bett ein Schatten aufrichtet. Jetzt beugt sich der Schatten über ihn. *Verflucht, ich kann mich nicht wehren, ich bin hilflos.* Schon streichelt der Schatten seine Wange. »Robbie, Robbie, Liebling, da bist du ja wieder«, flüstert die vermeintliche Bedrohung. Im selben Moment wird die Tür aufgerissen, und der Raum ist gleichzeitig taghell. Das Licht kleidet den Schatten umgehend in einen weißen Kittel. Das vertraute Gesicht seiner Frau lächelt ihn an. *Anja,* will er sagen, doch ihr Name wird zu einem Röcheln, und tief hinten in seinem Hals scheint jede Silbe zu verbrennen.

»Ruhig, Liebling, ruhig, du musst dich schonen.«

Der Mann, der hereineilt, trägt auch einen weißen Kittel. Jetzt erkennt Robert ihn. Es ist Samuel Merzhadaj, ein verdammt gut aussehender junger Arzt. Mit seinem blauschwarzen Haaren und dem verwegenen Schnurrbärtchen sieht er wie ein typischer Orientale aus. *Kameltreiber* nennt er ihn Anja gegenüber despektierlich. Robert hat sich schon mehr als einmal gefragt, ob er auf Samuel etwa eifersüchtig ist, schließlich sind er und seine Frau öfter beisammen, als ihm lieb ist. Und wie oft schon hat Anja geschwärmt, was für ein guter und freundlicher Arzt er ist und dass sie gerne mit ihm zusammenarbeitet.

Anscheinend bin ich diesem Wundertier hier ausgeliefert, denkt sich Robert, während Samuel sich an den Geräten zu schaffen macht. Obwohl er müde aussieht, zeigt er wieder sein umwerfend charmantes Lächeln, als er Anja fragt, wann der Patient zu sich gekommen ist.

»Vor wenigen Augenblicken«, antwortet Anja mit einem ebenso liebenswürdigen Lächeln, das aber ihrem

Mann gilt, der sich, dabei die Hand am Hals haltend, räuspert.
»Die Halsschmerzen kommen von der Intubation, Robbie«, sagt sie und streichelt dabei wieder seine Wange.
»Na, da hätte er ja fast ein Eigentor geschossen«, witzelt Doktor Merzhadaj beifällig, während er die EKG-Aufzeichnung auswertet.

Robert versucht, in seinem Gesicht Zuversicht zu finden, aber stattdessen zeigt sich in der Mimik des Arztes routinierte Schweigepflicht.

Nachdem Samuel Merzhadaj mit professionellem Blick die Infusionsflaschen und die Perfusoren überprüft hat, schaut er auf seine Armbanduhr. »Halb vier, bald ist die Nacht rum, auf Station ist so weit alles ruhig. Ich lege mich noch ein wenig aufs Ohr, Schwester Anja. Piepsen Sie mich an, wenn was ist. Schwester Petra und Schwester Annegret schaffen das ohne Sie, bleiben Sie bei Ihrem Mann. Therapieplan wie aufgeführt, es ändert sich zur Zeit nichts!« Bevor er die Tür hinter sich schließt, dreht er sich noch einmal um. »Es wird schon wieder, Herr Lichtenberg, es wird schon wieder ... bei der Betreuung.«

Da ... da hat es erneut aufgeblitzt, dieses Omar-Sharif-Lächeln. *Was für eine Doktor-Schiwago-Imitation,* denkt sich Robert abfällig, als er im gleichen Moment die Lippen seiner Frau spürt, die sich wie kleine Liebessiegel überall auf sein Gesicht drücken.

Robert sieht sie mit großen Augen an. »Wieso sagtest du eben, da bist du wieder?«, krächzt er. »Von wo bin ich denn gekommen? Und warum hat man mich intubiert?«
Wieder fasst er sich an den Hals.

Anja rückt den Stuhl näher an ihn heran und setzt sich. Sie schweigt.

Robert erschrickt, wie verändert sie aussieht. Blass ist sie, und ihre stark geröteten Augen verstecken sich hinter dunklen Rändern. Allmählich wird ihm vollends bewusst, dass sich alles hier nur um ihn dreht. Die Tränen hat sie wegen ihm vergossen. Doktor Schiwago war seinetwegen gekommen. Die Schläuche in seinem Arm, die Verkabelung über seiner Bettdecke, der blöde Schlauch, der Luft in seine Nasenlöcher pustet, all das betrifft ihn! Anja weint wieder. Er kann sie nicht in die Arme nehmen, seine Brust schmerzt zu sehr. Nur den Kopf hält er in ihre Richtung. Er will nicht, dass sie weint. Er zwingt sich, an ihr vorbeizuschauen. Das große, breite Fenster bietet ihm ein Ziel. Finsternis klebt an den Scheiben. In der Weite blinken Lichter wie Sterne auf. Die Stadt rüstet sich dem Tag entgegen. Im Glas spiegelt sich auch sein Bett. Ihm ist, als läge ein Fremder darin. Ein Todkranker, der sich einfach zu ihm ins Bett gelegt hat. Einer, dem man ein weißes Nachthemd übergeworfen hat. *Du liebe Güte, was hängt denn da für ein Beutel am Bett?* Robert tastet mit den Fingern genau dahin, wo er im Spiegelbild den Beutel sieht, bis sie auch hier einen Schlauch fühlen. Als er daran zieht, schmerzt es ihm in der Harnröhre.

Was soll das alles?, fragt er sich. Und als er sich eine Antwort geben will, kommt es ihm so vor, als würde die ominöse Gestalt, die in seinem Bett liegt, ihm den Mund zuhalten. Er ist plötzlich unfähig, auch nur einen Laut hervorzubringen. Darüber schläft Robert Lichtenberg tief und fest ein.

»Ich leg den um, der Papa wehgetan hat!«

»Julian, Julian, so etwas sagt man doch nicht!« Anja Lichtenberg sieht ihren Sohn tadelnd an. »Nein, keiner hat deinem Papa wehgetan, er ist beim Fußballspiel …«, sie stockt, »von ganz alleine hingefallen.«

»Ist das wahr? Wann kann ich Papa denn besuchen?«

Anja schnürt es das Herz. Sie küsst ihren Sohn auf die Stirn. »Höre mal zu, Julian«, sagt sie betont ruhig, »du bist doch schon ein großer Junge. Du musst jetzt ganz vernünftig sein. Solange Papa auf der Intensivstation liegt, musst du noch mit deinem Besuch warten. Ja?«

Julian schaut nicht begeistert. Obendrein meint er bockig:»Mami, wann entscheidest du dich endlich, ob ich schon ein großer oder noch ein kleiner Junge bin? Beides geht doch wohl nicht.«

»Iss bitte dein Müsli auf, sonst kommst du zu spät zur Schule!«, entgegnet sie ihm bestimmend.»Und nach der Schule gehst du wieder umgehend zu Oma Rita, du darfst auch bei ihr schlafen.«

Obwohl Julian sehr gerne bei seiner Oma Rita ist, verzieht er verächtlich den Mund.»Hast du schon wieder Nachtdienst, Mami?«

»Ja. Papa wird sich jedenfalls darüber freuen. Nun mach schon, Maximilian wird dich jeden Moment abholen.«

Als Anja alleine ist, kommt sie nicht recht in Schwung. Elf Uhr, und der Frühstückstisch ist noch nicht abgeräumt. Ihr Haar ist nicht ordentlich gekämmt, und ihr Gesicht sieht ohne Schminke abgespannt und müde aus. Am frühen Morgen hat sie sogar ihr Spiegelbild verschmäht. *Leid wird nicht nur im Herzen sichtbar*, urteilte sie über sich selbst. Sie beschließt, sich einen besonders starken Kaffee aufzubrühen. Aber nicht eine dieser Kapseln will sie in den Automaten legen, nein, echten Filterkaffee will sie sich aufbrühen.

Eine viertel Stunde später hat sie es sich auf der Couch gemütlich gemacht. *Was für ein herrlicher Spätfrühlingstag.* Durch das großzügig geschnittene Panoramafenster präsentiert sich ihr der prächtig blühende Garten. *Mein kleines Paradies* nennt sie es besonders zu dieser Jahreszeit. Anja lächelt, als sie die Meisen beobachtet, die ihre

Jungen in dem Nistkasten füttern. Sie lächelt, obwohl ihr Herz schwer ist. Sie trinkt einen Schluck vom heißen Kaffee. Am liebsten würde sie sich eine Zigarette anzünden, aber nachdem sie aus Rücksicht auf Julian bei jeder Witterung zum Rauchen in den Garten ging, hat sie es sich inzwischen ganz abgewöhnt. Sie will sich doch nicht zum Sklaven ihrer Süchte machen. Stattdessen genießt sie jetzt die Ruhe. Sie liebt ihren Sohn, aber seine ewige Fragerei geht ihr vor allem jetzt ein wenig auf die Nerven. Und als sie darüber nachdenkt, überfällt sie Wut. Wut auf die Umstände, die sie nicht beeinflussen kann und die ihr inzwischen die Kraft rauben. Die Umstände sind es auch, die ihre Pläne mit einem Schlag zertrümmert haben. Noch vor wenigen Tagen war ihr das Schicksal ein wohlgesonnener Freund gewesen. Sie hat einen Mann, den sie liebt. Sie hat einen gesunden, prächtigen, lebensfrohen Jungen, ein durchaus komfortables Haus, und über Geld braucht sie sich keine Sorgen zu machen. Robert hat eine gut bezahlte Anstellung in der örtlichen Sparkasse, und sie selbst geht mehr zur Freude an ihren Beruf als Krankenschwester arbeiten. Und dann das! *Was will das Schicksal eigentlich von mir*, fragt sie sich aufgebracht. *Warum ist es mein Feind geworden?*

Sie lehnt sich ins Polster zurück und schließt die Augen. Sie muss, egal wie, mit der Stunde fertig werden, als ihre kleine Welt, ihr kleines Paradies ohne Vorwarnung zerbrach. Es war ein ruhiger Nachmittag auf der Station gewesen. Sie erinnert sich nun, dass sie in Gedanken bereits mit ihren beiden Männern am Abendbrottisch saß. Julian hatte sich selbst gemachte Pizza gewünscht. Später, wenn er im Bett liegen würde, wollte sie Robert verwöhnen. Robert mochte es, wenn sie ihm nach dem Fußballmatch die »Wunden leckte«. Jeden blauen Flecken liebkoste sie dann mit Hingabe. Aber das blöde Schicksal hatte zum Telefon gegriffen und in der Klinik angerufen.

Bereitet alles vor, ein Notfall ist unterwegs, sagte es mit einer frechen Gleichgültigkeit, als käme unangenehmer Besuch ins Haus. Na ja, dann geht die Zeit schneller um, hatte sie da noch gedacht. Nie wird sie den Augenblick vergessen, als Robert bewusstlos auf der Trage liegend ins Untersuchungszimmer hereingeschoben wurde. Zu keiner Zeit stand sie als Krankenschwester vor solch einer Herausforderung. Doch jetzt, das war sie ihrem Beruf schuldig, lag nicht ihr geliebter Mann im Krankenbett, jetzt musste sie in erster Linie einen Patienten versorgen, der offensichtlich mit dem Tode rang. Es war der Augenblick, als sie ein zweites Ich bekam. Das eine Ich war Roberts Frau, das sich in Gedanken stumm und verzweifelt und von Panik ergriffen in der hintersten Ecke des Untersuchungszimmers kauerte und nicht mehr ein noch aus wusste. Das andere Ich aber war die Krankenschwester Anja Lichtenberg, die professionell und routiniert dem behandelnden Arzt Samuel Merzhadaj zur Hand ging, um dem Tod nicht nur ein Schnippchen zu schlagen, sondern ihn mit der Kunst der Medizin in die Flucht zu jagen. Am besten dahin zu jagen, wo er niemals mehr Schaden anrichten konnte. Auf dem Sportplatz allerdings sah der Tod bereits wie der Sieger aus. Es war der Moment, als Robert gerade auf das Tor schießen wollte, da grätschte ihm der Tod in die Beine. Wie vom Blitz getroffen fiel Robert um. Herzstillstand! Nur durch das umsichtige Eingreifen eines Sportkameraden, der unverzüglich Reanimierungsmaßnahmen durchführte, begann Roberts Herz, wenn auch unregelmäßig, wieder zu schlagen.

Als Anja erneut zur Tasse greift, muss sie diese wieder abstellen. Ihre Hand zittert, und sie hat das Gefühl keine Luft zu bekommen. Die schlaflosen Nächte zeigen ihre Wirkung.

Am besten keinen Kaffee mehr trinken, der regt mich nur noch mehr auf, beschließt sie. *Nur einen Augenblick die Beine hochlegen.* Obwohl die Sonnenstrahlen die Scheibe des Fensters durchdringen, fröstelt es sie. Lang gestreckt bedeckt sie sich mit ihrer Lieblingsdecke, die sie selbst genäht hat. Seit etwa zwei Jahren näht sie Patchwork Decken. Immer dann, wenn Robert seinen Hobbys nachgegangen ist. Außer, dass er mit Hingabe Fußball spielte, fuhr er sehr gerne mit dem Mountainbike durch die Gegend oder bastelte an seinem alten Borgward herum.

Anja atmet tief durch. Das Liegen tut ihr gut, auch wenn sich etwas Schwindel eingestellt hat. Abschalten und Ruhe finden, das wünscht sie sich. *Lärm lässt sich schnell finden, aber Ruhe muss man oft lange suchen,* bestätigt sie sich. Tatsächlich, das Zwitschern der Vögel zügelt ihre Nerven, es beruhigt sie in einer Weise, dass sie sogar einschläft.

Vom Klang der Türglocke fährt sie hoch. Er dröhnt regelrecht in ihren Ohren nach. Das Herz schlägt ihr vor Schreck bis zum Hals.

Nein, nein, nein! Ich will jetzt nicht gestört werden!

Die Gedanken wirbeln in ihrem Kopf herum. Sie hat Angst, keine Worte für denjenigen zu finden, der vor der Türe steht und anscheinend etwas von ihr will.

Oje, da hat jemand Ausdauer. Sie hält sich die Ohren zu.

Mit bleiernen Gliedern erhebt sie sich schwerfällig, aber die Neugierde schubst sie voran. Vom Flur aus erkennt sie im Mattglas der Haustür die Umrisse eines Mannes, der erneut klingelt. Anja wundert sich, noch nie hat sie die Glocke dermaßen laut wahrgenommen. Nun ist sie so nahe an die Tür herangekommen, dass der da draußen sie auch sehen muss. Es gibt kein zurück! Mit einem kurzen Blick in den Flurspiegel überprüft sie ihre Frisur. *Um*

Himmels willen, ich bin ja total zerzaust. Rasch fährt sie mit den Fingern durch ihr dichtes, dunkles, halblanges Haar, das sie sich immer noch nach der Mode der 50er Jahre schneiden lässt. Ein hübsches Überbleibsel aus der Zeit, als sie aus Freude zum Tanzsport mit Robert in einem *old school* Rock'n'Roll-Club getanzt hat.

Nur einen Spaltbreit öffnet sie die Haustür. Verlegen tritt sie einen Schritt zurück.

Jetzt ist es der Mann, der die Tür weit aufdrückt. »Störe ich?«, fragt er.

»Samuel«, haucht Anja völlig verdattert. »Nein, Samuel … sag es mir nicht …« Sie beginnt zu stottern.

Der Arzt legt ihr die Hand auf die Schulter. »Ruhig, Anja, beruhige dich! Es ist nicht, wie du denkst. Dein Mann ist nicht …« Nun stockt auch er. »Ich habe heute meinen freien Tag, und da habe ich mir gedacht, ich sehe mal bei dir nach, wie es dir geht. Lässt du mich rein?«

»Ich bin … ich bin gar nicht vorbereitet«, erwidert Anja immer noch völlig überrascht. Und indem sie sich wieder mit den Fingern ihr Haar kämmt, bittet sie ihn dennoch, hereinzukommen.

Samuel lacht kurz auf. »Natürlich bist du nicht vorbereitet, wie konntest du auch?«

Anja ist dieses hinreißende Lachen nicht entgangen. Es tut ihr gut, einen lachenden Menschen zu sehen.

Im Wohnzimmer bleibt er anerkennend stehen. »O, hier riecht es aber gut nach Kaffee.« Und während er den gesamten Raum in Augenschein nimmt, hört Anja ihn sagen: »Geschmackvoll, sehr geschmackvoll. Ihr seid wirklich sehr geschmackvoll eingerichtet.« Aufmerksam betrachtet er sich die Bilder an der Wand. Zuerst tritt er ganz nahe an eines der Gemälde heran, um es dann in einem gewissen Abstand zu begutachten. »Die Signatur kann ich nicht entziffern, wie heißt der Maler?«

»Es ist eine Malerin. Sie heißt Marie Luise Lennart-Seifert.«

Der Arzt schüttelt den Kopf.»Noch nie von ihr gehört.« Unschlüssig steht er da, und Anja fällt ein, dass sie ihm einen Platz anbieten muss.»Setz dich doch!«, bittet sie ihn schließlich.»Wenn du möchtest, brühe ich dir frischen Kaffee auf.«

Samuel atmet tief mit der Nase ein.»Wenn er so schmeckt, wie er riecht, dann freue ich mich darauf.«

Als Anja in die Küche geht, denkt sie wiederum: *Was für ein Lächeln*. Anderseits fragt sie sich, was er wirklich bei ihr will. Sie weiß, wie sie auf Männer wirkt, besonders wenn es ihr gut geht, wenn ihre frische Liebenswürdigkeit und Unbefangenheit eins wird mit ihrem attraktiven Äußeren. Auch bei Samuel ist es ihr damals nicht entgangen, dass er, gleich nachdem er etwa vor einem Jahr die Station als leitender Oberarzt übernahm, sie anfangs ungeniert anbaggerte. Sehr schnell hatte sie ihm aber gezeigt, wo es für sie absolute Grenzen gibt. Außerdem braucht sich Robert keineswegs hinter ihm zu verstecken. Doch unterschwellig reizt sie auch das Spiel mit dem Feuer. Ihr gefällt es, wie wahrscheinlich jeder Frau, begehrt zu sein. Allerdings kann sie sich nicht vorstellen, dass Samuel ihre augenblickliche Situation zu seinem Vorteil auszunutzen versucht. Nein, so schätzt sie ihn nicht ein. Gerade jetzt, wo Robert schwer krank im Krankenhaus liegt.

Sie schaut stiekum durch die offene Türe ins Wohnzimmer, während der letzte Rest vom heißen Wasser im Kaffeesatz des Filters versickert. Samuel hat die Terrassentür weit aufgemacht und ist im Begriff, sich den Garten aus der Nähe anzusehen. Anja blickt zur Wanduhr, ein besonders hässliches Stück, wie sie findet. Das Zifferblatt stellt den dicken, runden Bauch eines aus Salzteig gefertigten Kochs dar, der einen Kochlöffel schwingt und bei jeder vollen Stunde lustig tuend die Augen verdreht. Leider besteht Robert darauf, dass diese Geschmacklosigkeit hängen bleibt, weil es ein Geschenk seiner Kollegen ist, die, ebenso wie seine Mannschaftskameraden, häufig Gäste im Hause Lichtenberg sind. Robert mag Geselligkeit. Und er mag es auch, wenn er seine Gäste bekocht und bewirtet. Bereits Anfang Januar hat er sich für die bevorstehende Grillsaison einen wahnwitzig teuren Grill für die kommenden Gartenpartys angeschafft.

Gleich zwölf, sagt sich Anja. *Eigentlich müsste ich das Essen für Julian vorbereiten.* Da fällt ihr ein, dass er ja gleich nach der Schule zu ihrer Mutter geht. Sie ist froh, dass sich Julian so gut mit ihr versteht und sie sich rührend um den Jungen kümmert. Seit seiner Geburt ist Rita, nach dem plötzlichen Tod ihres Mannes, regelrecht aufgelebt. Anja hat immer noch nicht die Beklemmung verloren, wenn sie daran erinnert wird, wie ihr Vater Fred auf der Toilette den Herzinfarkt bekam. Das Wort *Herzinfarkt* schießt ihr nun wie ein Blitz durch den Körper. Im gleichen Moment muss sie sich an der Arbeitsplatte abstützen. Sie erschrickt. Auf gespenstische Weise steht Robert plötzlich mit ausgestreckten Armen neben ihr.

»Kann ich dir helfen?« Zusammenfahrend dreht sie sich herum. Sie hat für den Augenblick tatsächlich Samuel vergessen. Anstatt Robert steht er mit hochgezogenen Schultern im Türrahmen. Ihm entgeht nicht, wie blass und müde sie aussieht. »Soll ich dir etwas spritzen? Wenn du möchtest, hole ich rasch meine Tasche aus dem Wagen.«

»Wie? Nein, nein, danke, es geht schon.«

Du spinnst, sagt ihre innere Stimme. *Habe ich richtig gehört, was du gerade gedacht hast? Du hast gedacht, er will dich mit einem Medikament gefügig machen!*

Noch bevor sie den Kaffee auf das Tablett stellen kann, kommt Samuel ihr zuvor.

»Bitte setz dich ins Wohnzimmer, ich mache das schon«, bestimmt er. »Ist das in Ordnung? Du hast nur eine Tasse hingestellt, willst du keinen Kaffee trinken?«

»Doch, doch jetzt trinke ich auch noch einen.«

»Möchtest du den Kaffee ebenfalls schwarz?«

Anja nickt.

Kurz darauf sitzen sie sich schweigsam gegenüber. Der Kaffee hat Anja ein wenig belebt. Ihre Wangen sind gerötet und ihre Augen glänzen. Sie wartet darauf, dass Samuel ihr den wirklichen Grund seines überraschenden Besuches verrät. Obwohl sie und ihr Mann regelmäßig Gäste im Haus bewirten, hat Samuel diese Gelegenheit noch nie wahrgenommen. *Dein Mann scheint etwas gegen mich zu haben*, hatte er erst kürzlich zu Anja gesagt. Sollte sie ihm darauf geantwortet haben, dass Robert eifersüchtig auf ihn ist? Sicherlich nicht.

Endlich fragt Anja direkt heraus: »Warum bist du eigentlich gekommen?«

Samuel, der gerade die Tasse zum Mund geführt hat, muss sich räuspern. »Verzeih«, hüstelt er, »ich habe mich verschluckt.« Er schaut sie mit seinen fast schwarzen Augen eindringlich an. »Ich wollte nicht im Krankenhaus zwischen Tür und Angel mit dir darüber reden, Anja.« Immer noch sieht er sie so an, als müsse er überprüfen, ob sie die ganze Wahrheit vertragen kann.

»Hm, über was musst du so dringend mit mir reden?«, fordert sie ihn geradewegs heraus.

Noch einmal räuspert er sich, dann sagt er klipp und klar: »Roberts Zustand hat sich im Laufe des Morgens verschlechtert.« Er macht eine Pause.

Voller Anspannung setzt sich Anja bis an den vorderen Rand der Couch. Wie auf dem Sprung sitzt sie da. In ihr Gesicht ist schlagartig die Blässe zurückgekehrt. »Was soll das heißen, Samuel. Was willst du mir damit sagen?«

»Ich will dir damit sagen, dass das Herz deines Mannes inzwischen so stark geschädigt ist, dass er, wenn er noch eine Überlebenschance haben will, transplantiert werden muss.«

Anja sackt in die Kissen.

Samuel springt auf. Mit der Rückseite seiner linken Hand fährt er ihr über die Stirn, und mit Zeige- und Mittelfinger seiner rechten Hand misst er ihr den Puls. Danach setzt er sich dicht neben sie und erfasst ihre Hände. »Du bist eine erfahrene Krankenschwester«, spricht er mit warmer Stimme. »Ich brauche dir nichts vormachen, ich muss dir auch nicht viel Erklärungen abgeben, du weißt, was eine Myokarditis bedeuten kann. Du weißt auch, dass wir alles getan haben und noch tun, aber dieser verdammte Virus …« Hier spricht Samuel nicht weiter. Er beobachtet Anjas Gesicht. Sie hat die Augen geschlossen, und zwischen ihren Wimpern zwängen sich Tränen hervor. Möglicherweise würde er ihr am liebsten die Tränen fortküssen, so sehr fühlt er ihren Schmerz, das ist ihm anzusehen. Aber er ist Arzt, er darf sich seinen Gefühlen nicht hingeben.

Sie öffnet die Augen. »Hast du schon mit Robert darüber gesprochen?«

»Nein, ich wollte zuallererst mit dir darüber reden.«

Sie löst sich aus seinen Händen. »Dein Kaffee wird kalt«, sagt sie plötzlich gefasst.

Samuel hat ihre Anmerkung verstanden. Er setzt sich wieder auf seinen Platz und trinkt einen großen Schluck.

Entschlossen steht sie auf und geht zum Schreibtisch. Sie zieht die Lade auf und entnimmt ihr Roberts Brieftasche, die ihr ein Freund ihres Mannes samt seiner Kleidung und dem Fahrrad gleich nach dem Zusammenbruch auf dem Sportplatz nach Hause gebracht hat. Einen Organspendeausweis fingert sie aus dem Lederfach und legt ihn demonstrativ vor Samuel auf den Tisch.

Er sieht sie fragend an.

»Lies, was Robert angekreuzt hat!« Ohne den Ausweis aufzunehmen, erkennt Samuel sofort, dass er an der Stelle sein Kreuz gemacht hat, wo steht, dass er im Todesfall keine Organe spenden will.

Samuel zieht die Augenbrauen hoch, und bevor er etwas sagen kann, hört er, wie Anja ihn mit den Worten darauf hinweist: »Ich bezweifele, dass Robert einer Herztransplantation zustimmt, wenn er sich selbst als Spender verweigert.«

Es ist wohl ihr jahrelanger Umgang mit Leid und Tod, der sie mit einem Male derartig nüchtern reden lässt. Samuel hingegen lächelt hintergründig, als er in den blühenden Garten schaut. »Leben will leben«, sagt er nur.

Wieder an Anja gewandt, versucht er, sie zu überzeugen. »Du weißt doch selbst am besten, wie sich die meisten Todkranken noch ans Leben klammern, und sie würden alles dafür tun, nur um ein wenig länger zu leben, wenn es in ihrer Macht stünde. Selbst dann, wenn sie in der Patientenverfügung mit ihrer Unterschrift jegliche lebensverlängernden Maßnahmen abgelehnt haben. Wie stehst du eigentlich dazu?«

Auch Anja lächelt nun, doch ihre Mundwinkel verraten Pessimismus. Und anstatt ihm direkt darauf zu antworten, ist sie es, die ihm eine Frage stellt. »Bist du Organspender?«

Samuel ärgert sich ein wenig, er ist in erster Linie nicht als Arzt, sondern viel mehr als Freund gekommen, um das bevorstehende Schicksal der beiden erträglicher zu machen, und nun kommt er sich irgendwie angeklagt vor. »Nein«, erklärt er in einem Tonfall von Bedeutungslosigkeit. »Ich habe keinen Organspendeausweis, wie ihn die meisten meiner Kollegen auch nicht haben.« Dass er persönlich Angst vor einer Organentnahme hat, verschweigt er natürlich. Er hat, abgesehen von seinem fundierten

Wissen, Angst davor, bei lebendigem Leibe ausgeweidet zu werden. Hirntod, das sagt doch schon alles! Damit man gegenüber den Angehörigen in gewissem Sinne den Namen Tod in den Mund nehmen kann, sagen er und seine Kollegen zumindest Hirntod, auch wenn der Körper des »Spenders« noch lebt. Außerdem wird solch eine menschliche Großzügigkeit überdies hoch dotiert, auch das schreckt Samuel inzwischen moralisch ab, dass die Organspende von einer großartigen ärztlichen Befähigung zu einem profitablen Wirtschaftsfaktor geworden ist. Doch auch das sagt er Anja nicht. Für ihn ist die Entscheidung, sich für oder gegen eine Transplantation auszusprechen, ein echtes Dilemma, weil es dabei diese Grauzone zwischen Leben und Tod gibt, mit der er als Arzt fertig werden könnte, aber nicht als Mensch. Nicht nur er weiß eben nichts Genaues darüber, was ein Mensch wirklich empfindet, wenn man ihn quasi lebend aufschneidet. Er darf als Arzt im Falle einer Organentnahme bei dem hirntoten Körper noch nicht einmal eine Narkose einleiten, weil man damit bestätigen würde, dass dieser Mensch noch lebt. Anderseits kann man ihn nicht physisch vollständig sterben lassen, weil dann eine Organspende hinfällig wird. Samuel hat viel und intensiv über diesen Konflikt nachgedacht, und ihn graust der Gedanke, dass es im menschlichen Gehirn womöglich unentdeckte Areale gibt, die in diesem Zustand noch wach bleiben, aber wehrlos geschehen lassen müssen. *Ein schauderhafter Gedanke!*

»Noch nicht«, sagt er schließlich anfügend, als müsse er sich entschuldigen. »Nein, ich habe noch keinen Organspendeausweis. Aber darum geht es jetzt auch nicht. Ich muss dir offen gestehen: Dein Mann wird sterben, wenn wir nicht so schnell wie möglich ein neues Herz für ihn bekommen. Ich habe bereits mit Doktor Großmann, dem Chirurgen vom Herzzentrum, darüber gesprochen und ihn gefragt, ob er meine Diagnose teilt. Außerdem konnte ich bereits Doktor Ahrens, unseren ärztlichen Klinikdirektor, ins Boot holen. Ein Gremium aus Kapazitäten steht hinter meiner Einschätzung, dass demzufolge Eurotrans die Dringlichkeit einer Herztransplantation für deinen Mann melden wird. Natürlich müssen wir zuerst seine Infektion in den Griff bekommen, um ihn in die Universitätsklinik zu Professor Büchner transportieren zu können. Robert ist bei Professor Büchner und seinem hervorragenden Team in guten ... nein, in besten Händen!« Während er eindringlich auf Anja einspricht, beobachtet er wieder ihre Gesichtszüge, um Ablehnung oder Zustimmung herauszulesen. Doch Anjas Gesicht ist wie eine Maske, und hinter der Fassade schaut sie nach innen, und es sieht so aus, als wäre nur ihr Körper anwesend.

Diesen Moment nimmt Samuel wahr, um ihr eine ganz persönliche Frage zu stellen. »Robert hat mir im Zuge meiner Anamnese berichtet, dass er in der letzten Zeit eine ziemlich heftige Grippe hatte und recht leichtsinnig damit umgegangen ist. Du bist eine erstklassige Krankenschwester, Anja, konntest du denn nicht in dem Maße auf ihn drängen, wie es nötig gewesen wäre, solch eine schwere Infektion ordentlich auszukurieren?«

Nun zeigt Anja Regung. Ihre Mimik drückt Empörung aus. Aber noch bevor sie auf Samuels unverblümten Vorwurf reagieren kann, versucht er, seine Worte abzuschwächen. »Na ja«, sein Mund verzieht sich zu einem verzerrten Grinsen, »wenn ich verheiratet wäre, würde ich in diesem Punkt wohl auch nicht auf meine Frau hören, auch wenn wir Männer schon bei einer banalen Erkältung besonders wehleidig sind.« Er fuchtelt mit dem Arm in der Luft herum. »Aber kaum geht es uns wieder besser, müssen wir unsere Männlichkeit beweisen und muten uns dann eben zu viel zu, wie zum Beispiel viel zu früh wieder Fußball zu spielen.« Er schaut auf seine Armbanduhr. »Tja«, sagt er ratlos wirkend, »dann muss ich wohl oder übel wieder los. Ich habe einen wichtigen Termin. Aber ich bitte dich noch einmal als Arzt und vor allem als dein Freund: Sprich mit Robert, bevor du heute deinen Dienst antrittst. Ohne seine Zustimmung wird von ärztlicher Seite nichts geschehen. Und es wird noch nicht einmal reichen, dass er rein gefühlsmäßig aus der Situation heraus einer Transplantation zustimmt. Er muss dem Gremium gegenüber deutlich machen, dass er auch im Anschluss an die Operation hundertprozentig gewillt ist, am Fortschritt seiner Genesung mitzuarbeiten! Dem ungeachtet muss er sich darüber im Klaren sein, dass es keine leichte Zeit für ihn werden wird. Aber sein absoluter Wille, leben zu wollen, ist nicht nur entscheidend für die Durchführung der Transplantation, er ist auch die Triebfeder dafür, dass er danach letztendlich wieder auf die Beine kommt.«

Als Samuel sich erhebt, rinnen Anja Tränen über die Wangen. Unentschlossen steht er vor ihr. Wie ein verlegener Schuljunge fühlt er sich.

Dann ist sie es, die Initiative zeigt. Mit dem Ärmel wischt sie sich durchs Gesicht, steht ebenfalls auf, umschlingt mit ihren Armen Samuels Hals und küsst ihn auf die Wange.»Danke«, haucht sie.»Ich danke dir, mein Freund. Sehe ich dich heute Abend?«

»Leider nicht, ich bin für drei Tage in Heidelberg auf einem Symposium. Es geht um Darmkrebs.«

Anja begleitet ihn zur Tür. Kurz bevor er sie öffnet, hält sie ihn am Ärmel fest.

»Du kannst mich jederzeit besuchen. Wenn du möchtest.«

Er nickt und geht.

»Samuel!«, ruft sie ihm nach.»Ich konnte Robert nicht davon abhalten, zum Fußball zu gehen, wirklich nicht.«

Doch er hat schon die Tür hinter sich zugezogen.

Samuel hat eine eigentümliche Stille hinterlassen. So empfindet sie es, als sie sich wieder auf die Couch wirft.

Vielleicht kann sie erneut einschlafen. Die letzten Tage und Nächte waren aufregend genug gewesen. Die Stille, nein, die plötzliche Leere in ihrem Kopf wandelt sich in Einsamkeit. Verlassen kommt sie sich vor. Vielleicht ist gerade jetzt die passende Möglichkeit, intensiv darüber nachzudenken, was Samuel ihr vorgeschlagen hat. Sie will verstehen, was eigentlich nicht zu verstehen ist. Alles um sie herum war doch noch vor Kurzem ihr schönes und sorgenloses Leben gewesen. Ein Leben, in dem die Zukunft hoffnungsvoll war, kein angstmachendes Gespenst. Gegenwärtig ist die Hoffnung vor diesem Schreckgespenst geflohen und hat sie alleine und hilflos zurückgelassen. Sogar Robert und Julian sind in diesem Augenblick weit weg, und ihr ist, als würde sie das, was sie am meisten in der Welt liebt, nie mehr wiederfinden. Sie kommt sich bestraft vor. Aber wer will sie für was bestrafen? Robert und sie haben es zu Beginn ihrer Ehe schwer genug gehabt.

Sie starrt zur Zimmerdecke und lässt auf der weiß getünchten Fläche ihre allmählich aufkommenden Gedanken dahinziehen. Eigentlich begann damals alles wie in einem schönen Traum. Ja, vom ersten Augenblick, als sie ihm begegnet ist, hat sie sich in ihn verliebt. Er war und ist ihr Traummann. Gut aussehend, verständnisvoll, charmant und immer verlässlich.

Anja seufzt. *Er hätte jede Frau abhaben können. Aber er wollte mich.*

Sie schaut zu Anrichte herüber, auf der ihr Hochzeitsfoto und eine Obstschale aus Rosenholz mit aufwendigen Schnitzereien stehen. Die Hochzeitsreise war ein großzügiges Geschenk von Roberts Eltern gewesen. Nun tragen sie ihre Fiktionen wie auf einem imaginären Zeitenwind an die Hochzeitstafel zurück. Alle Blicke der vielen Gäste sind auf sie gerichtet, als sie den Umschlag öffnet, den ihr Rolf gerade überreicht hat. *Ob Robert davon wusste?*, fragte sie sich. Sein Gesicht strahlte jedenfalls vor Freude, als sie zwei Flugtickets aus dem Kuvert zog. Die Luft hatte sie vor Freude angehalten, als sie las, dass sie auf *Hiva Oa* fahren würden, um dort die Flitterwochen zu verbringen. Beinahe meint sie, jetzt wieder das Rauschen der Wellen zu hören. Was für eine Insel!

Ja, ihre Ehe hat im übertragenen Sinne tatsächlich im Paradies begonnen, im Garten der *Maraquesas*, im Land der freundlichen Polynesier, die ihr in diesem Garten Eden wie menschgewordene Engel vorkamen. Augenblicklich läuft sie gedanklich mit Robert Hand in Hand am weißen Sandstrand entlang direkt zu einem der Overwater Bungalows, die auf Pfählen gebaut im Wasser am Rande des Meeres stehen. Sogar nachts sahen sie von dort aus, dabei vom Mond beschienen, das kristallklare Wasser des Meeres, das unterhalb ihrer Unterkunft mit sanftem Glucksen die Pfähle umspülte. Und aus der Ferne erklangen aus den Dörfern fremdartige Gesänge, die schließlich mit dem lauen Wind irgendwo am Horizont verwehten.

Wieder schaut sie zur Obstschale hin. Sie ist eine lieb gewonnene Erinnerung an diese unvergessene Zeit. Am liebsten hätte sie damals den Koffer mit Kunstgewerbe vollgestopft, das von den Einwohnern in aufwendiger Handarbeit angefertigt wurde. Eine Figur hatte es ihr besonders angetan, aber weil diese aus Knochen geschnitzt war, konnte sie sich nicht überwinden, sie mitzunehmen. Vielleicht war es ja sogar ein Menschenknochen? Doch nicht nur schöne Erinnerungen überkommen sie. Mit dem Alltag, der sie bald darauf zuhause empfing, verlor sich auch Schlag auf Schlag ihr Paradies. Nur ein halbes Jahr nach ihrer Hochzeit starben Roberts Eltern, Rolf und Elvira Lichtenberg, unter dramatischen Umständen. Es war ein grauer, nieseliger Novemberabend gewesen. Am Mittagstisch hatte Rolf zu seiner Frau gesagt:»Was hältst du davon, wenn wir heute Abend ins Theater gehen? An der Landesbühne wird *Drei Mann auf einem Pferd* aufgeführt.

Eine Komödie. Walter Giller spielt die Hauptrolle. Genau richtig für uns zwei Hübschen in dieser trostlosen Jahreszeit, findest du nicht auch?«

»Eigentlich wollte ich heute Abend noch an der Buchführung arbeiten«, wandte daraufhin Elvira ein.

»Nichts da!«, bestimmte Rolf. »Du hübschst dich auf, und anschießend gehen wir noch chic essen.«

Ja, so hatten sie es sich vorgenommen. Als sie gegen 22 Uhr das Theater verließen, wurden die beiden, die fröhlich lachend Hand in Hand über den Zebrastreifen liefen, der sich direkt vor dem Theater befindet, von einem betrunkenen Raser überfahren. Rolf, der sich schreiend über seine leblose Frau warf, hatte danach selbst nur noch wenige Minuten gelebt. Solange hat er seine Frau an sich geklammert, wie es dauerte, bis der Rettungswagen eintraf. Die Trauer war grenzenlos gewesen, auch die stattliche Erbschaft, die folgte, konnte den schmerzlichen Verlust von Eltern und Schwiegereltern in keiner Weise mildern. Rolf und Elvira hatten ein gut florierendes Immobiliengeschäft, dessen Verkauf mitsamt dem stattlichen Barvermögen dazu gereichte, dass sich Robert und Anja ihr jetziges Anwesen leisten konnten. Doch kaum war etwas Ruhe in ihrer jungen Ehe eingekehrt, da kam für Anja an einem Vormittag, kurz bevor Julian geboren wurde, die völlig überraschende Nachricht, dass ihren Vater Fred, auf der Toilette sitzend, ein Herzinfarkt ereilt hatte. Robert war an diesem Tag auf einem Seminar gewesen. Also war Anja alleine und hochschwanger zu ihrer Mutter gerast, um sie zu trösten, obwohl sie selbst Trost brauchte, weil sie sich überdies so sehr darauf gefreut hatte, ihrem Vater ein Enkelkind in die Arme zu legen.

In dem Moment, als Anja darüber nachdenkt, krampft sich ihr Magen zusammen. Die Erinnerungen fordern ihren Tribut, obwohl die Ereignisse nun auch schon wieder zehn Jahre her sind. Ach, was für eine verrückte Zeit war das damals gewesen, die letztlich mit Julians Geburt ihren aufregenden Höhepunkt erlangte.

Sie versucht, sich gegen die scheußlichen Gedankenbilder der Vergangenheit zu wehren, die sie wie aus einer Schreckenskammer freigelassen bedrängen. Aber sie spuken übermächtig. Drei Tage vor dem errechneten Geburtstermin hatte sie in der Nacht völlig aufgelöst Robert geweckt. »Mit unserem Kind ist etwas, da stimmt was nicht!«, hatte sie hysterisch geschrien. »Er stirbt! Er stirbt!«

Da war Robert umgehend hellwach geworden. Ohne weitere Fragen zu stellen, sprang er aus dem Bett und zog sich notdürftig an. Rasch riss er Anjas Morgenmantel aus dem Schrank, damit auch sie sich etwas überziehen konnte, und auf seine Schultern gestützt, brachte er sie zum Auto. Um genau fünf Uhr siebzehn kam Julian quasi in letzter Sekunde, blau verfärbt, aber lebend per Kaiserschnitt zur Welt. Die Nabelschnur hatte sich ihm um den Hals geschlungen, und sie hatte damals instinktiv die Gefahr gespürt. Anfangs gab es allerdings durchaus die Befürchtung, dass sein Gehirn Schaden genommen haben könnte.

Anjas Magendrücken weicht einer Erleichterung. Julian ist kerngesund, darüber ist sie zutiefst dankbar. Dankbar auch dafür, dass von da ab zehn Jahre folgten, die vollgestopft waren mit Glück, Zufriedenheit und viel gegenseitiger Liebe. *Und nun das!*

Sie sieht zur Uhr. Es ist inzwischen kurz vor drei. *Hab ich geschlafen? Hab ich geträumt?*

Ihr Kopf schwirrt. Sie wundert sich darüber, wie schnell die Zeit vergangen ist.

Oje, da steht ja noch der kalte Kaffee, und gegessen hat sie auch nichts.

Um acht muss sie ihren Dienst antreten, und vorher bleibt ihr noch das schwierige Gespräch mit Robert.

Allmählich muss sie sich aufraffen. Doch wie Blei sind ihre Glieder. Die schweren Gedanken wollen sie nicht loslassen. *Was ist, wenn Robert stirbt?*, fragt sie eines dieser Hirngespinste spöttisch. *Wie wäre es, ohne Robert zu leben?* Die wahnwitzige Vorstellung täuscht ihr drohend vor, dass sich der Boden unter ihr öffnet. Angst, furchtbare Angst befällt sie, in ein Loch zu stürzen. »Nein, nein!«, kreischt sie. Dieses schrille »Nein« gibt ihr die Kraft, aufzuspringen. Sie muss kämpfen! Um ihren Mann muss sie kämpfen. Um ihr Kind, um ihre Ehe, um ihr Glück! Alles soll wieder so werden, wie es vor Kurzem noch war!

Einige Monate später …

… steht Anja aufgeregt vor dem riesigen Kasten aus Glas und Beton. Wäre sie vorher nicht durch den farbenfrohen, herbstlich geschmückten Kurpark spaziert, der sich ihr, mit dem bunten Blätterwerk und den sauber angelegten Wegen halbwegs erholsam dargeboten hat, ihr Herz wäre nun sicherlich um einiges bedrückter, denn der Blick auf den kalt wirkenden Bau, in dessen grauen Mauern irgendwo hinter den Fenstern Robert in einem der vielen Zimmer liegt, sieht so gar nicht einladend aus. Am frühen Morgen hat sie ein bescheidenes Zimmer in einer kleinen Pension bezogen. Schon bei Ankunft in der Bade- und Kurstadt war sie allerdings von der Lage und auch von der Umgebung dieses Ortes sehr angetan. Auf einer kleinen Messingtafel, die an einem Kurgebäude angebracht war, las sie beeindruckt, dass früher auch der Adel in dieser Stadt gekurt hat. Dementsprechend präsentiert die sich auch heute noch idyllisch eingebettet am Rande des Taunus, inmitten von Wein- und Laubwaldhängen mit romantischen Jugendstilbauten. Mit diesen Eindrücken versehen, mildert sich ihr Unbehagen, als sie durch den gläsernen Eingang des unpersönlich wirkenden Reha-Zentrums geht, um in wenigen Minuten Robert wiederzusehen. Julian hat sie nicht mitgenommen, weil sein Schnupfen noch nicht gänzlich abgeklungen ist. Aber dennoch durfte er ins Landschulheim auf Norderney mitfahren. Die salzige Meeresluft und der frische Wind werden ihm nichts anhaben, im Gegenteil, meinte der Hausarzt, aber für Robert wäre dessen abklingende Infektion immer noch ein Risiko. Nein, ein Risiko will sie keinesfalls eingehen. Ihr kommt es überhaupt wie ein Wunder vor, wie sich bisher alles gefügt hat. Die Angst, sterben zu müssen, war ausschlaggebend dafür gewesen, dass Robert an jenem Abend, als sie mit ihm über die Transplantation

29

gesprochen hatte, allem zustimmte, was für ihn ein Fünkchen Hoffnung bedeutete. Denn der Tod, den die anderen ahnten, den sah er mehr als einmal fordernd an seinem Bett stehen. Wie wütend muss der Tod gewesen sein, als der Klinik völlig überraschend gemeldet wurde, dass für Robert Lichtenberg ein passendes Herz zur Verfügung steht, um es so schnell als möglich in seine Brust zu pflanzen. Ja, so war es gewesen. Die Dringlichkeit wegen seines sich stetig verschlechternden Zustandes und der plötzliche Tod eines ihm fremden Menschen schenkten Robert Lichtenberg an jenem Tag schließlich die berechenbare Erfolgsaussicht, wieder ein vollwertiges Leben führen zu können.

Anja hat sich nach seiner Transplantation aufopferungsvoll um ihn gekümmert. Samuel warnte sie nicht selten, dass sie trotz verständlicher Fürsorge ihrerseits auch an sich denken solle. *Es nützt deinem Mann doch nichts, wenn du umkippst,* riet er ihr ernsthaft. Aber auch sie war von dem geradezu euphorisch aufkeimenden Lebensmut ihres Mannes ergriffen worden, obwohl Robert körperlich eine schwere Zeit durchmachen musste, in der es zwischendurch hin und wieder bedrohlich für ihn aussah. Was für ein Segen, dass die Immunsuppressiva angeschlagen haben, die die Abstoßung und Zerstörung des Transplantats Gott sei Dank verhinderten. *Nun kann doch noch alles gut werden,* wurde in den Stunden der Verzweiflung zu einem beiderseitigen Mantra.

Ach, hätte ich mir doch unten im Kiosk ein paar Bonbons gekauft, ärgert sich Anja, als sie der Aufzug in den vierten Stock bringt. Ihr Mund ist vor Aufregung ganz trocken. *Warum bin ich nur so aufgeregt,* wundert sie sich. Sie telefonieren täglich miteinander, und Roberts Stimme klingt stets zuversichtlich, so kommt es ihr jedenfalls vor, auch wenn man Schwäche heraushören kann.

Summend öffnet sich die Aufzugtüre. Ein Rollstuhlfahrer fährt freundlich grüßend an ihr vorbei. Auf dem breiten

Flur schaut sie sich suchend um. Es riecht nach Mittagessen, Desinfektionsmittel und dazwischen der Geruch menschlicher Ausscheidungen. Klinikgeruch. Sie kennt ihn, sie ist Krankenschwester. Den Zimmernummern folgend, muss Roberts Zimmer am Ende des Gangs liegen, wo die Herbstsonne orange durch die Fenster scheint. Ganz sacht klopft sie an die Türe. Als von innen keine Regung laut wird, drückt sie geräuschlos die Klinke herunter. Vorsichtig lugt sie ins Zimmer hinein. Alles ist mit dem Nötigsten eingerichtet. Auch hier scheint die Sonne hinein, dadurch wirkt der Raum hell und freundlich. Roberts Bett befindet sich direkt am großen Fenster. Im Freizeitanzug liegt er auf der Zudecke. Er schläft. Anja überkommt das Verlangen, gleich zu ihm hinzugehen, um ihn wachzuküssen. Doch er schlummert so friedlich, deshalb zögert sie, sich bemerkbar zu machen. Ihre Handtasche stellt sie behutsam auf den Tisch ab. Dann setzt sie sich mit halber Pobacke auf den danebenstehenden Klubsessel. Mit zwiespältigem Gefühl in der Magengegend nimmt sie die Gelegenheit wahr, sich ihren Mann ungestört anzusehen. Wie verändert er aussieht. Sein blondes, früher leicht welliges Haar ist raspelkurz geschnitten. Auch sind seine Wangen, im Gegensatz zu früher, wo er einen modischen Dreitagebart trug, seit der Operation immer noch glattrasiert. *Schmal und fahl schaut er aus. Mein armer Robbie! Aber das wird schon wieder, es wird schon wieder, es muss werden.*

Eigentlich mag er es nicht, wenn sie ihn Robbie nennt. Sie nennt ihn so, seit vor sechzehn Jahren im Fernsehen *Hallo Robbie* lief. Noch heute sagt Robert ab und zu:»Bin ich etwa eine Seelöwin?«Ihr ist plötzlich nicht wohl bei dem Gedanken, von ihm als Beobachterin entlarvt zu werden, also steht sie auf und schleicht sich noch einmal raus. Jetzt klopft sie erneut, aber so heftig, dass von innen umgehend »Herein« gerufen wird. Nun reißt sie die Tür mit Schwung auf.

»Anja!«, ruft Robert freudig.

Und sie antwortet ihm lachend mit: »Robbie!«

Robert stutzt, als er die Handtasche auf dem Tisch bemerkt.

»Warst du schon einmal hier?«, fragt er verwundert.

»Ich muss wohl geschlafen haben.«

Ach, wie gerne würde sie seine Lippen küssen, aber aus Angst davor, Keime auf ihn zu übertragen, beherrscht sie sich. Stattdessen küsst sie sich auf die Handfläche und dann pustet sie ihm den Kuss entgegen. »Ich freue mich so sehr, endlich wieder bei dir zu sein«, beteuert sie, und dabei strahlt sie mit der Sonne da draußen vor dem Fenster um die Wette.

Robert verzieht sein Gesicht zu einem gepeinigten Grinsen. »Wir freuen uns auch.«

Anja ist verblüfft. »Das ist doch kein Zweibettzimmer hier, oder?«

»Nein, nein«, sagt er immer noch gequält grinsend, »es ist schon mein Reich alleine, aber trotzdem bin ich zu zweit hier.« Und dabei zeigt er auf seinen Brustkorb.

»Robert! Damit macht man doch keine Scherze!«

Es ist sein unheimlicher Gesichtsausdruck, der sie für einen Augenblick irritiert.

Mühsam erhebt sich Robert mit schmerzverzerrter Miene vom Bett hoch. Auf der Bettkante verweilt er einen Moment schwer atmend. »Die Narbe tut noch weh«, meint er stöhnend. »Außerdem machen mir die vielen Medikamente dermaßen die Muskeln schwach, dass ich weit davon entfernt bin zu glauben, dass mir ein neues Leben geschenkt wurde. Manchmal meine ich, die haben mir das Herz eines Greises zwischen die Rippen gestopft.«

»Liebling, so darfst du aber nicht reden!« Nun steht Anja dicht vor ihm. Sie legt ihre Arme auf seine Schultern, und er birgt seinen Kopf an ihrem Bauch, während sie ihm zärtlich über die Haare streicht.

»Bin ich noch ein Mensch?«

Seine Worte, seine Frage bereiten ihr weiteres Unbehagen. Noch bevor sie ihm antworten kann, hört sie, wie er mit dem Unterton der Verzweiflung sagt:»Ich will den Gedanken immer verdrängen, dass in meiner Brust das Herz eines anderen schlägt. Das Herz eines Menschen, der gestorben ist, damit ich leben kann. Jedoch ich kann es nicht. Ich kann es einfach nicht. Ist das nicht grausam?« Wie ein kleiner Junge guckt Robert zu ihr hoch. Wie ein kleiner Junge, dessen geliebter Hamster gerade gestorben ist.

»Weißt du, ich will für mich unbedingt einen Weg finden, wie ich damit fertig werde. Aber das *Wie* fällt mir nicht ein. *Es ist nur eine Maschine*, sage ich mir zur Beruhigung. *Eine Maschine aus menschlichen Muskeln, die man in einen menschlichen Körper eingebaut hat, damit er wieder funktioniert.*« Er greift umständlich nach einem Protokoll, das auf dem Nachttisch liegt.»Und damit mein Körper ordentlich funktioniert, muss er ständig überprüft werden. Hier«, sagt er vorwurfsvoll,»hier werden meine Lebensparameter genauestens nach Uhrzeit protokolliert. Blutdruck, Puls, Körpertemperatur und neben den Ausscheidungen auch noch täglich mein Gewicht.« Schweigsam legt er das Papier zurück.

Im Raum ist absolute Stille eingetreten. Nach einer Weile tropft eine Träne auf sein Haar. Geistesabwesend wischt er mit der Hand darüber. Mit wehmütigem Blick betrachtet er daraufhin seine Frau, und traurig gestimmt sagt er:»Manchmal weiß ich nicht mehr, wer leben soll, oder leben will. Der, dem das Herz gehörte, oder ich. Anja … Anja, ich bin ein Zombie.« Seine Stimme wird leise.»Willst du mit einem Zombie zusammenleben?«

»Aber Robbie, mein allerliebster Schatz, denk doch nur daran, wie schlecht es dir ging, bevor du …«, sie zögert, es auszusprechen, »bevor du dein neues Herz bekommen hast. Und wie zuversichtlich du danach warst. Du darfst auch nicht vergessen, dass die vielen Medikamente ihre Nebenwirkungen haben. Aber diese Zeit wird auch vorübergehen. Hauptsache, du bist bei uns, bei Julian und bei mir. Das ist doch alles, was zählt, oder?« Anja geht zum Tisch und zieht ein zusammengefaltetes Blatt Papier aus ihrer Tasche. »Bitte!«, sagt sie lächelnd. »Es ist ein Geschenk für dich, von Julian.«

Robert schaut seine Frau an, als würde er durch sie hindurchsehen. »Ist der Junge gut angekommen? Hoffentlich ist er richtig auskuriert!«

»Ja, es ist alles in Ordnung, ihm geht es gut. Aber jetzt sieh doch nach, was er mir für dich mitgegeben hat!«

Bedacht faltet Robert das Blatt auseinander. Lange schaut er darauf, ohne etwas zu sagen.

»Hat er es nicht sehr schön gemalt?«, drängt sie ihn, einen Kommentar abzugeben.

»Ja, ja, sicher, sicher, sehr schön, sehr, sehr schön. Der Junge hat es sehr schön gemalt.«

»Nun guck doch, was er darübergeschrieben hat«, ermuntert ihn Anja.

Laut liest Robert vor: »Papa, Mama und ich im Paradies.« Fragend sieht er sie an. »Wo er das nur herhat?«

»Was hat er woher?«, erkundigt sich Anja erstaunt.

»Na, das mit dem Paradies!«

»Erkennst du es denn nicht? Wir drei stehen lachend bei uns im blühenden Garten. Julian hört es doch, wenn ich immer *unser Paradies* sage.« Und als sie sein bedrücktes Gesicht erkennt, holt sie noch ein gerahmtes Foto aus der Tasche hervor und stellt es auf seinen Nachtschrank. Jetzt schmunzelt er.

»Weißt du noch, wo und wann das war?«

»Ja, natürlich weiß ich das noch«, erwidert er.»Das Bild ist bei unserer letzten Fahrradtour aufgenommen worden.« Mit dem Finger zeigt er darauf.»Hier, wenn du genau hinsiehst, kannst du schon den Eber erkennen, der aus dem Dickicht gerannt kam.« Robert lacht, richtig herzhaft lacht er.»Ich konnte gerade noch die Kamera vom Zaunpfahl greifen, wo wir sie mit aktiviertem Selbstauslöser abgestellt hatten.«

»O ja«, freut sich auch Anja,»und dann hast du Julian zugerufen: *Trete in die Pedale Junge, trete in die Pedale.* Dass ich kaum mit euch mitgekommen bin, hat dich damals überhaupt nicht interessiert.«

Mit einem treuherzigen Augenaufschlag meint er beschwichtigend:»Die Wildschweine hätten dir schon nichts getan.«

Worauf sie sich lachend in den Armen liegen.

»So ist es gut«, stöhnt sie.»So ist gut, alles wird gut. Alles wird wieder so, wie es einmal war, glaube nur fest daran.«

Er stößt sie leicht zurück.»Nein, nein, und nochmals nein. Nichts wird wie früher werden, weil ich nicht mehr der Robert Lichtenberg bin, der ich einmal war.«

Als Anja etwa zwei Stunden später im Parterre im Vorzimmer von Doktor Klawitter wegen eines kurzfristigen Termins bei dessen Sekretärin vorspricht, ist sie noch ganz benommen von Roberts auffälligen Stimmungsschwankungen. Wahrhaftig, so kennt sie ihren Mann nicht. In diesem Zustand ist er wirklich nicht mehr ihr Robert. Als Krankenschwester weiß sie allerdings, dass derartige Operationen auch großen Einfluss auf die Psyche eines Patienten haben können. Aber nun betrifft es ihren Mann, da sieht die Welt natürlich ganz anders aus. Da wird jede kleinste seiner Anspielungen oder Andeutungen zu einem

Warnsignal. Sorgen hat Anja insbesondere Roberts Bemerkung mit dem Dach bereitet, die er beim Abschied beiläufig machte. Sie ist sogar richtig böse mit ihm geworden, als er völlig unmotiviert und aus dem Zusammenhang gerissen meinte, dass es wohl keiner überleben werde, wenn jemand vom Flachdach der Klinik fällt.

»Was hat denn irgendjemand auf dem Dach der Klinik verloren?«, hatte sie ihn daraufhin regelrecht verärgert gefragt.

»Der Dachdecker zum Beispiel«, war seine knappe Antwort gewesen. Seine Entschuldigung kurz danach sollte ihr wohl zeigen, dass es dumm von ihm war, so etwas zu sagen. Doch Anja hatte sich sehr unbehaglich gefühlt, als sie von ihm fortging.

Du musst so schnell wie möglich mit dem Psychologen darüber sprechen, beschloss sie spontan im Aufzug stehend. Und nun beobachtet sie ungeduldig, wie die Sekretärin reichlich gelangweilt mit der Computermaus herumscrollt.

»Morgen um 11 Uhr 45«, lässt sie endlich ziemlich herablassend verlauten, wie Anja empfindet. Sie bedankt sich dennoch mit gezierter Freundlichkeit. Noch bevor sie die Tür hinter sich schließt, ruft ihr die verhärmt wirkende Vorzimmerdame nach: »Seien Sie bitte pünktlich. Herr Doktor geht präzise um dreizehn Uhr zu Mittag.«

Anja hat sehr schlecht geschlafen. Und nun fühlt sie sich total gerädert. Immer wieder hat sie im Traum gesehen, wie Robert, den Kopf sprungbereit nach unten gerichtet, mit ausgebreiteten Armen auf der Dachkante der Klinik steht. Und als sie zu Tode erschrocken zu ihm hinlaufen will, bewegen sich ihre Beine nur im Zeitlupentempo, ohne dass sie sich dabei von Stelle rührte. Schweißnass ist sie davon aufgewacht und wusste eine Zeit lang nicht, wo sie sich befand.

Aber im schwachen Licht der Nacht, das in das kleine Dachzimmer fiel, glaubte sie, dermaßen in Panik geraten, von den Deckenschrägen erdrückt zu werden. Sie hatte in ihrer Schläfrigkeit tatsächlich den Eindruck, dass die Seitenwände, wie bei einem Gewinde und von wem auch immer, enger und enger zusammengeschraubt wurden. Nach diesem fürchterlichen Alb hat sie jede halbe Stunde auf die Uhr geschaut und dabei sehnsüchtig den Morgen herbeigesehnt. Dabei bereute sie aus tiefstem Herzen, nicht die Schlafgelegenheit in der Klinik angenommen zu haben. Sie hat es allerdings deshalb nicht in Erwägung gezogen, weil auch sie ein wenig Abstand vom Klinikablauf haben wollte. Auch Samuel hatte sie ja ernstlich gewarnt, dass sie die den Anspannungen und dem Tempo der Ereignisse physisch und psychisch nicht mehr lange gewachsen ist. Aber sie weiß es ja selbst. Sie spürt es am eigenen Leib. Und sehen kann sie es ebenfalls, wenn sie in den Spiegel schaut. Doch bisher hat sie alles in einer angestrengten Gleichgültigkeit hingenommen. Sie nahm es sogar widerspruchslos hin, als Julian vor seiner Abreise zu ihr gesagt hat: »Mama, du siehst schon aus wie Oma Rita.«

»Wo wollen Sie denn so früh hin?«

Gerade will Anja das Haus verlassen, da tritt ihr Frau Niedermeyer, wie aus dem Nichts erschienen, entgegen. Die schrullige Vermieterin ist auf dem Weg ins Bad, wie sie mit neugierig blinzelnden Augen bekundet. Anja hat sie beinahe nicht erkannt. Gestern, bei ihrer Ankunft, trug Frau Niedermeyer ihr ergrautes Haar zu einem ordentlichen Knoten gebunden. Jetzt fallen ihr die dünnen, fettigen Strähnen bis auf die Schultern, die von einem ausgewaschenen Nachthemd bedeckt sind. Ihre runzeligen

Wangen sind eingefallen. Die Zähne liegen wohl noch im Glas. Vom schlechten Traum unverändert aufgewühlt, wird Anja von ihrer Fantasie genarrt, indem die Vermieterin vor ihren Augen zur Hexe mutiert. In Gedanken schilt sie sich sofort für solch eine Dummheit. »Ich muss Ihnen doch noch Ihr Frühstück richten«, brummelt die Alte. »Sie haben schließlich bezahlt dafür!«

»Danke, Frau Niedermeyer«, antwortet Anja rasch, »heute Morgen nicht. Ich werde mit meinem Mann zusammen in der Klinik frühstücken«, lügt sie.

»Na, dann nicht.« Und schon verschwindet die Alte kopfschüttelnd im Bad.

Draußen tröpfelt der Frühnebel aus dem Laub der Bäume. Recht kühl ist es, und Anja schlägt fröstelnd den Kragen ihrer Steppjacke hoch. Tief atmet sie die frische Luft des Morgens ein. Für einen Moment ist es ihr, als würde ihr Leben auf Anfang gestellt. Unverbraucht kommt ihr die Welt vor, in der all die Sorgen und Nöte zu dieser Stunde noch nicht existent sind. Aber dieser Zustand hält nicht lange an. Nur wenige Menschen begegnen ihr, und die, die ihren Weg kreuzen, haben es eilig. Es ist sieben Uhr, und eilig hat sie es keineswegs. Der Termin mit Doktor Klawitter ist für elf Uhr fünfundvierzig angesetzt, vorher braucht sie nicht in der Klinik erscheinen. Robert hat am Vormittag einen strammen Therapieplan, damit ist er völlig ausgelastet.

Als sie an einer Bäckerei vorbeikommt und ihr der Duft von frisch gebrühtem Kaffee und Gebäck in die Nase steigt, überfällt sie ein großes Verlangen nach einem starken Kaffee und einem knusprigen Croissant. Im Innern ist es gemütlich warm, und sie setzt sich an einen Tisch direkt am Fenster, sodass sie die Türe und die Verkaufstheke im Blickfeld hat.

Während sie abwechselnd ein Stück vom Croissant abbeißt und einen Schluck heißen Kaffee schlürft, beobachtet sie aufmerksam die unterschiedlichsten Menschen, die kommen und gehen oder sich zu einem Imbiss an die Tische setzen. So mustert sie zum Beispiel den wohlgenährten, glatzköpfigen Mann schräg gegenüber, der herzhaft in sein Fleischwurstbrötchen beißt. Auch das junge, hübsche Mädchen, dessen Blicke sich nicht vom Display ihres Handys lösen, entgeht ihr nicht. Auch nicht die Mutter, die mit ihrem quengelnden Jungen an der Verkaufstheke steht und so tut, als bemerke sie nicht, dass ihr Kind dauernd bettelnd an ihrer Hand zerrt. Den Trupp düster dreinschauender Arbeiter in ihren schmutzigen Blaumännern, die wortlos ihren Kaffee wie Bier trinken, taxiert sie ebenfalls. Alle sie beneidet Anja in diesem Augenblick. Sie ertappt sich dabei, dass sie sogar ein wenig wütend auf sie ist, weil sie so sorglos tun, während sie von Sorgen geplagt wird. Wie gerne würde sie mit all jenen auf der Stelle tauschen.

Hastig trinkt sie ihren Kaffee aus, und plötzlich schwermütig geworden, bricht sie auf. Sie muss ihren Weg gehen, den Weg, den sie gehen muss.

Der Nebel ist inzwischen einem goldenen Oktober gewichen. Sie knöpft die Jacke auf, der heiße Kaffee und die milde Sonne stauen die Wärme unter ihrer Kleidung. Kurz, nachdem sie der Wegbiegung folgend freie Sicht hat, entdeckt sie in einiger Entfernung das Klinikgebäude, das auf der vor ihr liegenden Anhöhe nicht zu übersehen ist. Optisch ist es noch nicht viel näher gerückt. Da hat sie noch eine ordentliche Wegstrecke vor sich. Aber sie bereut es nicht, dass sie sich zu Fuß auf den Weg gemacht hat.

An der Abzweigung zur Auguste-Viktoria-Straße bleibt sie vor dem Hotel Grünewald stehen, weil sie auf einen Gedenkstein aufmerksam geworden ist, an dem frische Blumen abgelegt wurden. Sie stutzt. An einer mannshohen Stele aus schwarzem Granit erkennt sie im Relief aus weißem Marmor das Gesicht von Elvis Presley. Dann liest sie auf der Inschrift seinen Namen. *Elvis Aaron Presley, King of Rock'n'Roll.* Ein älterer Herr, der mit seinem Dackel an der Leine vorbeikommt, zeigt mit dem Finger auf das Hotel, einem gediegenen Prachtbau, und mit einem unüberhörbaren Unterton in der Stimme sagt er, als wäre es sein Verdienst gewesen:»Da hat er während seiner Militärzeit gewohnt.«

Als er weitergeht, den Dackel hinter sich herziehend, hört Anja, wie er *Muss i denn, muss i denn, zum Städtele hinaus* ... singt. Sie selbst kann noch nicht weitergehen. Der Ort fesselt sie. An ihren Vater muss sie denken, der ganz vernarrt in Elvis war. Wie er hatten auch sie und Robert früher bei Tanzturnieren teilgenommen, bei denen Rock'n'Roll zum Standardprogramm gehörte, obwohl diese Musikrichtung seit Jahrzehnten aus der Mode war.

Diese Gedanken kommen ihr, während sie schlagartig das Gefühl hat, als würde jemand hinter ihr stehen. *Ist es wieder der Alte? Nein, da ist niemand? Komisch, ich habe doch jemanden gesehen?* Jetzt durchfährt sie ein gewaltiger Schreck. *Huch, Vater? Da steht ja Vater!* Für einen ganz kurzen Augenblick meint sie sogar, dass ihr Vater sie an der Wange berührt hat. *Es wird nur ein Luftzug gewesen sein.* Und gleich darauf ist auch der Schatten verschwunden.

Ein eiskalter Schauer rieselt ihr über den Rücken. *Um Himmels willen, ich fantasiere!* Dieser Ort scheint eine ganz besondere Aura zu haben. Sie gibt sich gerne der wahnwitzigen Vorstellung hin, dass Vaters Geist in der Nähe ist, und schließt die Augen. Die Bilder ihrer Hochzeitsfeier steigen in ihr auf. Schemenhaft sieht sie, wie Vater bei der Band steht. Er wünscht sich, dass die Musiker *»Blue Suede Shoes«* für ihn spielen. Mit den ersten Takten, die erklingen, lacht er ausgelassen und fordert sie zum Tanz auf.

Was für eine schöne Erinnerung. Sie lächelt entrückt in sich hinein. *Ach, wie haben wir wild getanzt. Alle standen anfeuernd um uns herum und haben dabei fröhlich in die Hände geklatscht. Vater rief immerzu:»Tritt mir bloß nicht auf meine blauen Velourslederschuhe.«* Er trug damals tatsächlich blaue Velourslederschuhe. Dann, der letzte Akkord erklingt. Vater und sie liegen sich glücklich in den Armen. Nun hört sie wieder ganz deutlich, wie er zu ihr sagt:»*Viel Glück und Liebe für deine Zukunft, Kind.*«

Als sie aus ihrem Tagtraum erwacht, findet sie sich schwankend vor der Stele wieder. Warum nur musste ihr Vater so früh sterben? Auch Elvis war doch noch viel zu jung, um die Welt zu verlassen. Sie zuckt zusammen, weil ihr Robert ebenso in den Sinn kommt. Elvis ist 1977 gestorben, das steht da geschrieben, genau in dem Jahr, als Robert geboren wurde. Elvis starb mit 42 Jahren, und Robert wird am 15. Dezember 40 Jahre alt. Anja ist nicht wirklich abergläubisch, aber dennoch fragt sie sich zweifelnd, ob die Stele vielleicht ein Omen ist, ein Vorzeichen? Sie mag gar nicht daran denken, dass noch etwas Schlimmes passieren könnte. Eines jedenfalls ist ihr wieder tief ins Bewusstsein geraten: dass der Tod keine Rücksicht auf das menschliche Alter nimmt!

Um 11 Uhr 30 meldete sich Anja wieder im Vorzimmer der Praxis des Psychotherapeuten Doktor Willibald Klawitter bei seiner Sekretärin Frau Wollweber. Etwa vor einer Minute hatte der Therapeut wie ein gehetzter Marder den Kopf durch die Tür seines Büros gesteckt, als sei er in seinem Bau aufgeschreckt worden. Und obwohl Anja nicht zu übersehen war, fragte er zischelnd:»Frau Wollweber, ist denn mein Termin schon da?«

Gleich darauf sitzt Anja ihm an dessen Schreibtisch steif gegenüber. Ein wenig unwohl fühlt sie sich. Auch deswegen, weil sein Arbeitszimmer wegen der zugezogenen Vorhänge ziemlich schummrig ist. Vielleicht stört ihn das freundliche Licht der Herbstsonne? Außerdem weiß sie vom ersten Eindruck her nicht, ob er ihr sympathisch ist oder nicht. Denn eigentlich mag sie diesen Männertyp nicht, die ihr Haar so scheiteln, das man die Glatze nicht sogleich erkennen soll. Zudem tragen seine sporadischen Zuckungen in dem spitzen, bartstoppeligen Gesicht nicht gerade dazu bei, selbst ruhiger zu werden. Einzig seine wässrig blauen Augen verraten Gutmütigkeit und Gelassenheit. Und als er sie fragt:»Was kann ich für Sie tun?«, ist es seine sonore, einschmeichelnde Stimme, die ihr auf der Stelle Vertrauen schenkt.

»Ich komme wegen meines Mannes und …«

»Verzeihen Sie, dass ich Sie unterbreche«, wirft Doktor Klawitter ein,»darf ich Ihnen einen Kaffee oder vielleicht einen Tee kommen lassen?«

In Anbetracht des pechschwarzen Kaffees am frühen Morgen und ihrer allgemeinen Aufgeregtheit und einer gewissen Abneigung, sich von Frau Wollweber etwas servieren zu lassen, sagt sie knapp und deutlich:»Nein danke!«

Während Doktor Klawitter etwas Unverständliches vor sich hin murmelt, blättert er beflissen tuend in seinen Akten herum, die stapelweise auf seinem altertümlichen Schreibtisch herumliegen.»Aha, da haben wir ihn ja!«, sagt er schließlich, ohne hochzusehen.

»Herbert Neumann. Geboren 2. Januar 1968.« Seinem bestätigenden Kopfnicken folgt ein nachdenkliches.»Hm, hm, hm. Leberzirrhose. Hm, hm, hm. Ich höre Ihnen zu, Frau Neumann, reden Sie ruhig weiter.«

»Verzeihen Sie, Herr Doktor.« Anja ist verwirrt.»Mein Name ist Lichtenberg, und mein Mann heißt Robert, Robert Lichtenberg. Er ist am 15. Dezember 1977 geboren.«

Doktor Klawitter fingert umständlich die biegsamen Bügel seiner runden Nickelbrille auf die Ohren. Wegen seiner Namensverwechslung nicht sonderlich beeindruckt, beginnt er wieder mit der Aktensuche. Anja nutzt die Gelegenheit, sich genauer umzusehen. In ihrer Ausbildungszeit zur Krankenschwester hat sie in einem Lehrbuch den Praxisraum von Sigmund Freud auf einem Foto gesehen. Daran erinnert sie der Raum. Sogar ein Gegenstück der berühmten Couch steht links neben ihr. Und über dem antiken Sekretär hängt außerdem das eindrucksvolle Porträt von Freud an der Wand. Wegen des Zwielichts wirkt dessen Gesichtsausdruck, von Schatten gezeichnet, düster dreinschauend.

»Natürlich, Robert Lichtenberg, unser Neuzugang.«

Anja zuckt zusammen, als sie seine Stimme hört. Irgendwie stolz wirkend, die Akte ohne Frau Wollwebers Hilfe gefunden zu haben, tippt er mit seinem Zeigefinger bedeutungsvoll auf deren Deckel herum. »Na, dann lassen Sie uns das Mal ansehen.« Jetzt erst knipst er die Schreibtischlampe an.

Konzentriert beobachtet Anja den Arzt, den sie wegen seines auffälligen Gehabes umso mehr für einen Sonderling hält, und sie fragt sich, warum sie ihn überhaupt aufgesucht hat. *Wird er mich verstehen? Wird er meine Sorgen ernst nehmen? Das Schlimme ist, dass ich mich selbst bald nicht mehr verstehe.* Es ist im Grunde doch nur eine vage Vermutung, was sie wegen Roberts Reden beunruhigt, weswegen sie hier ist.

Als würde eine fremde Person aus ihr sprechen, sagt sie in die angespannte Ruhe hinein: »Ich habe Angst!«

Doktor Klawitter hält abrupt im Lesen inne, und über den Rand seiner im Licht funkelnden Brille schaut er sie, stutzig geworden, durchdringend an. Den Schirm der Lampe dreht er so, dass ihr Gesicht angestrahlt wird, was ihr unangenehm ist. Plötzlich kommt sie sich wie eine dem Verhör ausgelieferte Angeklagte vor.

»Ich habe Angst um meinen Mann«, sagt sie rasch.

Beschaulich und betont wird ihr die Frage gestellt: »Und was hat Ihr Mann damit zu tun, wenn Sie Angst haben? Wovor haben *Sie* Angst?«

Was soll der Blödsinn?, denkt sich Anja. *Bin ich die Patientin? Habe ich ihn also richtig eingeschätzt, dass er eine Schraube locker hat?* Am liebsten würde sie auf der Stelle das Gespräch beenden. Sie hat das unangenehme Gefühl, dass seine stierenden Augen bis tief in ihre Seele blicken. So tief, als könne sie nichts vor ihm verbergen.

Unerwartet hält Doktor Klawitter seine linke Hand in den Lichtschein der Lampe, sodass sie auf der Wand schräg hinter ihr als riesiger Schatten markiert wird. »Schauen Sie ruhig hin, Frau Lichtenberg! Scheuen Sie sich nicht davor! Was Sie dort auf der Wand sehen, ist nicht meine Hand, das ist der Schatten meiner Hand. Und das ist im übertragenen Sinn Ihre Angst.«

Verwundert dreht Anja ihren Kopf zur Seite. Dann blickt sie reichlich verstört wieder den Arzt an.

»Ja, ja«, scherzt dieser aufmunternd, »ich habe es genau so gemeint, wie ich es gesagt habe. Die Angst, verehrte Dame, die Angst ist nur ein Schatten. Sie ist unreal und nur das heimtückische Gebilde der eigenen Fantasie. Wie könnte Ihnen diese Schattenhand etwas zuleide tun? Nichts kann sie Ihnen zuleide tun!«

»Aber es gibt doch noch die Hand, die den Schatten wirft!«, kontert Anja.

»Genau«, erwidert der Doktor, und demonstrativ wedelt er mit seiner Hand in der Luft herum, wobei seine Ohren im Takt der Finger wackeln. Sein Oberkörper richtet sich auf, sodass sein Gesicht fast im Dunkel verschwindet. Nun ist Freud direkt über ihm und er darunter zu einer einzigen Physiognomie geworden.

Davon konsterniert, argwöhnt Anja, dass nun beide Gesichter auf sie einreden, als Doktor Klawitter bestimmend ausruft:»Wenn das, was Sie in Ihrer Fantasie geahnt oder sich vorgestellt haben, irgendwann real wird, dann, aber nur dann und erst in diesem Augenblick, erfüllt die Furcht ihren Zweck, unmittelbar handeln zu können, handeln zu müssen! Erst dann, und nur dann erfüllt die Angst ihren Zweck. Alles andere ist Schatten, ist Luftgeschnatter! Aber nun sagen Sie mir doch bitte, um was es eigentlich geht.«

Anja zögert.»Mein Mann hat sich seit der Operation arg verändert«, sagt sie schließlich.»Und gestern …«, sie stockt,»gestern hat er so komische Andeutungen gemacht.« Wieder überlegt sie, wie sie es ausdrücken soll, ohne dass sie erneut in Zugzwang, in Erklärungszwang gerät.

Indes trommelt Doktor Klawitter mit den Fingerspitzen auf der Arbeitsplatte seines Schreibtisches herum. Er trommelt so lange, bis er auf seine Armbanduhr blinzelt. Die Mittagspause rückt näher und näher, mag er sich denken.

Anja bemerkt seine Ungeduld, und es platzt geradezu aus ihr heraus.»Ich befürchte, dass sich mein Mann etwas antun will! Er machte gestern mir gegenüber so eigenartige Bemerkungen.« Das wäre geschafft, jetzt ist es raus. Anja ist erleichtert. Sie ist irgendwie innerlich erlöst, und Doktor Klawitter ist hellwach geworden. Nun hat seine Besucherin endlich die Katze aus dem Sack gelassen. Sie hat etwas Handfestes verlauten lassen, etwas Greifbares. Etwas, wo er als Therapeut ansetzen kann. *Mortem Sibi Consciscere*. Die selbstmörderische Absicht ihres Mannes steht nun wie eine Mahnwache im Raum.

Noch einmal guckt er kurz auf die Uhr, dann lehnt er sich entspannt in seinen Sessel zurück. Und mit einem geradezu vertrauensseligen Lächeln doziert er:»Liebe Frau

Lichtenberg, Ihr Mann und natürlich auch Sie müssen sehr geduldig sein, sehr geduldig. Alles braucht seine Zeit! Schließlich wurde Ihrem Mann nicht der Blinddarm entfernt. Ich will damit sagen, dass er seinen schwerwiegenden Eingriff physisch und psychisch erst verarbeiten muss, insbesondere rationell verarbeiten muss. Aber darauf ist Ihr Mann ja in Vorgesprächen weitgehend hingewiesen worden, bevor er der Transplantation zustimmte. Und was Ihren Verdacht betrifft, dass Ihr Mann hinsichtlich einer Selbsttötung akut gefährdet ist, werde ich ihm natürlich in Einzelgesprächen ordentlich auf den Zahn fühlen. Aber wie gesagt. Ihrem Mann ist nicht der Blinddarm entfernt worden. Wie ich von ihm hörte, sind Sie Krankenschwester, und da wird Ihnen bewusst sein, welch gravierende Unterschiede es zwischen beiden Operationen gibt. Und was die subjektiven Veränderungen ihres Mannes betreffen, die Sie beobachtet haben, da gibt es in der Tat neueste internationale wissenschaftliche Forschungsergebnisse, die aufzeigen, dass es bei einigen Transplantierten mit einer bestimmten Disposition zu psychischen Abweichungen kommen kann.«

Anja braucht gar nicht nachfragen, ihr Gesicht verrät, dass sie den Ausführungen des Arztes nicht ganz folgen kann. *Bestimmte Disposition, psychische Abweichungen, was soll denn das heißen? Robert hat meinem Verständnis nach klar angedeutet, vom Dach zu springen!*

Der geschulte Therapeut erkennt sofort den inneren Zwiespalt seiner Zuhörerin.»Ich will damit sagen«, fährt Doktor Klawitter fort,»dass es in dieser Richtung vonseiten der Experten inzwischen dokumentierte Forschungsergebnisse gibt, die interessanterweise sogar charakterliche Annäherungen von Spender zum Empfänger nachweisen, die in gewissen Fällen so weit gehen, dass der Empfänger eine Wesensveränderung erfährt. Nachfragen bei Angehörigen des Spenders haben dann nachfolgend ergeben, dass dem Verstorbenen diese oder jene Auffälligkeit bescheinigt wird, die der Empfänger auf noch nicht zu erklärende Weise übernommen hat. Wobei ich einmal das große Feld der Mystik außer Acht lassen will.« Unvermittelt steht Doktor Klawitter auf. Mit den Händen auf seinem Schreibtisch abgestützt, betont er noch einmal nachdrücklich, dass er ein sorgsames Auge auf ihren Mann werfen wird. Dann reckt er sich umständlich mit ausgestreckter Hand über den Schreibtisch.

»Auf Wiedersehen, Frau Neumann … äh, verzeihen Sie, Frau Lichtenberg. Wenn Sie noch Fragen haben, wenden Sie sich wegen eines Termins an meine Sekretärin Frau Wollweber.«

Augenblicke später verlässt Anja ziemlich desillusioniert das Büro, und sie ist zumindest froh darüber, dass sie nicht Frau Wollweber begegnet. Vielleicht löffeln sie und der eigenbrötlerische Klawitter jetzt gemeinsam ihre Linsensuppe.

Oben auf Station angekommen, öffnet sie behutsam die Tür zu Roberts Zimmer, und im gleichen Augenblick erstarrt sie. Der Anblick macht sie bestürzt. Schnaufend und nass geschwitzt kniet Robert in seinem Bett auf dem total zerknüllten Bettzeug. Er bemerkt überhaupt nicht, dass seine Frau fassungslos im Türrahmen steht. Aber schon erholt sie sich von ihrem Schrecken, und mit ein paar Sätzen ist sie bei ihrem Mann, der sich wie ein wahnsinnig Gebärdender mit verzerrter Grimasse die Ohren zuhält.

»Robbie, hey Robbie«, stammelt Anja. »Was ist denn los mit dir?«

Wie ein in Panik geratenes Tier glotzt er sie an, und sie umschlingt ihn mit beiden Armen wie einen Ertrinkenden. Und als sie ihre Wange an das verschwitzte Gesicht ihres Mannes schmiegt, flüstert er immer wieder und immer wieder die irren Worte: »Der Fisch, der Fisch … er schreit so laut. Der Fisch, der Fisch … er schreit so laut!«

Ein Jahr später …

… schielt Anja am Sonntagmorgen auf den Wecker, da fällt ihr spontan der Titel eines Films ein, der vor Jahren im Fernsehen lief. *Morgens um sieben ist die Welt noch in Ordnung.* Ein schöner Julitag kündigt sich vor dem Fenster an. Sicherlich wird es wie gestern wieder sehr warm werden. Wird ihr der Tag gelingen, wie sie sich es vorstellt? Sie hat sich einiges vorgenommen, um Robert und natürlich auch sich auf andere Gedanken zu bringen.

Einen Augenblick lang muss sie sich, wieder einmal, nach einem wirren Traum sammeln. Auch ihre Nerven haben immens gelitten. Die Aufregungen der jüngsten Vergangenheit haben sie nicht verschont.

Sie lauscht auf Roberts ruhiges und gleichmäßiges Atmen. Wie friedlich er schläft. Ganz entspannt ist sein Gesicht. Die zurückliegenden Monate waren für alle Beteiligten nicht einfach. Sie macht sich nicht nur Sorgen um ihren Mann, sondern inzwischen auch um Julian, der sich in letzter Zeit recht aufsässig verhält. Der Junge weint häufig oder ist andernfalls trotzig bis hin zur Bockigkeit. Selbst mit seinem kindlichen Verstand ist ihm nach eigenem Bekunden aufgefallen, dass sein Papa ein anderer geworden ist. Was nicht sonderlich schwer festzustellen ist. Julian war es zum Beispiel nicht gewohnt, bei jeder Kleinigkeit von ihm angeraunzt zu werden. Erst neulich hat er wütend und mit aufstampfendem Fuß zu seiner Mutter gesagt:»Papa ist doof, er benimmt sich so blöd, außerdem riecht er nach Schnaps. Und eine Ohrfeige hat er mir auch gegeben, als ich es ihm gesagt habe.«

Anja ist aus allen Wolken gefallen.»Bist du von Sinnen, den Jungen zu schlagen?«, hat sie Robert angeschrien.»Meinst du, der würde nicht ohnehin darunter leiden, dass wir keine richtige Familie mehr sind? Er hat auch

Angst um dich, Robert, begreifst du das nicht? Denkst du, er macht sich keine Gedanken darüber, wenn er deine lange Narbe auf der Brust sieht? Nicht umsonst hat er mich einmal total verunsichert gefragt, ob du schon tot warst und wie lange das neue Herz noch schlagen wird. Reiß dich zusammen, der Junge braucht dich! Aber wenn du dich unbedingt umbringen willst, dann sauf weiter.« Danach ist sie, über sich selbst erschrocken, aus dem Zimmer gerannt. In der letzten Ecke des Gartens hat sie sich in ihrem Pavillon versteckt und gehofft, dass sie sich den Vorfall nur ausgedacht hat. Aber als sie wieder ins Wohnzimmer kam, saß Robert heulend und total zerknirscht im Sessel. Er hat geweint wie ein kleiner Bub, dessen Tränen nach Hilfe schreien. Da hat sie ihn in den Arm genommen und getröstet.

Als ihr das jetzt durch den Kopf geht, wird sie traurig, sehr traurig. Eigentlich könnte doch alles wieder gut werden. Roberts Körper hat das fremde Herz einigermaßen problemlos angenommen. Es arbeitet ordentlich, und vor allem gibt es auch keine Schwierigkeiten mit den Nieren. Nicht selten bereiten die Nieren den Patienten nach einer Herztransplantation Probleme, das weiß sie. Auch die Nebenwirkungen der vielen Medikamente halten sich bei Robert in Grenzen, und bis auf verschiedene Entzündungen an den Schleimhäuten, die ihm allerdings immer mal wieder heftige Schmerzen bereiten, ist er rein körperlich auf dem besten Wege, wieder einen normalen Alltag zu finden. Sogar leichten Sport betreibt er wieder, ohne dass es bei seinen Vitalwerten Auffälligkeiten gibt.

Bekümmert schaut sie zu ihm herüber. Da liegt der Mann, den sie aus Liebe geheiratet hat. Ihre erste große Liebe! Aber ist das noch ihr Robbie, fragt sie sich zweifelnd. Äußerlich ist er unverändert, auch wenn seine Gesichtszüge dadurch, weil er in letzter Zeit einige Kilo abgenommen hat, härter geworden sind. Doch das ist nur die

Hülle von ihm. Das, was da drinnen ist, seine Seele, seine Liebenswürdigkeit, das, was sie vom ersten Tag an Zuneigung und Hingabe in seinen Augen gelesen hat, was sie aus seiner warmherzigen Stimme herausgehört und verstanden hat, was sich für sie wie ein Schwur der Treue anhörte, das alles ist wer weiß wohin entflohen. So jedenfalls empfindet sie es aus ihrem tiefsten Inneren heraus. Aufbrausend und unbeherrscht ist er geworden, und gleich darauf zerfließt er wieder in Selbstmitleid. Ganz abgesehen von seinen schizophrenen Anfällen. Wenn er von seinen Visionen gequält wird, bangt sie darum, dass er wirklich irre wird.

Sie seufzt. Ach, wenn Samuel nicht wäre. Mit ihm kann sie über alles reden. Dabei ist es schon vorgekommen, dass er sie voller Anteilnahme in die Arme genommen hat und sie sich dabei sehr wohlfühlte. Danach allerdings hatte sie ein schlechtes Gewissen dabei.

Aber ich vermisse doch Nähe, verdammt noch mal, versucht sie, sich selbst dafür zu entschuldigen. Wenn sie Nähe bei Robert sucht, sagt er meist: Nicht jetzt! Und dann zieht sie sich bekümmert zurück, weil sie ihn nicht aufregen will. Wie ein kleines Mäuschen versteckt sich ihr Ich dann in einer geheimen, schwarzen Seelenkammer. Und wenn sie in dieser Gedankenkammer kauert, spürt sie am ganzen Leib frierend seine Kälte. Manchmal fürchtet sie, dadurch selbst emotional zu erkalten. Neulich hatte sie sogar Julian von sich weggeschoben, als der Junge sich liebebedürftig an sie drücken wollte. Daraufhin hat er ihr wortlos und beleidigt den Rücken gekehrt.

Anja schaut erneut auf die Uhr und wundert sich. *Komisch, dass der Junge sich noch so still verhält? Früher ist er sonntags morgens in aller Frühe in unser Bett gesprungen.*

Sie beschließt aufzustehen, um Kaffee zu kochen und das Frühstück anzurichten. Es gibt noch viel zu tun heute.

Sie will Robert eine Freude bereiten. Eine Gartenparty hat sie für den Abend geplant. Es wird gegrillt. Einige seiner Fußballkameraden haben sofort zugesagt zu kommen, und auch Samuel will sich noch überlegen, ob er die Einladung annimmt. Anja war schon erstaunt gewesen, als sie Robert den Vorschlag machte, Samuel ebenfalls einzuladen. »Schließlich hast du ihm viel zu verdanken«, gab sie zu bedenken. Und sie betonte auch ausdrücklich, dass Samuel ihr in den schwersten Stunden als ein guter Freund beigestanden hat. Und überhaupt, warum soll sie Robert das verheimlichen? Es ist doch nichts dabei, ihn als Freund zu haben!

»Soll er ruhig kommen«, war Roberts einziger Kommentar dazu gewesen.

Vom Küchenfenster aus hat sie einen freien Blick auf den prächtig blühenden Vorgarten. So viele Blumenzwiebel und Stiefmütterchen hat sie in die Beete gesetzt und eingepflanzt. Es hat ihr gutgetan, frühzeitig im Jahr für einige Stunden in der Erde zu graben. Sich nach all der klinischen Reinheit, ohne über irgendetwas nachzudenken, mal rücksichtslos die Hände schmutzig zu machen.

Gedankenverloren sucht sie, wie so oft in letzter Zeit, nach schönen Bildern der Erinnerung. Mit so vielen Wünschen an die Zukunft sind sie damals in ihr Haus eingezogen. Alles schien perfekt. Das Haus war erfüllt von Lachen und Zufriedenheit. Und sie war fest davon überzeugt, dass das Glück, ihr Glück, dem Schicksal stets überlegen ist. Anja seufzt. Solange, bis dass das Schicksal Robert die Rote Karte gezeigt hat.

Roberts Satz fällt ihr jetzt ein, den er neulich hasserfüllt zu ihr gesagt hat, nämlich dass das Schicksal ein richtiges Arschloch ist. *Ach was*, maßregelt sie sich, *du hast genug zu tun, was stehst du hier blöd herum.*

Energisch wischt sie sich eine Haarsträhne aus dem Gesicht und verschwindet voller Tatendrang in der Vorratskammer. Als sie wieder herauskommt, steht Robert in der Küche. Er schnuppert wie ein Hund. »Frühstück fertig?«

»Willst du dich erst noch frisch machen? Ich bereite inzwischen alles vor.«

Robert gibt keine Antwort, wie angewurzelt steht er da.

»Was ist, Liebling, hast du mich nicht verstanden?« Anja ist irritiert. Jetzt erst bemerkt sie, dass er sie mit Verlangen ansieht. Draußen und in den Räumen ist es sommerlich warm, und sie hat nichts weiter als ein kurzes, fast durchsichtiges Negligé an, das zudem am Dekolleté weit aufgeknöpft ist, sodass ihre großen Brüste kaum bedeckt sind, als sie sich zum Küchentisch herunterbeugt. Von seinem Blick überrascht, hält sie für einen Moment erstaunt das Hemd zusammen. Was sie gleich darauf dumm findet. Aber die Situation überfordert sie im Augenblick. Seit Roberts Erkrankung waren sie nicht mehr intim miteinander gewesen.

»Keine Scheu«, spöttelt Robert, »ich weiß, wie du nackt aussiehst.«

Ein wenig verlegen kommt Anja auf ihn zu. Auch er ist leicht bekleidet, weil er im Sommer stets mit freiem Oberkörper und untenherum nur in knappen Shorts schläft. Unwillkürlich betrübt nimmt sie die hässliche Narbe in Augenschein, die, eingerahmt von zögerlich nachwachsenden Brusthaaren, zu einem Zeugnis des Widerspruchs geworden ist. Widerspruch? Ja, ist sie doch die Bestätigung dafür, dass Tod und Leben im Kampf ein gemeinsames sichtbares Mal hinterlassen haben. Sanft streichelt sie mit ihren Händen darüber. Verschwitzt und erregt zieht er Anja zu sich heran, worauf sie sich hingebungsvoll an ihn schmiegt. Er spürt ihre prallen Brüste auf seiner Haut. Mit einem leidenschaftlichen Griff in ihr Nackenhaar zieht er ihren Mund an den seinen. Verzückt gibt sie sich seinem

Kuss hin, worauf er sie zum Küchentisch zerrt. Mit dem Oberkörper landet sie zwischen Butter und Marmelade. Wild entschlossen reißt er ihr das Oberteil des Hemdes auseinander und presst seine Lippen auf ihre Brustwarzen. »Robert«, stöhnt sie, »wenn Julian kommt!« Doch vor lauter Leidenschaft macht er sich daran, ihr den störenden Stoff über das Becken hochzustreifen. Sie trägt nichts darunter. So hat er seine wunderschöne Frau seit Monaten nicht angesehen. Seine Augen fressen gierig ihre Nacktheit, und ihr erhitztes Gesicht macht ihn beinahe rasend. Endlich wird er sie wieder spüren, so spüren, wie es das Verlangen verlangt. Aber was ist das? Was ist los mit ihm? Fassungslos spürt er, wie sich sein Körper gegen diese Art von Erregung wehren will. Ihm ist, als zögen sich die Blutgefäße in seinem Kopf krampfartig zusammen. Es schmerzt bis in die Haarwurzeln. Schwindel und Übelkeit stellen sich ein. Der Druck in seiner Brust nimmt zu. Plötzlich reißt er ihr wieder das Hemd über die entblößte Scham. Mit beiden Händen hält er sich mit verzerrtem Gesicht den Kopf fest.

»Ich kann nicht, ich kann nicht, es geht nicht.« Er quetscht die Worte heraus, als sollten sie nicht hörbar werden.

Anja richtet sich selbstbeherrscht auf. *Nur nicht in Panik geraten*, befiehlt sie sich. Prüfend fixiert sie ihren Mann. Für einen Moment überfällt sie Sorge. Sorge davor, dass er einen Herzanfall bekommt. Doch schnell erkennt sie, dass er hauptsächlich darunter leidet, als Mann in diesem Moment versagt zu haben. »Du musst Geduld mit dir haben, Liebling. Es sind die Medikamente.«

Von seinem überraschenden Versuch, sie auf dem Küchentisch zu nehmen, klingt ihre Stimme vor aufgewühlter Leidenschaft rau und kratzig. Doch Robert steht nun wie ein geprügelter Hund vor ihr. Er tut ihr leid. Sie hat das Bedürfnis, ihm beizustehen, demonstrativ darüber hinwegzusehen. Ihm zu zeigen, dass sie unendliche Geduld mit ihm hat. Ihren Kopf legt sie zärtlich auf seine Brust. Aber als sie das Herz hinter den Rippen pochen hört, spürt sie ein Frösteln. Schlagartig wird ihr bewusst, dass es nicht sein Herz ist. Es ist nicht das Herz, das ihr am Traualtar ewige Treue geschworen hat. Es ist das Herz eines Fremden. Das Herz eines Toten.

Sie friert plötzlich. Im nächsten Augenblick wird sie gegen die Kante des Küchentischs gestoßen. Entsetzt reißt sie die Augen auf. Der Rücken tut ihr weh. Völlig verdattert schaut sie ihn an. Robert scheint auf einmal wie verwandelt. Etwas Böses ist in seinen Gesichtszügen zu erkennen. Es ist ein Ausdruck, den sie noch nie bei ihm gesehen hat.

»Was soll das?«, fragt sie verzweifelt.

»Was soll das! Was soll das! Warum fragst du so blöd? Ein Versager bin ich«, poltert er los. »Wäre ich damals doch bloß vom Dach gesprungen!«

Und wieder tritt eine Verwandlung bei ihm ein, als sei er aus einer zweiten Haut herausgesprungen, die ihn eben noch gefangen hielt. Jetzt zeigt sich wieder sein altes Ich. Er macht einen schnellen Schritt nach vorne. Rasch umfasst er ihre Handgelenke und jammernd bettelt er unter Tränen:»Verzeih mir, Schatz, verzeih mir, bitte verzeih mir!«

Sich immer noch in den Armen liegend, bemerken sie Minuten darauf, dass Julian im Türrahmen steht und ebenfalls bitterlich weint.

Anja hat es in all den vielen Jahren ihrer beruflichen Tätigkeit mühsam gelernt, eigene Gefühle in dem Maße hintenanzustellen, dass andere Menschen es nicht mitbekommen, wie es in ihrem Inneren wirklich aussieht, auch wenn es ihr nicht immer leichtfällt. Obgleich sie an diesem Tag ihre seelischen Empfindungen alles andere als im Griff hat. Zu sehr hat sie Roberts Verhalten am Vormittag geschockt. Und als sie danach bemerkte, dass er heimlich Rotwein gleich aus der Flasche getrunken hat, traute sie sich nicht, ihn näher darauf anzusprechen. Nie, nie hätte sie geglaubt, dass es in ihrer Ehe einmal so weit kommt, dass einer dem anderen nicht mehr aus einer Sorge heraus sagen kann, was er denkt und fühlt. Also hat sie mit einigem Unbehagen im Bauch vor etwa einer Stunde den Gästen die Tür geöffnet. *Sie müssen doch mein angestrengtes Lächeln bemerken*, schoss es ihr dabei durch den Kopf. Nein, sie haben anscheinend nichts bemerkt. Gut gelaunt sind sie zu Robert in den Garten hinausgegangen, der dort die letzten Vorbereitungen für eine ausgelassene Gartenparty traf. Ohne Widerspruch ist er Anjas Bitte nachgekommen, sich draußen um die Getränke und um das nötige Geschirr zu kümmern, bevor die Gäste eintreffen. »In der Zeit werde ich in der Küche das Fleisch würzen und grillfertig zubereiten, bist du damit einverstanden?«, hatte sie ihn freundlich gefragt. Ja, Robert war damit einverstanden. Und gleich nach Erscheinen seiner Freunde gibt es zwischen blühenden Hecken ein großes Hallo. Anja steht derweil nachdenklich am Fenster und seufzt vor Erleichterung.

Kurz darauf erscheint zu ihrer Freude tatsächlich auch Samuel. Einen großen Blumenstrauß hält er ihr aufmunternd entgegen. Anja versucht, sich zu verstellen, er soll nicht bemerken, dass es ihr nicht gut geht, aber sie sieht es seinem kritischen Gesichtsausdruck an, dass er sie durchschaut.

Nun, Augenblicke später, neben ihr an der Arbeitsplatte stehend, beobachtet er sie immer noch distanziert, wie sie unkonzentriert das Fleisch auf die Teller richtet und fahrig in den Schüsseln mit den Salaten herumrührt. Blass sieht sie aus, nur am Hals zeigen sich rote, hektische Flecken.

Sie reicht ihm einen Löffel: »Hier, probier doch mal bitte den Kartoffelsalat, ist genug Salz drin?«

Samuel kostet. Und während er den Löffel abschleckt, schüttelt er versonnen den Kopf.

»Muss ich noch nachwürzen?«, fragt sie zweifelnd.

»Bitte?« Er sieht sie überrascht an.

»Na, ich habe dich gefragt, ob noch Salz oder vielleicht Pfeffer an den Salat muss.«

»Wie … nein, nein, alles in Ordnung, er schmeckt fantastisch!«

»Nun, ich dachte, weil du den Kopf geschüttelt hast.«

Bedacht legt er den Löffel beiseite, und mit langsamer Bewegung dreht er sich zu ihr, dass er ihr nun direkt in die Augen sehen kann. »Du bist überfordert. Du bist restlos überfordert, Anja. Mir kannst du es nicht verheimlichen. Als Arzt mache ich mir Sorgen um dich. Du musst auf die Bremse treten, sonst …« Er spricht nicht weiter.

Mit verschwitztem, überreizt wirkendem Gesicht sieht sie ihn mit letzter Beherrschung an. Fast verärgert fährt es in barschem Tonfall aus ihr heraus: »Aber was soll ich denn tun?« Gleich darauf klingt ihr Vorwurf flehentlich. »Sag mir, was ich tun soll! Ich komme nicht mehr an Robert heran. Er ist mir fremd geworden. Hörst du, Samuel, er ist mir fremd geworden. Und nicht nur mir, auch Julian fürchtet sich inzwischen vor seinem Vater, weil seine Launen zwischen himmelhochjauchzend und zu Tode betrübt wechseln. Ich weiß auch nicht, wie lange ich das noch aushalten werde. Was ich im Augenblick erleben muss, macht mich kaputt.« Wehmütig schweift ihr Blick aus dem Fenster in den Garten, wo Robert jetzt unerwartet teilnahmslos zwischen seinen Freunden sitzt. Von Weitem kann sie erkennen, dass sie alles versuchen, um ihn aufzumuntern. Als sie sich wieder Samuel zuwenden will, sieht sie gerade noch aus dem Augenwinkel, wie Robert eine Flasche Bier an die Lippen setzt.

»Komm, komm rasch!« Aufgeregt winkt sie Samuel heran. Wortlos zeigt sie in den Garten. Und als Samuel nicht reagiert, fragt sie:»Siehst du, hast du es gesehen? Robert trinkt Bier!«

Samuel schaut sie nachsichtig an.»Na ja«, meint er, »offiziell gehört Bier nicht gerade zu seinem Therapieplan, aber wenn ihm der Schluck guttut, dann lass ihn doch. Robert muss wieder ins Leben zurückfinden. Wenn ihm alles versagt wird, dann wird er nicht aus seinem Jammertal herauskommen.«

»Du verstehst mich nicht, Samuel. Es besorgt mich zutiefst. Robert trinkt auch heimlich Alkohol. Früher hat er ganz selten mal ein Bier oder Wein getrunken. Er ist Sportler und hat alles gescheut, was seiner Kondition geschadet hätte. Was sagst du als Arzt dazu?«

»Er *war* Sportler«, versucht er sie zu beruhigen.»Jetzt ist er ein geschwächter Mann, der sich erst einmal von einer schweren Erkrankung erholen muss. Gönnen wir ihm den Schluck Bier.«

»Es ist ja nicht nur der Schluck Bier«, entgegnet sie ihm beinahe trotzig.»Sogar Julian ist es schon aufgefallen, dass sein Vater mehr trinkt, als ihm guttut.« Mit diesem Satz verlässt Anja die Beherrschung. Vor Kummer werden ihre Worte zu einem unverständlichen Schluchzen.

»Anja, Anja«, flüstert Samuel, und als er sie in die Arme nehmen will, entfährt ihr ein»Aua«.

Stutzig geworden schaut er sie an.»Tut dir was weh?«

»Ach«, sagt sie rasch,»es geht schon.«

»Wo hast du Schmerzen?«, bohrt Samuel weiter.

»Glaub mir, Samuel, es geht schon.«

»Sag mir bitte sofort, wo es dir wehtut!«

Sie zieht ein Stück weit ihre leichte Sommerbluse hoch und deutet mit dem rechten Daumen auf die Stelle an ihrem Rücken, die ihr Schmerzen bereitet.

»Also sag mal …«, fragt Samuel erstaunt, »wie kommst du an dieses ausgeprägte Hämatom?«

Anja druckst herum.

Fassungslos sieht er sie an. »Hat er dich etwa geschlagen?«

»Nein, nein«, fährt sie aufgeregt dazwischen, »ich habe mich am Küchentisch gestoßen.«

»Er hat dich gestoßen, stimmt's?«

Sie schlägt die Augenlider nieder, und ganz leise sagt sie: »Ein Versehen, es war nur ein Versehen.«

Und als Samuel sie mitfühlend in die Arme nimmt, bricht es aus ihr heraus.

»Ich kann nicht mehr, Samuel. Ich weiß auch nicht, wie es weitergehen soll. Hier geht alles kaputt. Wir sind keine Familie mehr. Ich kann Julian doch nicht ständig zu meiner Mutter schicken. Seine schulischen Leistungen haben auch schon nachgelassen, und sein Lehrer beklagt sich bei mir, dass er aufsässig und vorlaut geworden ist.«

Samuel streicht ihr liebevoll übers Haar. Zögerlich fragt er: »Soll ich ihm Ritalin geben?«

Anja stößt ihn entrüstet von sich fort. »Nicht der Junge, Robert muss behandelt werden!«

Samuel stöhnt auf. »Robert bekommt die Medikamente, die er braucht. Ich denke, er muss so schnell wie möglich wieder seine Arbeit aufnehmen. Er muss das Gefühl bekommen, wieder ein vollwertiges Mitglied der Gesellschaft zu sein. Der Alltag wird ihn wieder formen. Die gewohnten Umstände werden wieder den alten Robert aus ihm machen.« Einen Augenblick denkt Samuel über seine Worte nach, dann kommt ihm noch eine Idee. »Vorab fahrt ihr aber erst einmal gemeinsam in Urlaub. Die neue Umgebung wird jedem von euch guttun. Am besten ihr fahrt in eine idyllische Gegend. Wie wäre es mit einem abgelegenen Hotel in Bayern, das möglichst an einem malerischen See liegt? Ausgiebige Spaziergänge werden zu einem guten Heilmittel der Seele werden. Unternehmt alles gemeinsam. Kümmert euch nur um euch, vor allem um euren Sohn. Ihr werdet wie verwandelt zurückkommen, da bin ich mir sicher.«

Von seinem Vorschlag angerührt, der ihr sogar ein wenig Zuversicht schenkt, sieht sie ihn erleichtert an. Dankbar klammert sie sich an seine Brust. Es sind vielleicht wenige Sekunden vergangen, da wird die Türe aufgestoßen.

»Ha!«, brüllt Robert los. »Hab ich es mir doch gedacht, dass ihr euch hier amüsiert. Wir warten da draußen auf das Fleisch, und ihr habt nichts anderes zu tun, als euch gegenseitig zu befummeln.« Voller Zorn stiert er die beiden angriffslustig an, und seine Stimme wird nicht leiser, als er mit seiner Tirade fortfährt. »Findest du bei diesem Lackaffen das, was ich dir nicht geben kann? Ist er besser im Bett, als ich es früher war? Hast du es so nötig, dass du mich mit ihm betrügen musst? Hier, in unserem Haus!«

Außer sich vor Wut stürmt Robert an die Arbeitsplatte, schnappt sich das Fleisch und wirft es ohne viel Federlesen in den Mülleimer. Einen Moment hält er daraufhin verwirrt den Strauß Blumen in der Hand, der noch auf dem Tisch liegt, und mit zwei kräftigen Schlägen schlägt er auf der Tischkante die Blütenköpfe ab.

Fassungslos gucken Anja und Samuel ihm dabei zu. Ohne einzuschreiten, müssen sie des Weiteren mit ansehen, wie er zum Fenster hastet, es aufreißt und in den Garten lärmt: »Weg, weg, weg! Haut ab, haut alle ab! Die Party ist zu Ende! In fünf Minuten seid ihr alle verschwunden, dann will ich keinen mehr hier sehen!«

Und schon wendet er sich wieder ab. Ohne ein weiteres Wort geht er, im Gesicht leichenblass, an den beiden vorbei. Im Türrahmen dreht er sich noch einmal um, und voller Gehässigkeit zischt er ihnen zu: »Viel Vergnügen noch!«

Zwei Monate später …

… sitzt Julian hibbelig vor Aufregung am Frühstückstisch. Die großen Schulferien haben begonnen. Wider Erwarten ist sein Zeugnis gar nicht so schlecht ausgefallen. Anja wertet es als ein gutes Zeichen, dass ihr Sohn sich wieder gefangen hat. Die Reise wird ihr Übriges tun, dass alle wieder näher zusammenrücken, wie sie hofft. Sie wünscht es sich so sehr.

In einem Zug trinkt Julian seine Tasse Kakao leer, ihm geht es nicht schnell genug, bis sie endlich losfahren. Noch bepackt Vater den Van und Mutter räumt oben im Badezimmer die Kosmetika zusammen. Julian blickt gespannt zur Küchenuhr, deren großer Zeiger unter dem drolligen Augenrollen des Salzgebäckkoches gerade auf acht Uhr vorrückt. Vor lauter Unruhe im Magen stochert er mit wenig Appetit in seiner Müslischale herum. Er hat sich schon lange nicht mehr so gefreut wie an diesem Morgen.

Drei Wochen Urlaub mit seinen Eltern liegen vor ihm. Er wäre ja lieber mit dem Flugzeug sonst wohin geflogen, aber Vater darf noch nicht fliegen, hat man ihm gesagt. Bestimmt würde es auch in Bayern in den Bergen schön werden. Mit Mutter will er klettern gehen, dahin, wo die Kühe Glocken um die Hälse tragen. Sie hat ihm alles recht schmackhaft gemacht. Überhaupt hat er in letzter Zeit das Gefühl, dass sich sein Leben fast wie früher anfühlt. Er beobachtet jetzt öfters, dass sich Vater beinahe so wie vor seiner Krankheit benimmt. Manchmal hört er sogar seine Eltern miteinander lachen. Wieder schaut er zur Uhr, am liebsten würde er die Zeit mit der Kraft seiner Augen vorwärtsdrehen. Um sich abzulenken, steckt er den Finger in die Marmelade und leckt ihn genüsslich ab. *So süß kann das Leben sein*, denkt er sich.

Warum Vater sich zum Guten verändert hat, weiß er natürlich nicht. Er weiß nicht, dass Mutter und Doktor

Samuel noch am gleichen Nachmittag, wo es den bösen Zwischenfall gab, Vater ernsthaft zur Rede gestellt haben. Wie ein Häufchen Elend saß Robert nach seinem hässlichen Auftritt in seinem Arbeitszimmer. Nur gut, dass er die Tür nicht abgeschlossen hatte; besorgt rechnete man schon mit allem. Insgeheim aber wartete er ja nur darauf, dass Anja zu ihm kam. Er war ein gebrochener Mann. Er hatte keine Kraft mehr. Anja brauchte sich auch nicht vor ihm zu rechtfertigen, an ihrem enttäuschten Blick erkannte er sofort, dass seine Anschuldigungen vollkommen haltlos gewesen waren. Aber, und hier lag seine Verwirrung, trotz seines miserablen Benehmens fühlte er sich irgendwie schuldlos, weil er felsenfest davon überzeugt war, dass ein anderer aus ihm herausgeschrien hatte. Das spürte er mit jeder Faser seines Ichs. Und demnach kam es auch, dass er sich mit flehentlichem Gesichtsausdruck vor den beiden das Hemd aufriss, mit der Faust auf seine Brust schlug und mit ganzem Seelenschmerz schrie:»Ich will dieses Herz nicht, ich will dieses verdammte Herz nicht!«

»Du hast dein Müsli ja noch nicht gegessen.« Mutter, die auf einmal hinter Julian steht, reißt ihren Sohn aus seiner Nachdenklichkeit.

»Ich wollte auf euch warten!«

Weil sie Robert im Flur hantieren hört, schaut sie sich etwas hektisch um und ruft:»Robbie, kommst du bitte erst frühstücken!«

Sich die Hände reibend erscheint er freudig.»Na, Kinder«, sagt er sichtlich aufgekratzt,»freut ihr euch schon?«

Anja ist glücklich. Sie kann es noch nicht richtig begreifen, wie verändert ihr Mann nach ihrer Gewissenspredigt ist. Sogar von Scheidung hat sie infolge der Aussprache gesprochen, wenn er nicht endlich mit seiner unbegründeten Eifersucht aufhört. Was blieb ihm anderes übrig, als es ihr reuevoll zu versprechen? Und nach ein paar Tagen hatten sie sogar die Grillfeier nachgeholt, und keiner seiner Freunde war ferngeblieben. Sie brauchte ihnen keine langen Erklärungen abzugeben, sie hatten verstanden.

»Also, was ist, freut ihr euch?«, wiederholt Robert seine Frage.

Julian springt auf und streckt seine Hand aus. »Gib mir five, Papi«, ruft er.

Eine Stunde später verlässt der Van den Hof.

Ich denke, in zwei Stunden …

»… werden wir da sein«, meint Robert zuversichtlich. »Pst, nicht so laut!« Anja dreht sich zu Julian um, der tief und fest auf dem Rücksitz schläft. Sie stöhnt leise. Der Junge hat sie über eine lange Zeit hinweg mit seinen Nörgeleien ganz schön genervt. Sie konnte den Satz: *Wann sind wir endlich da?*, einfach nicht mehr hören. »Meinst du wirklich?«, flüstert sie. »Na ja, ich nicht, aber die Frau im Navi!«, antwortet ihr Robert amüsiert. Sie wirft ihm einen verstohlenen Blick zu. Vor etwa einer Stunde gab es eine sehr heikle Situation, als ein vorausfahrender LKW plötzlich den Fahrstreifen wechselte und direkt vor ihnen auftauchte. *Das war knapp*, hatte Robert nur gestöhnt. Mehr sagte er nicht. Da wäre er sogar früher, vor der Transplantation, total ausgerastet. Nein, o Wunder, ganz ruhig ist er geblieben. Die neuen Medikamente, die Samuel ihm nach viel gutem Zureden für seine Psyche verordnet hat, scheinen ebenfalls zu wirken. Insgeheim ist sie Samuel so dankbar, dass er sich trotz allem und immer noch mit ganzem Engagement für Robert einsetzt.

Als sie das Autobahnschild sieht, auf dem angezeigt wird, dass bis München noch fünfzig Kilometer zu fahren sind, schließt auch sie die Augen. Dieser Abschnitt ist vom Verkehr her überraschend ruhig. Eine Gelegenheit für sie, ein wenig zu schlummern. Die Reise mit häufigem Stau und viel Verkehr, dazu die ständige Aufmerksamkeit, die sie bis zu diesem Zeitpunkt Robert gewidmet hat, haben sie sehr angestrengt, zudem sie sich immer wieder am Steuer abgewechselt haben, obwohl sie nicht gerne auf der Autobahn fährt. Und tatsächlich, es dauert nicht lange, da ist sie ebenso wie Julian tief und fest eingeschlafen.

Doch dann reißt sie von jetzt auf gleich ein bedrohliches Quietschen aus dem Schlaf. Der Wagen schleudert, Robert bekommt kaum mehr Gewalt darüber. Wie gelähmt starrt Anja auf die Leitplanke, die, so sieht es für sie aus, direkt auf sie zurast. Ohne einen Laut hervorzubringen, wartet sie auf das Scheppern von Metall. Dann ist Stille. *Himmel sei Dank!*

Der Van ist kurz vor einem Leitpfosten stehen geblieben. Ebenfalls stumm vor Schreck und mit bleichem Gesicht sitzt Robert neben ihr, und seine Hände umklammern krampfhaft das Steuer. Sie befinden sich auf einer sehr hohen Brücke, und gleich rechts neben ihnen geht es steil abwärts in die Tiefe. Julian ist es nun, der aus Leibeskräften schreit, und Anja will schnell zu ihm in den Fond steigen, doch sie kann die Türe nicht öffnen, die Leitplanke, nur Zentimeter vom Fahrzeug entfernt, verhindert es.

Vereinzelt brausen Autos an ihnen vorbei.

Als Anja ihren Kopf nach links dreht, liegt Robert, schweißnass, mit der Stirne auf dem Lenkrad.

»Was ist mit dir?«

»Es geht schon, kümmere dich um den Jungen, ich kann das Geschrei nicht mehr ertragen.«

»Es ist gut Julian. Alles ist gut«, beruhigt sie ihren Sohn. »Es ist ja nichts passiert.« Und wirklich, Mutters Worte beruhigen ihn und sein Geschrei verstummt.

»Meine Schulter tut weh«, jammert er nun.

»Auf dem nächsten Rastplatz halten wir an, dann schaue ich nach.«

»Der blöde Gurt«, murmelt er schluchzend.

»Tut mir leid, Julian.« Robert, der sich wieder einigermaßen gefangen hat, dreht sich gequält lächelnd zu ihm um.

»Was war denn los, Liebling, warum hast du denn so stark abgebremst? Hat dich wieder jemand behindert?« Anja bemüht sich, ruhig zu sprechen, doch auch sie ist furchtbar aufgeregt, und die LKWs, die dicht an ihnen vorbei brausen, sodass sie vom Windzug geschüttelt werden, machen ihr zusätzliche Angst.

»Ich muss aufs Klo!«, drängt Julian. Anja verdreht die Augen. »Auch das noch.«

»Geht es wieder, kannst du bis zum nächsten Rastplatz weiterfahren?«, fragt sie ihren Mann und legt ihm die Hand auf seinen Arm. Er nickt zustimmend.

Nachdem sich alle drei frisch gemacht haben, sitzen Robert und Anja auf einer dieser Steinbänke, wie man sie überall auf den Rastanlagen vorfindet. Julian ist zum Kiosk gelaufen. Ausnahmsweise darf er sich eine Cola kaufen. Als Robert nicht von alleine anfängt, über den Zwischenfall zu sprechen, fragt Anja ihn geradewegs heraus, was denn gewesen ist.

Robert zögert mit seiner Antwort, schließlich sagt er: »Wie soll ich es dir erklären. Es hört sich dumm an, ich weiß, aber so war es nun einmal. Ich hatte plötzlich das Gefühl, als wäre ich aus einem tiefen Schlaf aufgewacht und dann …«, wieder erregt macht er eine Pause, »und dann … dann war es mir, als rase ich direkt auf einen Baum zu.« Um Verständnis bittend sieht er Anja verzweifelt an, die vor lauter Staunen zunächst kein Wort herausbringt.

»Ein Baum?«

»Ja, Schatz, ein Baum!«

»Ein Baum mitten auf der Autobahn?«

Jetzt wird Robert ärgerlich. »Natürlich kein richtiger Baum. Bitte halte mich nicht für verrückt. In meiner Vorstellung stand er da, das weiß ich jetzt auch. Aber noch etwas anderes macht mich nachdenklich. Jemand hat das Steuer herumgerissen, um dem Baum auszuweichen. Ich habe es ganz deutlich gespürt, wie mir jemand von hinten über die Schulter ins Lenkrad gegriffen hat.« Da Anja sich schon verwirrt genug zeigt, verschweigt er ihr, dass an dem Baumstamm ein Fisch zappelte, der dort von einem Messer aufgespießt wurde.

Anja ist perplex. Tief atmet sie durch, dann sagt sie mitleidig: »Du wirst wirklich für einen kurzen Augenblick eingeschlafen sein. Dieser gefürchtete Sekundenschlaf. Es war wohl doch zu viel für dich, die lange Fahrt. Den Rest der Strecke werde ich fahren, bist du einverstanden?«

»Es war eine gute Idee hierher zu fahren, meinst du nicht auch? Diese Gegend ist wunderschön. Schau dir nur in der Ferne die schneebedeckten Berge an. Und die Luft, sie riecht so rein.« Den Blick auf Julian gerichtet, der ein großes Eis schleckt, zeigt sich Anja nach der strapaziösen Fahrt sichtlich zufrieden.

Auch Robert lehnt sich entspannt in den Biergartenstuhl. Und während er genüsslich ein großes Glas Weizenbier trinkt, schaut er verträumt auf das sich leicht kräuselnde Wasser des Sees. Wegen der momentanen Flaute ist kein Segelboot zu sehen.

»Was für ein uriges Lokal«, bemerkt Anja, die sich den Schaum ihres Cappuccinos von den Lippen leckt. Das Gepäck haben sie bereits auf die Zimmer verstaut. Anja war beim ersten Anblick des schicken Hotels schon total angetan, das nicht weit vom See entfernt liegt.

»Hier können wir es eine Zeit lang aushalten!«, rief sie freudig aus, und Julian wollte sofort alles auf einmal unternehmen.

»Wenn ich das Eis aufgegessen habe, darf ich dann ans Wasser gehen?«, bettelt er erneut.

Mit einem Kopfschütteln verneint Robert seine Frage. »Wenn du fertig bist, Mama und ich ausgetrunken haben, dann gehen wir gemeinsam den Uferweg zum Hotel zurück. Alles klar?«

Nach anfänglichem Herumdrucksen stimmt Julian dann doch Vaters Vorschlag zu. »Au ja, vielleicht sehe ich auch Fische!«

Eine halbe Stunde später brechen sie auf. Es gefällt ihnen, am Wasser entlangzugehen, und sie sind froh, dass nicht allzu viele Spaziergänger unterwegs sind. Es war ein heißer Tag, und die meisten Urlaubsgäste sitzen vermutlich draußen bei einem kühlen Getränk oder haben sich bereits auf ihre Zimmer zurückgezogen. Umso mehr genießt Anja die beschauliche Stimmung, die nur vom Zirpen der Heimchen und dem Plätschern am Uferbereich unterbrochen wird.

»Ich möchte auf den Steg dahinten!«, verlangt Julian.

»Moment, Moment«, mischt sich Robert ein. »Erst will ich wissen, wer von uns beiden einen flachen Stein öfters auf dem Wasser springen lassen kann.«

»Ich, ich!«, ruft Julian sogleich begeistert.

»Und ich bin Schiedsrichterin«, bestimmt Anja. Sie setzt sich umständlich auf einen umgefallenen Baumstamm, der noch mit einem Teil seines Stammes aus dem Schilf heraus über das Wasser ragt.

»Hier liegen ganz viele flache Steine«, freut sich Julian. Im Nu hat er sich die Hosentaschen vollgestopft. Auch Robert sammelt eifrig auf. Angerührt verfolgt Anja, welchen Spaß ihre beiden Männer haben, wenn die Steine wie kleine Fische auf der Wasseroberfläche dahin springen. Dabei kommt es gar nicht darauf an, wirklich mitzuzählen, welcher Wurf der bessere ist. Und während sie die Szenerie in sich hineinlächelnd beobachtet, verflucht sie den Tag, an dem Robert krank wurde. Im Nachhinein kommt ihr das Leben wie ein Lotteriespiel vor, bei dem man keinen Einfluss auf Sieg oder Niederlage hat. Doch dann sagt sie sich: Wer nicht wagt, der nicht gewinnt! Nein, sie will sich nicht unterkriegen lassen. Sie hat immer gehofft, und nun sieht sie, dass alles wieder gut wird. Julians Lachen ist dafür die absolute Bestätigung.

»Streng dich nicht so an, Liebling«, ruft sie Robert zu. Ebenfalls lachend winkt er ab.

Nach einiger Zeit sagt sie:»Kommt, lasst uns gehen, mir wird etwas kühl.«

Feuchtigkeit steigt aus den Wiesen auf, und der Mond tanzt inzwischen wie in Schleier gehüllt auf dem See. Fünf Minuten später brechen sie in der Abenddämmerung auf. Noch etwa hundert Meter müssen sie zurücklegen, bevor sie der Weg wieder auf die gepflasterte Promenade führt, als Robert stockstarr stehen bleibt. Anja schaut ihn fragend an, doch er reagiert nicht. Erst als Julian ein Stück voraus rennt, befiehlt er ihm mit barschem Ton, sofort und auf der Stelle umzukehren. Und als Julian nicht sogleich reagiert, wird Robert sehr nervös und muss heftig nach Luft ringen. Kein Wort bringt er mehr hervor.

Anja ruft, so laut sie kann, Julians Namen, um den Jungen gehorsam zu machen.

»Was ist denn?«, mault er widerwillig.

Die gleiche Frage stellt sie Robert. »Was ist denn, fühlst du dich nicht wohl nach der Anstrengung?«

Mit irrem Gesichtsausdruck gafft er sie an. Anja erkennt sofort diesen sonderbaren Gesichtsausdruck. Sie denkt an den Anfall in der Reha. *Er hat wieder eine Psychose*, schießt es ihr durch den Kopf.

Unvermittelt zerrt Robert Frau und Kind an sich heran. »Wartet!«, ächzt er. Seine weit aufgerissenen Augen folgen anscheinend etwas, was die beiden nicht sehen können. Julian will sich aus Vaters hartem Griff lösen, doch der hält ihn unnachgiebig fest. Und Anja weiß nicht, wie sie sich verhalten soll. Hilflos fragt sie sich, was hier geschieht. Sie befürchtet, dass Robert die Kontrolle über sich verliert. Jetzt ist er ihr wieder völlig fremd. Ihrer Meinung nach hält sie nun ein fremder Mann an den Handgelenken gepackt. Auch sein Gesicht hat nichts mehr mit dem Robert zu tun, der ihr vertraut ist.

Ich muss Hilfe rufen!

Bevor sie handeln kann, reißt Robert sie mit der Frage aus den Gedanken:»Habt ihr sie denn nicht gesehen?«

»Wen gesehen?« Zweifel bedrängen sie, ob nicht vielleicht doch von irgendwoher Gefahr gelauert hat.

Ohne ihr direkt Antwort zu geben, sagt er zu Julian: »Du wolltest doch auf den Steg. Nun lauf los, wir kommen nach. Aber nur auf den Steg. Halt dich am Geländer fest. Und wehe, du kletterst darauf herum!«

Kaum hat Robert es ausgesprochen, rennt Julian auch schon davon. Er versteht die Erwachsenen nicht mit ihren blöden Problemen.

»Also bitte«, drängt Anja.»Sag mir endlich, was du gesehen hast!«

Als sie ihm den Puls fühlen will, wehrt er sie energisch ab. Voll Unverständnis schaut sie ihn an.»Du hast sie wirklich nicht gesehen?«

»Nein Liebling, wen soll ich denn gesehen haben?«

Robert schüttelt selbstquälerisch den Kopf, seine Lippen zittern.»Sie kam über das Wasser gelaufen, direkt auf uns zu. Sie sah so erschrocken und leidend aus. Du musst sie gesehen haben. Hier, hier, ganz dicht ist sie an uns vorbeigewandelt, als flehe sie um Hilfe.« Unfähig, weiterzusprechen, bückt er sich.

»Was suchst du?«

»Sei einen Augenblick still. Bitte, nur einen Augenblick«, mahnt er unwirsch. Nun kniet er am Boden. Mit den Händen wischt er über den feuchtlehmigen Uferweg. »Das kann doch nicht sein. Da muss doch etwas zu sehen sein.« Prüfend besieht er sich anschließend seine Handflächen, wobei sich seine Augenbrauen enttäuscht zusammenziehen.»Dreck, nichts weiter als Dreck«, stammelt er.

»Was hast du anderes als Dreck erwartet?«

Vor sich hin stierend flüstert Robert: »Blut … Blut! Sie hat furchtbar geblutet. Ihr Kleid ist voller Blut gewesen und es tropfte vom Saum ihres Kleides.«

Trotz dieses kritischen Ereignisses folgten wunderbare und ausgelassen fröhliche Tage am Ammersee. Mit dem Verstreichen der Zeit bedauerten alle drei, dass auch der Urlaub allmählich zu Ende ging.

Nach dem Vorfall am See war Robert erneut wie ausgewechselt. Anja und er vermieden es in stillem beiderseitigem Einverständnis, über seine Vision zu sprechen oder gar darüber zu diskutieren. Dennoch bestärkte dieser Zwischenfall Anjas Vorhaben, unbedingt Samuel darüber zu informieren, sobald sie wieder zuhause waren. Nur jetzt nichts unternehmen, zwang sie sich. Vor allem nicht, weil auch Julian kein Wort über den Zwischenfall verlor und ihm nicht anzumerken war, ob es ihn beschäftigte. Im Gegenteil – er benahm sich glücklich und genoss die Unternehmungen. Seine Ausgelassenheit übertrug sich sogar auf Anja und Robert. Vor allem sein Lachen, so jedenfalls hatte es den Eindruck, schuf ein unsichtbares Band zwischen seinen Eltern, das immer dann sichtbar wurde, wenn sie zärtlich und rücksichtsvoll miteinander umgingen. Nur nachts, da schreckte Robert regelmäßig schweißnass aus dem Schlaf hoch. Tagsüber allerdings deutete nichts darauf hin, dass noch etwas Gravierendes passieren könnte.

Das ging so lange gut, bis es kurz vor ihrer Abreise eine erneute, aber noch dramatischere Begebenheit gab, die all das kaputtmachte, was ihnen der Urlaub an launiger Unbeschwertheit geschenkt hat. Und das kam so:

Wie an den vergangenen Morgen auch, sitzen die drei gemütlich am Frühstückstisch beieinander und schmieden Pläne für den Tag.

»Diesen herrlichen Ausblick auf den See werde ich vermissen«, beklagt Robert, während er sich dick Marmelade auf sein Brötchen schmiert.

»Und ich werde zuhause vermissen, dass ich den Tisch nicht auf- und abdecken und das Geschirr spülen muss«, seufzt Anja.

»Spülen tut doch die Spülmaschine«, bemerkt Julian kichernd.

Robert wird nachdenklich. »Es ist noch nicht allzu lange her, da hätte ich keinen Cent darauf verwettet, dass ich jemals wieder die Berge und den fantastischen Ammersee zu sehen bekomme.«

Anja lächelt ihm zu und ergreift seine Hand. »Wir werden das gemeinsam durchstehen, Robbie. Wir haben es uns vor dem Traualtar geschworen, in guten wie in schlechten Zeiten …« Sie redet nicht weiter.

Robert sieht sie eindringlich an. »Ich liebe dich!« Beinahe wäre ihm noch *von ganzem Herzen* herausgerutscht, aber die letzten Worte bleiben ihm im Hals stecken.

Julian tut so, als höre er den beiden gar nicht zu, aber insgeheim ist er glücklich darüber, dass seine Eltern so liebevoll miteinander sprechen.

Robert trinkt den Rest seines Tees aus. »Also, was ist, was machen wir heute? Habt ihr euch was überlegt?«

»Klettern!«, ruft Julian.

»Ach nee, nicht schon wieder an diese Hochseile«, versucht Robert, ihn von dieser Idee abzubringen. »Außerdem muss ich dann wieder nur unten herumstehen und aufpassen.«

Bevor er Anja fragen kann, was sie denn so meint, hebt sie um Aufmerksamkeit bittend den Finger in die Höhe. Robert und Julian warten gespannt darauf, was sie zu sagen hat.

Doch erst einmal wischt sie sich äußerst penibel mit der Serviette den Mund sauber, legt sie ordentlich zusammen und sagt ganz nebenbei: »Also ich für meinen Teil werde mich mit einem Buch an den See setzen und lesen.« Sie blinzelt zum Fenster hinaus. »Und das gleich, nachdem wir fertig gefrühstückt haben. Aber nur, wenn ihr einverstanden seid. Dem Wetterbericht nach soll es sich nämlich ab Mittag zuziehen. Das wäre für mich die Gelegenheit, den Nachmittag bei Massage und Sauna ausklingen zu lassen. Hat jemand was einzuwenden?« Sie streckt demonstrativ ihre Brust vor. »Krankenschwestern haben *Rücken*, müsst ihr verstehen. Unternehmt ihr beiden doch mal was ohne mich.« Auffordernd strahlt sie ihre beiden Männer an.

»Tja«, Robert kratzt sich am Hinterkopf, »ich hätte da schon einen Vorschlag zu machen, aber ich weiß nicht, ob der Filius einverstanden ist.« Breit grinsend macht er die beiden neugierig.

»Du hast also nichts dagegen, dass ich mir den Tag für mich abzwacke?«, fragt Anja.

»Ganz im Gegenteil«, beteuert Robert, »ich wollte ohnehin mit dem Herrn Sohnemann was unternehmen, falls er Lust dazu hat.«

»Was denn, was denn?« Julian zappelt aufgeregt auf seinem Stuhl hin und her.

»Also«, beginnt Robert, »was hältst du vom *Stand-up-Paddeln*?«

Julian springt begeistert auf, fast hätte er seine Tasse mit Kakao umgestoßen, und im nächsten Moment drückt er sich feste an seinen Vater.

Anja lächelt ihren Mann zustimmend an.

»Na, dann lass uns gleich aufbrechen!« Robert trinkt seinen Tee aus und wischt sich den Mund ab. Aufmunternd klopft er Julian auf die Schulter.

Es hat nur eine knappe Stunde Unterricht gebraucht, bis auch Julian einigermaßen sicher auf dem Paddelbrett steht. Es ist windstill, die Sonne scheint trotz angekündigter Wetterverschlechterung immer noch strahlend vom Himmel. Die Luft fächelt warm, und unter den Füßen kräuselt sich nur ganz leicht das Wasser. Der Junge hat seine helle Freude. Bei jeder heiklen Situation, in der es für einen kurzen Augenblick so aussieht, als könne er kentern, quietscht er vor Vergnügen, wenn er wild mit den Armen rudernd, aber standhaft auf dem Brett bleibt. Robert allerdings spürt mittlerweile schon mächtige Schmerzen und ein unangenehmes Ziehen in den Oberschenkeln, die wegen der langen Trainingspause schlaff und empfindlich geworden sind. Am liebsten würde er sofort aufhören, doch er möchte Julian nicht enttäuschen, der sich ein Stück weit von ihm entfernt ganz versessen auf das Paddeln zeigt. *Vor einem Jahr noch, da hätte ich dem Jungen vorgemacht, wie fit ich bin,* denkt sich Robert. Anderseits ist er froh darüber, dass er sich soweit wieder ganz gut erholt hat, wenn er bedenkt, dass er dem Tod gerade noch rechtzeitig von der Schippe gesprungen ist.

Nur nicht überfordern, mahnt er sich. *Vielleicht ist es doch besser, wenn ich aufhöre.*

Vor lauter Anstrengung ist ihm schwindelig geworden, und plötzlich wehen graue Schleier vor seinen Augen. Die Atemluft wird auch knapp. *Was soll das?*

Nun beginnt sein Brett wie von ganz alleine heftig zu schwanken. In seinem unmittelbaren Umkreis schlagen die unerwartet aufgewühlten Wellen weißlichen Schaum. *Komisch,* wundert er sich, *überall sonst liegt der See ruhig da.* Um die Schaukelei auszubalancieren, verlagert er sein Gewicht von einem Bein auf das andere. Und je mehr er um sein Gleichgewicht bemüht ist, je mehr befällt ihn Angst, obwohl er genau weiß, dass das Wasser in diesem Bereich nicht sehr tief ist. Dennoch beschleicht ihn ein seltsames Unbehagen. Unsicher schaut er sich um, doch keiner nimmt Notiz von ihm und seinem Argwohn. Und als er sich wieder darauf konzentrieren will, nicht in den See zu fallen, da gleitet unter der Wasseroberfläche ein großer Schatten direkt auf ihn zu, den er aus dem Augenwinkel wahrnimmt. Jetzt ist es pure Panik, die in seinen Ohren zu einem bedrohlichen Rauschen wird und sich mit dem Hämmern des Herzens vermischt. Er will Julian rufen, er will ihn warnen. Er will ihm klar machen, mit ihm unverzüglich an Land zu paddeln. Aber die Stimme versagt. Auch versagen ihm Arme und Beine, um das Brett voranzutreiben.

Beruhige dich, befiehlt er sich. *Mensch, beruhige dich! Es kann doch nichts passieren. Überall sind fröhlich ausgelassene Menschen, die ungezwungen ihren Spaß haben. Wo überhaupt ist der Schatten abgeblieben?*

Angestrengt sucht er das Wasser ab. Und genau in dieser Sekunde glotzt ihn ein riesiger Fisch an, dessen kolossales Maul schnappend aus dem Schaum ragt. Robert hat enorme Mühe sich vor Erstaunen auf den Beinen zu halten. Mit einem Ruck streckt er das Paddel hoch, um jeden Moment zuschlagen zu können, falls ihn der Fisch angreifen wird. Doch der scheint sich mit einem unsichtbaren Gegner im Kampf zu winden. Überall schäumt und brodelt es. Seine silbrigen Schuppen glänzen in der Sonne. Immer wieder schlägt seine Schwanzflosse hart ins aufspritzende Wasser. Robert ist verwundert, dass keiner außer ihm Notiz davon nimmt. Und als er versucht, das Tier sachte mit dem Paddel zu berühren, dreht sich der Fisch wahnsinnig schreiend auf den Rücken, und mit großem Entsetzen entdeckt Robert, dass in dessen prallem Bauch ein Messer steckt. Haltlos vor Schock stürzt er nach hinten, dabei kann er sich gerade noch an dem Brett festklammern. Seine Beine allerdings rutschen ins Wasser. Er hat verfluchte Angst um seine Beine. Wer weiß, welches Untier sich noch da unten befindet. Vielleicht hat der Fisch auch scharfe Zähne, so groß, wie er ist und wo er doch so ein breites Maul hat. Aber seine Sorge ist unbegründet, denn so überraschend, wie das Scheusal herangeschwommen kam, so unvermittelt verschwindet es wieder. Robert atmet erleichtert auf, als das Viech abtaucht und nicht mehr gesehen wird. Zurück bleiben Fragen, die ihn bedrängen. *Ist das wirklich wahr gewesen, was ich da gerade erlebt habe, oder werde ich langsam aber sicher vollends verrückt? Ich muss verrückt sein, wenn sich meine nächtlichen Albträume in den Tag mischen,* bestätigt er sich selbst. Völlig irreal wartet er darauf, dass er seinen Verstand verliert. Er lauert darauf, was noch passieren mag. Das Pochen in seinen Ohren ist nicht mehr vernehmbar. Das fremde Herz scheint aufgehört haben zu schlagen. *Hat das Herz des Fremden auf meine Angst reagiert, oder reagiere ich auf die Angst des Fremden?,* fragt sich Robert, nicht imstande, klare Zusammenhänge zu finden.

Antworten kann er sich nicht mehr geben, denn große Luftblasen im Wasser kündigen ein weiteres Unheil an. Abermals löst sich ein Schatten vom Grund der See. *Ist das wieder der ominöse Fisch?* Zuerst sieht es ganz danach aus, doch kurz darauf schießt keuchend eine Gestalt pfeilschnell aus dem Wasser. Von Gischt umspült erkennt Robert nicht sogleich, was ihm da unter die Augen geraten ist. Als er wieder einigermaßen klar sehen kann, glaubt er, seinen vor Schreck starren Augen nicht zu trauen. Direkt vor ihm, etwa in Armlänge entfernt, steht aufrecht und in tollkühner Manier eine mit Wasserkraut behangene Frauengestalt. Kein Zweifel, es ist genau dieselbe, die ihm in letzter Zeit immer wieder als ein Spuk begegnet. Auch jetzt sieht sie bleich und leidend aus. Das klitschnasse blonde Haar hängt ihr in langen Strähnen ins Gesicht. Mit schmerzverzerrtem Gesicht greift sie sich mit beiden Händen an die Brust, in der ein langes Küchenmesser bis zum

Schaft eingedrungen ist. Und als würde ihr Herz weinen, tropft das Blut in dicken Tropfen vom Griff des Messers in das inzwischen blutrot gefärbte Wasser.

Ein Schrei gellt in seinen Ohren. Noch bevor Robert sich besinnen kann, ist auch der Spuk wieder vorbei. *Eine Wahnvorstellung, kein Zweifel, nur eine Wahnvorstellung,* redet er sich ein. *Aber das heißt, dass ich tatsächlich verrückt bin!* Jetzt schwinden ihm die Sinne. Er spürt, wie sich sein Mund mit Wasser füllt, und in seinen Ohren braust es, als würde ein tosendes Meer über ihn zusammenschlagen.

Als er wach wird, beugen sich Leute über ihn. Im ersten Moment denkt er, es wäre eine Hydra mit vielen Köpfen, die er sieht. Sie starren ihn an. Er liegt auf einer Wiese. *Ist es das Jenseits?*

Ein aufgerissener Mund aus der Anzahl der Köpfe ruft: »Er lebt!«

Robert richtet sich mühsam auf. Die Köpfe weichen. Ohne zu wissen, was geschehen ist, versucht er, sich zurechtzufinden. Ein wenig abseits entdeckt er Julian. Er weint!

Warum weint er? Kraftlos sinkt Robert zurück. Furcht und Übelkeit füllen sein Inneres aus. Am liebsten würde er beides auf der Stelle auskotzen, aber stattdessen quillt übelschmeckendes Wasser aus seinem Mund. Irgendein Idiot drückt ihm dermaßen feste auf dem Brustkorb herum, dass er ihm gerne eine scheuern würde. Doch ihm fehlt die Kraft. Wegen des Wassers, das bei jedem Stoß auf seiner Brust seinen Mund füllt, kann er noch nicht einmal seinen Sohn rufen, der vor Aufregung zitternd abseitssteht.

Mit weit aufgerissenen Augen will Robert ihm Zeichen geben, wobei er im Innersten bewegt denkt, was sein wird, wenn er jetzt stirbt. Dann kann er sich noch nicht einmal von ihm verabschieden.

War denn alles umsonst? Die Operation und die Schmerzen, an die er nun qualvoll erinnert wird, weil der Idiot über ihm so rücksichtslos auf seiner Narbe herumdrückt. Wenn sein neues Herz in diesem Augenblick stehen bleibt, dann werden zwei Menschen endgültig in den Tod gerissen, schwant es ihm. Er und der Spender sind dann im Tode vereint. Und ihm wird bewusst, dass ein neues Herz nicht ewiges Leben bedeutet.

Hat sich das wirklich alles gelohnt?

»Hör auf!«, lärmt er plötzlich den jungen Burschen an, der in seinem Eifer mit der Herzmassage nicht nachlässt. Erschrocken prallt der Retter zurück. Auch die Umstehenden treten wachsam geworden ein Stück beiseite. Mit diesem Verbalausbruch haben sie wohl nicht gerechnet. Gleichzeitig ertönt ganz leise in der Ferne ein Martinshorn.

»Na endlich«, ruft der junge Bursche, »das wird aber auch Zeit!«

Eine ältere Dame hat sich zwischenzeitlich Julian angenommen. Sie streichelt ihm ermutigend übers Haar. »Gleich wird deinem Papa geholfen, du brauchst keine Angst mehr zu haben.«

Julian lauscht aufmerksam der Sirene, und je lauter sie wird, desto ruhiger wird er. Gleich werden sie da sein, gleich, gleich. Dieser Satz geht ihm pausenlos durch den Kopf.

In unmittelbarer Nähe des Uferbereiches hält der Krankenwagen. Umgehend machen sich zwei Sanis daran, die Trage aus dem Fahrzeug zu fahren. Mit verschwommenem Blick verfolgt auch Robert das Geschehen. *Um Himmels willen*, warnt ihn seine Kopfstimme, *wenn die mich mitnehmen, stecken sie mich in die Klapse.* Sie würden seine Ängste so lange analysieren, bis er ihnen von dem Schwachsinn erzählt, der ihn in absehbarer Zeit tatsächlich völlig irremachen wird.

Er rafft seine letzten Kraftreserven zusammen und erhebt sich schwankend. Anfangs sieht es ganz so aus, als sei er betrunken, dann erbricht er sich. Schwallartig leert sich sein Magen. Ein Raunen geht durch die Menge. Alle Anwesenden blicken verlangend zu den Sanitätern hinüber, die im Laufschritt heraneilen. Jemand ruft ihnen zu, sie mögen sich doch gefälligst beeilen, der Kerl kotze sich bereits die Seele aus dem Leib. Einige der Passanten filmen mit ihren Handys oder schießen Fotos. Abgelenkt davon bekommt kaum einer mit, wie sich Robert auf Julian stürzt. Zu allem entschlossen packt er ihn rigoros am Arm. Er hat nur einen Gedanken: Weg! Weg von hier, bevor sie ihn mitnehmen. Julian lässt es willig geschehen, dass sein Vater ihn mitreißt. Mit offenen Mündern schaut man ihnen nach. Die Handys werden wieder in den Taschen verstaut.

Als Robert und Julian sich bereits mit einigem Vorsprung entfernt haben, wird ihnen von einem der erbosten Sanis ein befehlendes »Halt!« hinterhergerufen.

Völlig erschöpft und nervlich aufgelöst erreichen Vater und Sohn ihre Unterkunft.

Anja liegt auf der Terrasse in der Sonne, als sie von ihnen aufgeschreckt wird. Außer Atem eilen die beiden ins Zimmer, wo sich Robert am Ende seiner Kräfte auf die Couch fallen lässt. Julian bleibt wie angewurzelt mitten im Raum stehen. Anja springt von der Liege hoch. Unentschlossen stiert sie ihren Jungen an. Er sieht furchtbar aus. Sie erkennt sofort, dass etwas Schlimmes geschehen sein muss.

»Was ist passiert?« In ihrer Frage schwingt Panik mit. Sie ist völlig konfus. Ihre Wimpern flattern regelrecht, während sie Mann und Sohn abwechselnd wie auf Sprung überwacht.

Eine Antwort auf ihre Frage bleibt allerdings aus.

»Robert, Julian, was ist los?«, wiederholt sie ihr Drängen diesmal mit lautstarkem Nachdruck. Daraufhin beginnt Julian bitterlich zu weinen. Robert hingegen liegt mit angstverzerrtem Gesicht und bläulichen Lippen regungslos auf dem Rücken. Seine Atmung ist flacher geworden. Seine Augen starren ins Leere. Anja ist unschlüssig, was sie tun, wem sie sich zuerst zuwenden soll. Schließlich nimmt sie sich Julian an, dessen Weinen zu einem erbärmlichen Jammern ausgeartet ist. Seine Wangen sind vor Erregung puterrot. Fürsorglich bringt sie ihn in die Küche.

»Eis oder Cola?«, fragt sie ihn mit gezwungenem Lächeln.

»Muss Papa sterben?« Julian bekommt die Worte kaum über seine Lippen.

»Nein Julian, dein Papa stirbt nicht. Ich gebe dir jetzt ein leckeres Eis, und das isst du gleich hier in der Küche und beruhigst dich. Ich gehe ins Wohnzimmer und kümmere mich um Papa. Ja? Sollen wir es so machen?«

Damit ist Julian schließlich einverstanden. Als Anja ihm im Türrahmen stehend aufmunternd zunickt, stochert er lustlos in seinem Eis herum. *Der arme Junge*, denkt sie, *er musste schon so viel durchmachen.*

»Ich habe dich lieb«, ruft sie ihm zu, dann eilt sie zu Robert hinüber.

Sie kennt Leid, sie kennt Trauer und Schmerz aus ihrem beinahe täglichen Einsatz im Krankenhaus, aber wenn es einen selbst hautnah betrifft, dann ist das schon etwas anderes, wie sie sorgenvoll meint.

Robert hat sich mittlerweile aufgesetzt. Seine Gesichtsfarbe sieht allerdings noch beängstigend aus. Er lässt es zu, dass Anja ihm den Puls fühlt. Sein Puls rast, aber das Herz schlägt rhythmisch, und seine Stirne ist kaltschweißig. Kein gutes Zeichen, wie Anja findet. Festentschlossen, den Notruf zu wählen, geht sie zum Telefon. Als sie das Mobilteil aus der Ladestation nimmt, zuckt sie zusammen, weil Robert sie anherrscht. »Leg das Telefon weg!«

»Nein Liebling, ich werde einen Notarzt kommen lassen. Als Krankenschwester kann ich das beurteilen. Vertrau mir, es ist besser.«

»Und ich sage, leg das Telefon weg!«, brüllt Robert mit unerwarteter Energie.

Fassungslos dreht sie sich zu ihm um. Zorn leuchtet in seinem Gesicht auf. »Robbie, Robbie, beruhige dich«, bittet sie ihn flehend. »Was soll ich denn tun?«

»Was du tun sollst? Was du tun sollst, fragst du mich? Ich kann dir sagen, was du tun sollst. Besorg mir etwas von deiner Station aus dem Giftschrank, wenn wir wieder zuhause sind. Etwas, das mich tausendprozentig umbringt.« Seine letzten Worte überschlagen sich förmlich. Er ringt nach Luft.

Anja bohrt sich vor lauter Nervosität einen Fingernagel tief in den Handballen, bis der Schmerz sie ablenkt. Ihr Mitleid Robert gegenüber beginnt zu kippen, es ist diese verfluchte Hilflosigkeit, die sie wütend macht. Sie erinnert sich spontan daran, dass sie vor Jahren einem hysterischen Patienten, der sich in einer lebensbedrohlichen Situation sträubte, ihre Hilfe anzunehmen, eine saftige Ohrfeige gab. Und sie wägt ab, ob es jetzt nicht auch angebracht wäre. Doch Roberts Unberechenbarkeit macht ihr Angst. Und Angst hat sie in all den Jahren, in denen sie mit ihm zusammen ist, noch nie gehabt. Aber neuerdings hat sich das geändert.

Robert muss ihre Bangigkeit erkannt haben, denn nun klingt das, was er sagt, jämmerlich, voller Selbstmitleid. »Ich kann nicht mehr. Ich will nicht mehr. Das verdammte Herz lässt mich nicht mehr in Ruhe leben.« In seiner Mutlosigkeit schlägt er die Hände schützend vor das Gesicht.

Augenblicklich löst sich auch Anja aus ihrer nachdenklichen Erstarrung, und umgehend ist sie bei ihm. Vor ihn kniend drückt sie ihn an sich, als würde sie ihn für immer verlieren. Sie denkt sich nichts dabei, weil dabei ihre Brüste aus dem Bikini Oberteil gepresst werden. Wie zwei Ertrinkende umklammern sie sich. Nach einer Weile umfasst er ihre Taille, und beschwört sie beinahe: »Ich kann wirklich nicht mehr. Die Ärzte haben einem Dämon in meiner Brust ein Zuhause bereitet.«

Anja bedeckt sein Gesicht mit Küssen. »Alles wird gut, Liebling, alles wird gut. Hast du sie wieder gesehen?« Sie weiß, dass Robert weiß, was sie damit meint. Zunächst nickt er bloß. Doch dann, immer wieder von heftigen Atemstößen unterbrochen, schildert er ihr, was vorgefallen ist. Anja ist von dem, was sie zu hören bekommt, zutiefst verunsichert. Anteilnahme empfindet sie, Anteilnahme für ihren Mann und auch für sich selbst. Dann redet keiner mehr ein Wort.

Wie lange die Stille angedauert hat, wissen sie nicht. Schweigend sehen sie sich an, als müssten sie überprüfen, ob sie immer noch dieselben Menschen sind, die einmal so innig miteinander waren. Schließlich zieht Robert Anja auf seinen Schoß.

»Igitt, du bist ja ganz nass.« Anja springt hoch. »Deine Kleidung ist ja immer noch durchnässt.«

»Egal, setz dich«, verlangt Robert. »Ich will dich spüren.«

Behutsam, als täte er es das erste Mal, streichelt er ihre Brüste. Erstaunt sieht sie ihn an.

»Ich habe anscheinend vergessen, wie schön du bist.« Tief schaut er ihr in die Augen. »Anja, mein Schatz …« Robert ringt förmlich mit sich, um die richtigen Worte zu finden. »Im Dezember werde ich vierzig Jahre alt, ich bin zu jung, um mich jetzt schon aus dem Leben zu verabschieden, indem ich an meinen Zuständen zugrunde gehe. Ich muss, egal wie und mit welchen Mitteln, diesen Dämon in mir loswerden.« Er macht eine Pause. »Und das wird mir nur gelingen, wenn ich weiß … wenn ich weiß, wem dieses Herz gehörte.« Selbstquälerisch schlägt er sich mit der Faust vor die Brust.

Anja sieht ihn konsterniert an. »Liebling, du weißt, dass das nicht möglich ist! In Deutschland ist es so, dass Spender und Empfänger nichts voneinander wissen dürfen.« Sie überlegt kurz. »Und das hat gute Gründe. Wie sehr würden die Gefühle bei den Angehörigen des Spenders, aber auch beim jeweiligen Empfänger, aufgewühlt werden.«

»Noch schlimmer als jetzt?«, fährt Robert verbittert dazwischen.

Als Anja von seinem Schoß rutschen will, hält er sie fest. »Bleib hier«, bittet er sie inständig. »Ich brauche deine Nähe, ich will dich nicht verlieren.«

Sie schmiegt ihre Wange an seine.

Am liebsten hätte Robert sie nie mehr losgelassen. Er weiß nur zu genau, zu welch einem unangenehmen Menschen er sich entwickelt hat. Aber da gibt es ja auch noch den alten Robert, den, der seine Frau von Herzen liebt und der unter dem Mistkerl, der sich in ihm versteckt, aus tiefster Seele leidet.

»Was erhoffst du dir davon?«, hört er Anja fragen. »Robert, Liebling, es muss einen anderen Weg geben, der dich wieder zu dir zurückführt. Mit dem neuen Herzen hast du ein einmaliges Geschenk bekommen, du musst dir mit deinem ganzen Bewusstsein darüber klar werden. Das geschenkte Herz schlägt in deiner Brust, als wäre es immer schon dein eigenes.« Ihre Lippen zucken, und sie hat Mühe zu verhindern, dass ihr die Stimme versagt. »Ohne das geschenkte Herz säßen wir jetzt nicht beieinander. Versteh das doch. Ich liebe dich und ich bin so froh und glücklich darüber.« Ihre Augen haben sich mit Tränen gefüllt.

Zögerlich küsst er sie und sagt ganz leise: »Aber ich spüre nicht, dass es mein Herz ist. Es kommt mir mehr und mehr wie ein Fremdkörper vor. Als hause mit ihm ein böser Geist in mir. Als wolle dieser Geist das Leben des anderen in mir weiterführen. Anja, ich spüre mit jeder Faser, dass im Leben und im Tod des Spenders etwas Dramatisches geschehen sein muss, etwas, das dessen Geist in mir nicht zur Ruhe kommen lässt. Ich weiß doch, oder ich kann es mir zumindest vorstellen, dass es diese geheimnisvolle Frau und den Fisch nicht gibt, das sagt mir mein Verstand, und dennoch sehe und höre ich sie, als wären sie Realität. Mein Schatz, ich bitte dich, sprich mit Samuel, wenn wir wieder zuhause sind. Frage ihn, ob er was für mich tun kann. Ob er nicht den Namen des Spenders herausbekommen kann. Ich bitte dich, weil ich das alles nicht mehr länger aushalte. Ich muss wissen, wer er war und wie er zu Tode gekommen ist!«

Als Anja das Café betritt, ist Samuel noch nicht da. Es sind nur wenige Gäste anwesend. Sie ärgert sich darüber, weil sie keinen Schirm mitgenommen und gehofft hat, dass es nicht regnen würde. Jetzt steht sie mit nassen Haaren und feuchter Kleidung unschlüssig in dem Lokal. Bevor sie sich setzt, geht sie zur Toilette, um sich zurechtzumachen. Sie will Samuel nicht wie eine nasse Katze unter die Augen treten. Im Waschraum hält sie den Kopf unter den Händetrockner. Was mag man wohl von ihr halten, wenn jemand hereinkommt?

An einen Fernsehsketch mit Mr. Bean erinnert sie sich, der den Hosenschlitz seiner nassen Hose in den Luftstrom eines solchen Apparates gehalten hat, was, wie zu erwarten war, zu einem Missverständnis führte. *Nun ja, es wird sicher keiner davon ausgehen, dass ich aus der Toilettenschüssel getrunken habe.* Amüsiert trägt sie mit einem

Lippenstift ein blasses Rot auf. Vornübergebeugt schüttelt sie den Kopf, wodurch die Haare zu einer Löwenmähne aufbauschen. So wird es gehen, und das Kleid ist auch schon wieder einigermaßen abgetrocknet.

Sie setzt sich an einen Ecktisch, von dem aus sie die Räumlichkeit und die Straße beobachten kann. Nun regnet es in Strömen. Es kommt ihr so vor, als würde das schlechte Wetter tatsächlich einen resoluten Schlussstrich unter die sonnigen Urlaubstage am Ammersee ziehen. Die Reifen der Autos lassen das Wasser auf dem Fahrdamm hochspritzen. Kaum ein Mensch ist unterwegs.

Sie schaut auf die Uhr. Samuel ist bereits fünfundzwanzig Minuten über der verabredeten Zeit. Als die Bedienung an ihren Tisch kommt, ist sie in großer Versuchung, ein Stück Nusscremetorte zu bestellen, aber sie hat in den Tagen des Faulenzens zwei Kilogramm zugenommen, deswegen bestellt sie sich nur einen Latte.

Nachdenklich schaut sie auf die Blasen, die der Regen in den Pfützen bildet, als würde das Wasser auf dem Asphalt kochen. Und sie wird umso unruhiger, je mehr sie darüber nachdenkt, wie sie ihre Bitte an Samuel formulieren soll. Sie ist voller Erwartung von dem Treffen mit Samuel, weil sie eingesehen hat, dass unbedingt etwas Gravierendes geschehen muss. So jedenfalls geht es mit ihr und Robert nicht mehr weiter. Vor allem muss sie auch an Julian denken. Nervös, bockig und unaufmerksam ist er geworden. Auch der Kinderarzt wollte ihm Ritalin verschreiben. Da hat Anja ihm aber entschieden widersprochen. Sie weiß ja, worunter der Junge leidet, so wie sie auch. Es ist die Machtlosigkeit, die sie und den Jungen belasten. Die Machtlosigkeit, nicht helfen zu können und stattdessen mit ansehen zu müssen, wie Robert sich mehr und mehr von seinem Sohn und von ihr entfremdet. Ewige Liebe hatten sie sich einst geschworen, ewige Liebe, egal was kommen mag. Aber was ist davon in der Stunde übrig geblieben, nachdem man ihn als Notfall mehr tot als lebend in die Aufnahme geschoben hat? Nach Roberts plötzlicher Erkrankung, wo sie schon voller Bitterkeit in ihrer Seele an einen Abschied für immer dachte, hatte sie nach der Operation so viel Hoffnung darauf gesetzt, dass sein neues Herz doch noch die vielen Wünsche an die Zukunft erfüllen würde. Auch wenn er lebt, die Hoffnung ist für sie inzwischen gestorben. Aber, das hat sie sich trotz allem geschworen, wenn die Hoffnung an eine glückliche Zukunft stirbt, bleibt noch die Zuversicht an das Leben im Hier und Jetzt. An jenem Tag, als Robert und Julian völlig verstört ins Hotel kamen, hat sie mit Robert noch bis in die Nacht zusammengesessen. Und er hat sie schließlich davon überzeugt, dass der Spender ausfindig gemacht werden muss. Ja, muss!

In ihre Gedanken vertieft bekommt Anja nicht gleich mit, wie Samuel auf ihren Tisch zusteuert. »So ein Sauwetter«, schimpft er. Während er seine Jacke auszieht und sie über die Stuhllehne hängt, sagt er mit bedauernder Geste: »Es tut mir leid, dass ich mich verspätet habe, aber du weißt ja selbst, wie es bei uns zugeht. Die Patienten halten sich nicht an unseren Feierabend. Sei froh, dass du noch ein paar Tage Urlaub hast.«

Noch bevor Anja etwas erwidern kann, fasst er nach ihrer Hand, und nach einem langen Blick in ihre traurigen Augen meint er: »Würde ich nicht eine gewisse Erschöpfung aus deinem Gesicht lesen, dann sähst du recht erholt aus. Schön braun bist du in den Bergen geworden.

Gequält lächelnd zieht sie ihre Hand zurück. Immer noch unter seiner Beobachtung trinkt sie einen Schluck vom Latte. Während sie das Glas absetzt, dreht Samuel sich nach der Bedienung um und ruft ihr zu: »Haben Sie Käsekuchen da?«

Als seine Frage bejaht wird, verlangt er neben einer großen Portion Sahne zum Kuchen, dass man ihm noch ein

Kännchen Kaffee bringt. Wieder Anja zugewandt, sagt er mit einem Tätscheln an seinen flachen Bauch beinahe entschuldigend: »Ich kann es mir erlauben, das mit der Sahne. Ich habe heute kaum etwas gegessen. Ab acht Uhr habe ich im OP gestanden. Er schaut auf die Uhr. »Oh, schon halb fünf.« Sein Blick schweift zum Fenster hinaus. »Furchtbar, das schmierige Wetter. Wäre es draußen nicht so drückend schwül, könnte man glatt meinen, dass es September oder gar November ist.«

Abwesend nickt Anja. Ihre Gedanken beschäftigen sich vielmehr mit dem eigentlichen Grund, warum sie Samuel hergebeten hat. Ihr fällt gar nicht auf, dass sie dabei jeden Handgriff der Bedienung verfolgt, die dabei ist, die gewünschte Bestellung auf den Tisch abzustellen. »Möchten Sie auch noch etwas?«, wird sie gefragt.

»Bitte? Nein, nein, vielen Dank.«

Wohlig gestimmt schnauft Samuel durch die Nase. »Möchtest du wenigstens von mir probieren?«, erkundigt er sich.

Anja schüttelt den Kopf.

Genüsslich beginnt er zu essen, was ihn aber nicht davon abhält, auf den Punkt zu kommen. »Ich bin ganz Ohr!«, murmelt er kauend. »Also, warum willst du mich sprechen?« Eine Weile gibt er Anja Bedenkzeit. »Anja ... hallo? Ich habe dich gefragt, warum du mich sprechen willst.« Er legt die Gabel beiseite und richtet seine ganze Aufmerksamkeit auf sie, als müsse er eine Diagnose stellen. »Es ist wegen Robert, stimmt's? Erzähl schon, was dich bedrückt. Aber erzähl mir alles!«

Anja atmet tief durch. Mit niedergeschlagenen Augenlidern beginnt sie zuerst stockend, dann immer fließender und eindringlicher von den erlebten Ereignissen im Urlaub zu berichten. Sie lässt nichts aus, vor allem nichts von den heftigen Anfällen, die Robert im Urlaub durchmachen musste, und sie schließt mit den Worten: »Du hast ihn ja schon selbst erlebt.« Sie kann ihre Erregung kaum verbergen, dabei hat sie Mühe, ihre Tränen zurückzuhalten. Zum Ende ihrer Schilderung hat sie so laut und hysterisch gesprochen, dass sie erst jetzt mitbekommt, wie sich einige Gäste zu ihr umgedreht haben.

»Beruhige dich!«, fordert Samuel sie auf.

»Aber was soll ich denn tun?« Ihre Reaktion klingt empört. »Sicher wirst du jetzt wieder sagen, dass die Psychosen Nebenwirkungen von den Medikamenten sein könnten. Oder dass Robert erst diszipliniert lernen muss, mit der Situation umzugehen, mit der Tatsache, ein fremdes Herz zu besitzen. Aber wie lange sollen wir denn noch warten? Es wird immer schlimmer mit ihm anstatt besser. Samuel, hilf uns, wir können nicht mehr!«

Ziemlich kleinlaut fragt er: »Sage mir klipp und klar, wie ich euch helfen soll!«

Anja reißt sich zusammen. Jetzt ist der Augenblick gekommen, mit offenen Karten zu spielen. Gerne hätte sie den Augenblick noch ein klein wenig hinausgezögert, aus Angst, dass er ihre Bitte ablehnt. Was wäre dann? Das weiß sie noch nicht!

Sie setzt sich aufrecht, zupft das Kleid an ihrem Dekolleté zurecht, und mit fester Stimme sagt sie: »Robert und ich bitten dich, den Namen und die Adresse des Spenders herauszufinden.«

Samuel, der gerade einen Schluck vom Kaffee getrunken hat, bekommt einen Hustenanfall. Es dauert eine Weile, bis er wieder reden kann. »Anja … Anja, wie stellt ihr euch das vor? Du weißt selbst, dass es in Deutschland so gut wie unmöglich ist. Es gibt ein Transplantationsgesetz, das diesen Wunsch von vornherein unterbindet. Aus gutem Grund unterbindet.«

Beide sehen sich schweigend an, so lange, bis Anja heftig zu schluchzen beginnt. Sie schluchzt so laut, dass die

Bedienung an den Tisch kommt und erstaunt fragt, ob was nicht in Ordnung ist.

»Danke, danke«, versucht Samuel sie abzuwimmeln. »Machen Sie sich mal keine Sorgen. Aber wenn Sie schon da sind, dann bringen Sie der Dame doch etwas Hochprozentiges.«

»Einen Weinbrand?«

»Ja, ist schon recht. Ein Weinbrand ist passend. Aber nun lassen Sie uns bitte wieder alleine.« Samuel fuchtelt mit der Hand herum, als wolle er eine Fliege verscheuchen.

Pikiert dreht die Bedienung ab.

»Aber es muss doch eine Möglichkeit geben«, beginnt Anja von Neuem. »Das Herz wird doch mit einer Kennnummer angeliefert, das weiß ich. Anhand dieser Kennnummer muss es doch ein Leichtes sein, seinen Weg nachzuverfolgen.«

Samuel wiegt nachdenklich den Kopf hin und her. Seine hochgezogenen Brauen verraten Zustimmung. »Natürlich kann man das. Also, ich meine, natürlich kann man die Herkunft des Herzens nachverfolgen. Das hat auch seinen Sinn und ist manchmal überaus wichtig, wenn zum Beispiel die Transplantation gezeigt hat, dass der Empfänger infektiöse Krankheitssymptome zeigt, die nicht unmittelbar mit der Transplantation zusammenhängen. Aber in Roberts Fall sehe ich da keine Chance. Bei ihm ist postoperativ alles gut verlaufen, und die Rekonvaleszenz zeigt bis auf die von dir geschilderten psychischen Befindlichkeiten keinerlei Auffälligkeiten.«

»Keinerlei Auffälligkeiten?« Anja kann es nicht fassen. Gerade will sie sich erneut in Rage reden, da bringt die Bedienung den gewünschten Weinbrand, den sie, ohne lange zu überlegen, hinunterstürzt. »Das können Sie gleich wieder mitnehmen«, sagt sie und reicht der Bedienung das leere Glas.

»Soll ich den Rest vom Kuchen auch mitnehmen? Hat er Ihnen nicht geschmeckt?«, fragt die Bedienung irritiert.

»Nicht geschmeckt?« Samuel schaut sie unkonzentriert aus großen Augen an.

»Ach so, der Kuchen. Doch, lassen Sie ihn stehen. Ich esse ihn noch. Er ist sehr lecker.«

Wieder sichtlich verstimmt verlässt die Bedienung den Tisch.

Samuel legt den Finger an die Nase und überlegt. Dann überkommt ihn eine Erleuchtung. »Es gibt da eine Organisation, die Briefe von den Angehörigen der Spender an die Empfänger oder umgekehrt austauscht«, beginnt er. »Vielleicht würde euch das zunächst weiterhelfen. Soll heißen, vielleicht erleichtert es Robert, anonym zu schreiben, dass er froh darüber ist, wegen dieser Herzspende leben zu dürfen. Und vielleicht tut es ihm auch gut, als Antwort zu lesen, wenn er erfährt, dass es da draußen irgendwo jemanden gibt, der im Tod eines geliebten Menschen bei allem Leid noch einen Sinn erkennen kann.«

Anja ist sofort hellwach. »Das ist doch fantastisch, das ist die Möglichkeit! Das ist die Gelegenheit, Kontakt aufzunehmen!« Sie ist ganz aufgeregt.

»Langsam, langsam! Leider ist es nicht die Gelegenheit, die du dir eventuell vorstellst. Denn die Briefe werden kontrolliert, und alles, was auf eine Identifikation des jeweils anderen hinweist, wird aussortiert.« Bedauernd zuckt Samuel mit den Schultern.

Anja wendet sich ab. Niedergeschlagen verfolgt sie, wie der Regen nun als kleiner Bach im Gully verschwindet. *So müssten auch meine Sorgen wegschwemmen*, denkt sie sich. Ihre Wangen sind vor Aufregung und vom Weinbrand gerötet.

Abwesend wirkend schiebt Samuel mit der Gabel die Kuchenkrümel auf seinem Teller zusammen, wobei er stiekum auf seine Armbanduhr schielt. Dann aber sagt er unvermittelt in das Schweigen hinein: »Ich tu es!«

Anja fährt überrascht herum. »Was tust du?«

»Ich tu es. Ich werde mit Professor Kleinschmitt, dem klinischen Leiter, in Kontakt treten. Du weißt doch, das ist der, der Roberts OP als Leiter des Operationsteams zu verantworten hat. Ich werde ihm den Fall in allen mir bekannten Einzelheiten vortragen. Ich kenne Kleinschmitt, vielleicht können wir es anschließend als medizinische Notwendigkeit begründen. Aber ich kann dir nichts versprechen. Versteif dich also nicht darauf. Es ist erst mal nur ein Versuch meinerseits.«

Völlig euphorisch beugt sich Anja über den Tisch, um Samuel einen Kuss auf die Wange zu geben. Dabei entgeht ihm nicht, wie der Ausschnitt ihres leichten Sommerkleides verrutscht und ihm ein gewagter Einblick zwischen ihre prächtige Busenfalte geschenkt wird. Ihre wuschelige Frisur, ihr geschminkter Mund mit den vollen Lippen und ihr erhitztes Gesicht lassen sie umso begehrenswerter aussehen. Sicherlich beneidet er Robert nicht nur in diesem Augenblick wegen dieser bildschönen Frau. Tatsächlich sieht Anja glücklich noch entzückender aus.

»Ich bin dir so dankbar.« Ihre Worte reißen ihn aus seiner Nachdenklichkeit.

»Wie gesagt, ich kann es nur versuchen, aber nichts versprechen.«

»Das ist doch wenigstens ein Anfang. Robert meint, dass er sich mit dem fremden Herz besser auseinandersetzen könnte, wenn er weiß, von wem es ist. Er erhofft sich, dass er es dann dem Toten gedanklich zurückgeben kann, damit dieser im Grab endlich seine Ruhe findet. Außerdem glaubt er, und das ist für ihn eigentlich die Hauptsache, dass der Tote ihm etwas mitteilen will, als wolle er mit irgendwas ins Reine kommen. Das Höchste wäre für ihn, wenn er sich ein Foto von dem Verstorbenen ansehen könnte.«

Samuel verzieht sein Gesicht so auffällig, dass sie seine Skepsis erkennt.

»Du glaubst nicht an so etwas, stimmt's?«

»Ich bin Mediziner, Anja, und kein Schamane. Für mich ist Wissenschaft die Wahrheit, weil man sie beweisen kann.«

Anja nimmt eine abwehrende Haltung ein. »Als Krankenschwester habe ich vor allem in den Nächten auf Station schon so oft eine Wahrheit erlebt, die wissenschaftlich nicht beweisbar ist. Ich denke, du weißt in dieser Hinsicht auch einiges zu berichten. Ich sage nur Spontanheilung. Erinnerst du dich zum Beispiel an den alten Herrn mit dem unglaublichen großen Nierenstein, der wegen seiner schlechten Blutwerte und des kritischen Allgemeinbefindens nicht operiert werden konnte?«

Samuel überlegt. »Ja, ich erinnere mich an ihn. Er hat den Stein besprochen.« Er lacht kurz auf. »Ich sehe ihn vor mir, wie er unentwegt im Schneidersitz auf seinem Bett saß und immer vor sich hinmurmelte: *Tu dich weg, tu dich weg.*«

»Richtig«, bestätigt Anja, »und danach war der Stein tatsächlich weg.«

»Gut, ist ja schon gut.« Lachend winkt Samuel ab. Mit einem erneuten Blick auf die Uhr sagt er schließlich: »Oh, ich muss los! Ich habe noch einen wichtigen Termin.«

»Ich kann also auf dich zählen?«, hakt Anja nach.

»Mein Wort gilt!«

Fast gleichzeitig schauen sie aus dem Fenster. Der Regen hat noch nicht nachgelassen.

»Wenn ich dich so ansehe, vor allem deine Frisur«, sagt er schmunzelnd, »dann denke ich, dass du zu Fuß hergekommen bist. Ich werde dich noch rasch nach Hause fahren. Bei dem Regen lasse ich dich nicht laufen. Einverstanden?«

»Einverstanden«, stimmt ihm Anja zu.

Samuel winkt die Bedienung herbei und bezahlt für beide.

»Jetzt haben Sie den Kuchen ja doch nicht aufgegessen.« Die Frau mit der weißen Schürze und dem adretten Häubchen auf dem Kopf tut persönlich beleidigt. »Hat er Ihnen also doch nicht geschmeckt.«

Während er aufsteht, sagt Samuel mit gestelzt ernstem Gesicht zu ihr. »Wenn Sie ihn gebacken haben, dann können Sie sehr stolz auf sich sein.« Und als er mit Anja den Ausgang erreicht, ruft er der verdutzt dreinschauenden Bedienung zu: »Ehrlich!«

Kopfschüttelnd räumt sie den Tisch ab.

»Lass mich bitte am Friedhof aussteigen.«

Samuel schaut sie erstaunt an. »Warum?«

»Weil … weil Robert nicht sehen soll, dass du mich bringst. Er ist seit der Feier damals immer noch sehr eifersüchtig auf dich, und ich möchte ihn nicht unnütz herausfordern.«

»Unnütz?« Samuel blickt sie provozierend an, als er den Wagen auf den Parkplatz direkt vor dem Friedhof lenkt. Er schaltet die Zündung aus. Unentschlossen beobachten beide, wie das Regenwasser bei ausgeschalteten Wischern über die Frontscheibe rinnt, als habe jemand einen vollen Eimer Wasser darüber ausgeleert. Samuel wendet sich Anja zu. Er wiederholt seine Frage: »Unnütz? Du weißt, was ich für dich empfinde, vom ersten Moment an, da ich dich auf Station gesehen habe.« Er zaudert. »Ich habe immer versucht, meine Gefühle dir gegenüber zu unterdrücken, alleine schon deshalb, weil du mir gezeigt hast, wie glücklich du mit Robert warst. Und wenn ich ehrlich zu mir bin, dann will ich nicht Robert helfen, sondern dir, damit du wieder glücklich wirst, auch wenn ich mich selbst damit bestrafe.«

Anjas Augen werden feucht. Sie kommt sich verloren vor, aufgelöst, unfähig, ihre Gefühle einzuordnen. Samuels Worte schmeicheln ihr. Er ist in ihren Augen ein sehr attraktiver Mann, und sie ist immer noch eine reizvolle, junge Frau, die sich nach Zärtlichkeit und innerer Ungezwungenheit sehnt. Anderseits hat sie schon lange das Gefühl, dass sie sich in den letzten Monaten zu einer alten, freudlosen Frau gewandelt hat. Eine von denen, die bei schönem Wetter an den Gräbern ihrer Männer stehen und nur darauf warten, dass sie selbst bald begraben werden. Ja, wenn sie in sich hinein hört, kommt es ihr tatsächlich so vor, als wäre sie innerlich bereits abgestorben.

Überwältigt von ihren Gedanken wirft sie ihre Arme um Samuels Hals. Verblüfft nutzt er die Gelegenheit, seine Lippen auf ihren Mund zu drücken. Sie erwidert seine Begierde, und sie küssen sich von allem entrückt. Sie küssen sich so lange, bis sich Anja schwer atmend aus seiner Umklammerung löst.

»Was tun wir hier?«, fragt sie beinahe entsetzt.

»Was wir tun? Du bedankst dich gerade bei mir, dass ich deinem Mann helfe.« Samuel lacht gekünstelt, und sie streichelt ihm zärtlich über die Wange.

»Wirst du mit Robert darüber reden, was wir soeben besprochen haben?«

»Ja, das werde ich, weil er es hinterher doch erfährt oder zumindest ahnt, dass du es warst, der seine Finger im Spiel hatte, wenn wir schließlich eine Adresse bekommen haben. Ach Samuel, das Leben ist verzwickt, manchmal muss man Heimlichkeiten haben, auch wenn man es gut meint. Und eines noch: Der Kuss war nicht nur ein Dankeschön.« Traurig und glücklich zugleich sieht sie ihn tiefgründig an. »Adieu.« Sie öffnet die Wagentür und rennt in den Regen hinaus. Noch einen kurzen Moment verharrt Samuel nachdenklich, dann startet er den Motor, und im Lichtkegel der Scheinwerfer sieht er die Frau davoneilen, die er liebt und die für ihn doch so weit entfernt ist. In vier Tagen werden sie wieder auf Station zusammenarbeiten, und die Küsse werden dann nur noch Erinnerung sein.

Es ist Dezember geworden …

… genau genommen ist es der fünfzehnte Dezember, Roberts Geburtstag. Der hat seit Anfang Herbst wieder mit einem leichten Lauftraining begonnen. Obwohl es am Morgen unangenehm zu nieseln begann, ließ er es sich nicht nehmen, unternehmungslustig sein Laufdress anzuziehen, um seine gewohnten Runden zu drehen.

Julian ist in der Schule, und Anja hat sich freigenommen. Einen Kuchen will sie Robert zur Feier des Tages backen. Aber nun sitzt sie immer noch unentschlossen im Pyjama am Küchentisch und lässt den Zettel nicht aus den Augen, den Samuel ihr vor zwei Wochen während einer Visite aufmunternd zunickend in die Hand gedrückt hat. Immer wieder muss sie ihn sich ansehen. Irgendwie kann sie es immer noch nicht ganz begreifen. Samuel hat es tatsächlich geschafft. Auf diesem unscheinbaren Zettel steht in flüchtiger Schrift die heiß ersehnte Adresse, die, wenn alles gut geht, über den verstorbenen Menschen Kenntnis abgeben wird, dessen Herz nun in Roberts Brust schlägt. Nein, sie war seinerzeit nicht dazu fähig, ihrem Mann von dem Treffen mit Samuel zu erzählen, weil sie das dennoch verrückt erscheinende Gefühl verspürt, ihn wegen des Kusses betrogen zu haben. Er kennt sie nur zu gut, und sie ist eine äußerst schlechte Schauspielerin, wie sie sich selbst einschätzt. Robert hätte daraus sicherlich falsche Schlüsse gezogen und ihr vermutlich wieder eine unappetitliche Szene gemacht. Aber jetzt, jetzt hat sie ein Ergebnis vorzuweisen, das wird seine Eifersucht überwiegen und ihn freudig umstimmen.

Und während sie vor sich hin stiert, sieht sie vor ihrem inneren Auge, wie sie ihm heute Abend, aber erst, wenn Julian bereits im Bett liegt, bei Kerzenlicht und einem guten Glas Wein den Zettel mit der Adresse überreichen wird. Das ist ihr schönstes Geburtstagsgeschenk an ihn.

Schon fünf Mal hat sie im Laufe der dazwischenliegenden Zeit mit der Witwe des Spenders telefoniert. Sie war bereits vorbereitet, weil Samuel sie zuvor persönlich aufgesucht und ihr erklärt hat, warum und wieso. Er hat ihr allerdings auch zugestanden, Nein sagen zu können. Wie Samuel ausdrücklich betonte, wollte er sie keinesfalls unter Druck setzen. Aber letztendlich hat sie nichts dagegen gehabt, bei einem späteren Termin Robert Auskunft über ihren verstorbenen Mann abzugeben. Samuel unterstrich Anja gegenüber, dass er bei diesem wirklich sehr emotionalen Gespräch mehr und mehr den Eindruck gewonnen hat, dass die Witwe Mitgefühl für Robert habe. Auch Anja ist nach dem ersten Telefongespräch gleich die liebenswürdige Stimme der Frau aufgefallen.

Sie seufzt. Wie schwer muss es auch für diese Frau sein, wenn es zu einem Treffen mit Robert kommt. Am Telefon hat sie zwar einen gefassten Eindruck gemacht, aber die Situation ändert sich natürlich, wenn man sich vis-à-vis in die Augen sieht. Davon kann man ausgehen! Eigentlich wäre es Roberts Aufgabe gewesen, zuerst Kontakt aufzunehmen, aber für Anja war die Angst einfach zu groß, dass er womöglich auf Ablehnung stieß. Anderseits, wenn die Frau ihr gesagt hätte, dass sie nicht gewillt wäre, dann ... tja, dann hätte sie den Zettel kommentarlos zerrissen, denn diese Enttäuschung wollte sie Robert ersparen.

Versonnen lächelt sie, weil der Zettel, der vor ihr liegt, ein Hoffnungsschimmer ist. Beinahe kommt er ihr vor wie eine Eintrittskarte in eine andere Zeit. Vielleicht eine bessere Zeit, die keinen Streit und keine Tränen mehr zulässt. Ach, sie freut sich insbesondere auch auf den heutigen Tag. Sie freut sich darauf, wenn sie alle drei am Mittagstisch sitzen und Julian eine selbst gemachte Pizza bekommt. Damit will sie auch ihm heute eine Freude machen. Er mag ihre Pizza doch so gerne. Am Nachmittag wird es Kaffee und Kuchen geben. Ja, so richtig gemütlich soll es werden. Und am Abend … am Abend wird sie Robert überraschen. Er wird große Augen machen, wenn sie ihm die Adresse aushändigt.

Sie hört Schritte im Flur. Rasch klemmt sie den Zettel am Rücken in den Bund der Pyjamahose.

»Ich bin duschen. Hey, du hast dich ja noch nicht umgezogen.« Nass geschwitzt steht Robert im Türrahmen.

Anja schrickt zusammen. »Okay, Liebling, aber mach bitte nicht so lange. Du siehst erschöpft aus, nicht dass dein Kreislauf schlappmacht.«

»Du kannst mich ja beim Duschen festhalten, damit ich nicht umfalle und der kleine Robert auch nicht schlappmacht!« Er grinst sie frech an.

Gerade will er gehen, da dreht er sich noch einmal um: »Zieh besser deinen Pyjama aus, bevor er noch nass wird.«

Jetzt scherzt auch sie verschmitzt: »Als Krankenschwester dürfte ich dir ja wohl beim Duschen helfen. Und was den kleinen Robert betrifft, werde ich seine Frau rufen, wenn es nötig ist.« Sie öffnet mit flinken Fingern ihre Pyjamajacke und streift sie verführerisch von ihrem makellosen Körper.

Robert ist in den Keller gegangen, um eine Flasche Wein hochzuholen. Anja entzündet derweil Teelichter, die sie überall im Wohnzimmer dekoriert. Für sie war es bis zu diesem Zeitpunkt der schönste Tag seit Langem. Sicherlich auch für Robert, so hofft sie jedenfalls.

Sie haben sich am Vormittag unter der Dusche geliebt, als gäbe es keinen Morgen danach, und Robert war danach so stolz gewesen, nicht versagt zu haben. Sie summt eine Melodie, als sie sich auch die Harmonie am Mittagstisch in Erinnerung ruft und beim anschließenden Kaffeetrinken am Nachmittag. Zuerst hatte sie große Bedenken gehabt,

Roberts Freunde und Bekannte, die ja auch die ihren sind, auszuladen, obwohl alle spontan Verständnis dafür bekundeten. Sie wissen ja nun einmal von seinen *Eskapaden*, wie sie es nennen, und so war sie sehr froh, Sohn und Mann ganz für sich zu haben.

Bevor sie einen Blick ins Kinderzimmer werfen will, um nachzusehen, ob Julian bereits schläft, bleibt sie kurz im Raum stehen und beschaut sich angerührt die romantische Atmosphäre, die das Wohnzimmer im Kerzenlicht ausstrahlt. Wenig später hört sie durch die spaltweit geöffnete Türe Julian ruhig und gleichmäßig atmen. Vorsicht schließt sie die Tür wieder. Als sie zurück ins Wohnzimmer geht, kommt Robert gerade mit Gläsern in der Hand und der Flasche Wein unter dem Arm aus der Küche. Er lächelt sie liebevoll an, und sie kann kaum ihre Vorfreude verbergen, ihm endlich die gute Nachricht mitzuteilen. Minuten darauf sitzen sie dicht beieinander auf der Couch. Vom schummrigen Licht umhüllt beobachten sie schweigend, wie hinter dem Panoramafenster der inzwischen kräftige Wind im blassen Schein der Außenlaterne an den wenigen herbstbraunen Blättern der fast kahlen Bäume im Garten rüttelt.

Anja seufzt auf: »Wie behaglich wir es doch haben.« Und mit einem flehenden Blick zu ihrem Mann fügt sie noch hinzu: »Robbie, Liebling, ich wünsche mir von Herzen, dass alles wieder wie früher wird.«

Robert erwidert ihre Worte mit einem kritischen Gesichtsausdruck.

»Schau bitte nicht so, Robbie, wir müssen ganz fest daran glauben.«

Immer noch nachdenklich gestimmt schenkt er den Wein in die Gläser und reicht Anja eines davon. Dann hebt er seines hoch, um es in den Schein einer Kerze zu halten. Versonnen betrachtet er das Spiel des Lichtes, das im tiefen Rot des Weines wie ein kleines Feuerwerk aussieht, und das sagt er auch, dass er ein Feuerwerk in seinem Glas erkennt.

Daraufhin bemerkt Anja erheitert: »Ein Feuerwerk extra zu deinem Geburtstag. Komm, lass uns auf dein Wohl trinken!«

Beide trinken ihre Gläser leer. Als Robert bedacht seines abstellt, sagt er: »Mein erster Schluck Wein nach langer Zeit.« Er schnalzt mit der Zunge. »Ich könnte mich wieder daran gewöhnen.«

»Warum solltest du, Liebling, du hast früher nie viel getrunken.« Beinahe hätte sie *vor deiner Krankheit* gesagt, aber das konnte sie gerade noch unterdrücken. Nein, die Krankheit will sie jetzt in diesem Augenblick nicht zur Sprache bringen.

Robert kichert aufgekratzt. »Weil er sehr gut ist, deshalb könnte ich mich wieder daran gewöhnen!« Und indem er sich nachgießt, tönt er: »Dieser Wein schmeckt mir sogar verdammt gut. Außerdem will ich heute ordentlich feiern. Schließlich hat man nur einmal im Jahr Geburtstag.« Er schlägt sich mit der flachen Hand vor die Stirne. »Quatsch, was sag ich denn, ich habe sogar zwei Geburtstage!«

Anja, die einen weißen, einteiligen und sehr verführerischen Hausanzug trägt, greift heimlich in die Hosentasche, zieht aber die Hand nicht wieder heraus.

»Rate mal, was ich hier in der Tasche habe«, flüstert sie geheimnisvoll.

Robert sagt gespielt verblüfft: »Ein Klavier?«

Anjas Augenbrauen ziehen sich bis auf ihre Nasenwurzel herunter. »Och, sei nicht albern. Ich meine es ernst.«

»Hast du etwa noch ein Geschenk für mich? Ich habe heute Mittag doch schon die schönen ledernen Autohandschuhe für den Borgward bekommen. Die waren sicher teuer genug.« Scherzhaft droht er mit dem Finger. »Solange ich noch nicht arbeite, müssen wir mit dem Geld haushalten. Meine Tagesgeldkonten werfen zurzeit auch nicht viel Zinsen ab.« Grinsend trinkt er erneut einen großen Schluck. »Aber ich denke, ab Januar können sie in der Sparkasse wieder mit mir rechnen.«

»Und dabei soll dir das hier helfen.« Anja zieht den gefalteten Zettel aus der Tasche. Wedelnd hält sie ihn Robert triumphierend vor die Augen.

Erstaunt greift er danach. »Was soll das? Was ist das?« Ratlos schaut er seine Frau an.

»Sieh doch, was draufsteht. Mehr sage ich nicht.«

Achtsam faltet Robert das Papier auseinander. Dann liest er. »Christine Brombach, Buschhäuschen 1, 51760 Weyerbach.« Ohne den Blick von der ominösen Adresse zu nehmen, fragt er: »Um was geht es hier? Ich kenne diese Frau nicht. Bitte klär mich auf.«

Am liebsten würde Anja ihn noch ein wenig zappeln lassen, um ihre eigene Vorfreude zu steigern. Doch schon platzt es ihr heraus: »Frau Brombach ist die Frau deines Spenders!«

Robert fällt das Papier aus der Hand. Unwillkürlich fasst er sich ans Herz. Von der Erfüllung seines lang gehegten Wunsches überwältigt, fragt er sicherheitshalber nach: »Du meinst … du meinst wirklich diese Frau, also diese Frau Brombach ist … war die Ehefrau von dem Mann, dessen Herz mich am Leben hält?«

Anja kann ihre Freude gar nicht richtig genießen, weil Robert fix und fertig ist. Sie ergreift seine Hand und drückt sie feste. »Ja, Liebling.«

Er lässt sich nun wie erschöpft in die Rückenlehne der Couch sinken. Starren Blickes verfolgt er draußen das Herumwirbeln der Blätter auf der Terrasse. Anja ist besorgt, und auch sie selbst fühlt so etwas wie einen Kloß im Hals. Plötzlich kommt es ihr so vor, als hätte der Wind vor dem Fenster auch die Friedlichkeit des Abends fortgeweht.

Im Zwiespalt ihrer Gefühle fragt sie: »Freust du dich denn nicht, Liebling? Jetzt hast du doch das, was du wolltest. Freu dich doch, dass ich das Unmögliche geschafft habe.«

Ohne seinen Kopf vom Tanz der Blätter abzuwenden, sagt er tonlos: »Du? Du meinst wohl deinen speziellen Busenfreund Samuel.« Und als sie ihm nicht gleich antwortet, dreht er sich ihr ruckartig zu.

Erschrocken von seinem Gesichtsausdruck rückt sie ein Stück von ihm ab.

Wut spiegelt sich in seinen Augen, und seine Stimme klingt rau, als er sie herablassend fragt: »Na, was hat er von dir dafür verlangt? War es schön mit ihm?«

Anja presst vor Entsetzen die Hände vor ihren Mund.

Hämisch lacht Robert auf. »Da verschlägt es dir die Sprache, was? Ihr meint wohl, ihr könntet mich hinters Licht führen mit euren Heimlichkeiten?«

»Robbie, Robbie, was sagst du denn da? Ist dir überhaupt bewusst, was für einen unerträglichen Vorwurf du mir machst? Samuel ist nicht mein Freund in dem Sinne, wie du es hinstellst.« Ihre Worte schreit sie nun beinahe heraus. »Samuel ist *unser* Freund. Er hat es für dich getan, alleine für dich, aus Freundschaft zu dir!«

„Robbie, Robbie, du machst mich noch zum Affen, oder besser gesagt zum Seehund, mit deinem ewigen Robbie!" Robert gerät in Rage und er lässt sich nicht umstimmen, erneut äußert er sich zynisch: »Ich habe ihn nicht gebeten.«

Am liebsten würde Anja aufspringen und davonlaufen, irgendwohin laufen, nur weg. Nein, sie springt nicht auf, stattdessen dringt sie beschwörend auf ihn ein. »Aber wie anders sollten wir denn an die Adresse gekommen sein? Du selbst hast mich doch im Urlaub gebeten, ihn zu fragen, ob er die Adresse beschaffen kann!« Sie ist maßlos enttäuscht, auch darüber, weil er sich diesmal so verletzend über ihren Kosenamen für ihn geäußert hat. In ihr ist etwas zerstört worden, das hat sie sofort in der Magengegend gespürt. Es fühlt sich nicht gut an und ängstigt sie, weil sie befürchtet, dass gerade eben ein kleines Stück von ihrer Liebe zu Robert weggebrochen ist. Dabei hat sie sich so auf diesen Abend gefreut!

Traurig bemerkt sie: »Hast du die Nacht nach dem fürchterlichen Erlebnis am Ammersee vergessen, wo du dir und mir geschworen hast, alles dafür zu tun, endlich den Mann ausfindig zu machen, der diese dämonische Macht über dich hat, in der Hoffnung, mit ihm und seiner Geschichte wieder innerlichen Frieden zu finden? Hast du es vergessen? Ich bitte dich, beruhige dich jetzt. Wir beide werden das alles schon durchstehen.« Sie zwingt sich, zu lächeln. »Jetzt lass uns einen Versöhnungsschluck trinken, ja?«

Als sie ihm das nachgefüllte Glas reicht, wehrt er es achtlos mit der Hand ab. Der Rotwein schwappt aus dem Glas und ergießt sich in Brusthöhe über ihren weißen Overall. Vor Schreck schreit sie kurz auf und wischt sich reflexartig mit der Hand über die Brust.

Das ist der Moment, wo Robert innerhalb von Sekunden von einer Wahnvorstellung erschüttert wird. Hände und Arme nehmen eine angstvolle Abwehrhaltung ein. Seine Mimik wandelt sich in maskenhafte Züge. Er will nicht glauben, was seine Augen sehen. Wie irre glotzt er. Im Flackerschein der Kerzen zerfließen in seiner Vorstellung Anjas Körperkonturen. Mit Fassungslosigkeit muss er feststellen, dass sich ihr Aussehen auf geheimnisvolle Weise verändert. Zunächst scheinen sich ihre Konturen im flackernden hell und dunkel vollständig aufzulösen, dann aber erkennt er vage die Gesichtszüge jener Frau, die ihn zuletzt am Ammersee verfolgt hat.

Was für ein böses Spiel wird hier mit mir getrieben?

In ihrer zu Tode erschrockenen Fratze ist der Mund der Frau weit aufgerissen. Doch anstatt dass der Schrei ihrer Kehle entfährt, ist es auf irrwitzige Art der Fisch, der schreit, den sie vor ihre Brust hält und dessen blutender Schuppenleib von einem Messer durchbohrt ist. Vorwurfsvoll streckt sie ihm den massakrierten Fisch entgegen, der mit seinem sprudelnden Blut die Kleidung der Frau besudelt hat.

»Hilf mir, hilf mir, Anja, hilf mir, ich werde wahnsinnig!«, brüllt Robert. Am ganzen Körper zitternd kneift er die Augen zusammen und presst panisch die Hände auf seine Ohren.

Anja erkennt gleich, dass sein Zustand kritisch ist. Dass seine Atmung immer schneller wird. Zu schnell!

Von Atemnot gepeinigt versteift sich sein Körper, wobei sich seine Beine krampfartig verdreht strecken.

Anja weiß, was zu tun ist. Robert hyperventiliert, und da gibt es nur eines: ihm so schnell als möglich zu helfen. Sie eilt in die Küche, wo sie auf der Suche nach einer Plastiktüte hektisch in den Schubladen kramt. Kurz darauf ist sie mit einem Plastikbeutel wieder im Wohnzimmer. Von Todesangst gezeichnet röchelt Robert unverständliche Laute hervor.

Umgehend stülpt ihm Anja die Tüte über den Kopf. Fahrig, aber aufmerksam beobachtet sie seine Atmung, die sich in ruhiger werdenden Auf-und-ab-Bewegungen hinter dem dünnen Plastik abzeichnet. Auf einmal hat sie das Gefühl, dass jemand hinter ihr steht. Jäh fährt sie herum. Das Herz schlägt ihr bis zum Hals. *Gott sei Dank!* Erleichtert stellt sie fest, dass es nur Julian ist, der sich auf nackten Füßen herangeschlichen hat.

Noch verschlafen fragt er: »Mama, warum habt ihr geschrien und was tust du da? Willst du Papa ersticken? Er bekommt doch keine Luft unter der Tüte ... MAMA!« Hellwach geworden rennt er zu seiner Mutter und versucht aus Leibeskräften, seinen Vater von der Plastiktüte zu befreien.

»Julian«, faucht Anja ihn an, »lass das!« Es entsteht ein Gezerre zwischen Mutter und Sohn, bei dem auch Robert wild um sich schlägt.

Julian bekommt einen hysterischen Schreikrampf. Anja weiß sich nicht mehr anders zu helfen, mit der flachen Hand verpasst sie ihm eine schallende Ohrfeige, die sie selbst bis ins Mark schmerzt. Auf der Stelle ist Julian ruhig. Verdattert schaut er seine Mutter an. Dann dreht er sich wortlos um und rennt davon.

Sie will ihm hinterher, aber Robert zieht sich aufstöhnend die Tüte vom Kopf. Tief atmet er ein und aus und beruhigt sich allmählich. Wie ein Klavierspieler, der zu Beginn einer Partitur seine Finger lockert, bewegt er die Hände, bevor er überrascht fragt: »Was war das? Was war los? War Julian nicht auch hier?« Er schaut sich suchend um. Dann erinnert er sich. Im Wesen völlig verändert umfasst er Anja.

»Ich habe die Frau wieder gesehen. Ich habe diesen verfluchten Spuk gesehen.« Zutiefst verunsichert zeigt er auf den Rotweinflecken, der sich auf Anjas Overall ausgebreitet hat. Flüsternd sagt er: »Ich dachte, es wäre Blut. Ich habe wirklich geglaubt, dass es Blut ist.«

Von dem Fisch redet er nicht, aber Anja fällt auf, wie er verstohlen den Teppichboden absucht.

»Ich weiß, ich weiß«, sagt sie verständnisvoll.

Robert nimmt den Zettel, und gedankenverloren besieht er ihn sich, als müsse er kontrollieren, ob die Adresse noch darauf steht. Schließlich sagt er: »Gleich morgen werde ich diese Frau Brombach anrufen und sie um einen Termin bitten.«

»Ja, das tust du«, bestärkt ihn Anja. »Das tust du auf jeden Fall!« Liebevoll, aber mit gemischten Gefühlen küsst sie ihn auf die Wange. »Nun lass uns zu Julian gehen, wir müssen ihn besänftigen. Anschließend gehen wir ebenfalls zu Bett. Die Kerzen sind auch schon heruntergebrannt.«

»Lichtenberg … ja, richtig, Robert Lichtenberg. Sie wissen, um was es geht? Meine Frau sagte mir, dass sie schon mit Ihnen gesprochen hat … ganz genau. Frau Brombach, ich rufe Sie an, um Sie zu fragen, wann es Ihnen recht ist … ja, ja, gerne würde ich Sie kennenlernen. Ich weiß … natürlich … ich verstehe … hm … mir ist schon klar, dass es für beide Seiten nicht einfach wird. Doch … doch, doch, mir liegt sehr viel daran. Vielleicht ist es für Sie ja auch … hm … sicher, sicherlich. O ja, ich kenne den Ort, es ist etwa dreißig Kilometer von uns entfernt … Tja, der Zufall. Nein … leider kann ich Donnerstag nicht. Freitag? … Wunderbar, Freitag. Das kommt mir sehr gelegen. Ja … ja … ganz meinerseits … also, sagen wir bis Freitag, zehn Uhr? … Ja, das geht in Ordnung. Auf … ja, auf Wiederhören.«

Robert drückt mit zitternder Hand die rote Taste des Telefons. Schweiß steht ihm auf der Stirn, und in den Schläfen spürt er seinen Puls pochen. Anja beobachtet ihn mitleidig. Sie kann sich vorstellen, wie es in ihm aussieht. Auch sie war nervös, als sie vor Tagen nach dem Hörer gegriffen hat, um Frau Brombach anzurufen. Robert steckt das Mobilteil in die Ladestation und macht sich daran, den Kamin mit frischen Holzscheiten zu füttern.

»Es reicht, Liebling«, sagt Anja. »Ich komme noch um vor Wärme.«

»Dann schau raus«, neckt Robert, »der viele Schnee im Garten wird dich gedanklich schon abkühlen.«

Der Herbststurm am Vortag hat unmittelbar den Weg für ein atlantisches Tief freigemacht, das mit seiner polaren Kälte den ausgiebigen Regen der abziehenden

Warmfront in reichlich Schnee verwandelt hat. Für Julian der lang ersehnte Zeitpunkt, endlich den neuen Schlitten auszuprobieren, den er ein Jahr zuvor von Oma Rita zu Weihnachten geschenkt bekam.

Obwohl es bereits leicht zu Dämmern beginnt, ist Anja froh darüber, dass er noch mit seinen Freunden unterwegs ist. So kann er sich ordentlich austoben, und Robert und sie haben die Gelegenheit, in Ruhe beisammenzusitzen.

Robert lässt sich direkt neben Anja in einen Sessel vor den Kamin fallen. Behaglich reibt er sich die Hände. »Also diese Frau Brombach war sehr freundlich und entgegenkommend. Überhaupt, ich empfand ihre Stimme als sehr warmherzig.« Er stöhnt auf. »Jetzt habe ich das Gefühl, dass mein Besuch bei ihr nicht so schwierig werden wird, wie ich mir das vorgestellt habe. Ich bin froh, wenn endlich Freitag ist.«

»Ja«, unterbricht ihn Anja, »ich hatte bei meinem Telefonat auch den Eindruck, dass Frau Brombach höflich und sehr entgegenkommend ist. Nun, für sie wird es nicht einfacher sein. Wenn ich mir vorstelle, dass sie dann dem Mann gegenüberstehen wird, der das Herz ihres eigenen bekommen hat ...« Sie legt ihre Hand auf Roberts Schenkel, und während sie ihn zärtlich anschaut, sagt sie: »Robbie, nichts auf der Welt darf unsere Liebe zerstören.« Verschmitzt schaut sie ihn an, als sie fragt: »Ich darf doch noch Robbie sagen, oder?«

»Hast du in letzter Zeit an uns gezweifelt?« Seine Worte klingen betrübt.

Anja schweigt. Sie will nicht darüber reden. Stattdessen zeigt sie mit dem Finger auf das Futterhäuschen, das auf der Terrasse steht. »Sieh nur, so viele Vögel sind angelockt worden. Ich wusste gar nicht, dass es bei uns so bunte Vögel gibt.«

Robert hat ihr Ablenkungsmanöver verstanden, und vielleicht ist es auch besser, sie nicht zu bedrängen, bevor er etwas zu hören bekommt, was er nicht hören will.

»Ich bin froh, dass ich mich dazu durchgerungen habe, mit Julian das Futterhäuschen zu bauen. Ich habe mich in letzter Zeit überhaupt viel zu wenig um ihn gekümmert.«

»Ach, der versteht das schon«, wirft Anja ein. »Trotz seines Alters weiß er in etwa, um was es geht.« Dass Julian sie erst vor Kurzem gefragt hat, ob Papa jetzt ein Zombie ist, verschweigt Anja natürlich. An manchen Tagen glaubt sie es fast selbst. Und oft hat sie schon gedacht, dass Robert sein erstes Leben geschenkt bekommen hat, aber für sein zweites einen hohen Preis zahlen muss. Aus Angst, er könnte durch den Herzstillstand und der daraus folgenden Minderdurchblutung im Gehirn tatsächlich neurologischen Schaden genommen haben, hat sie zur Abklärung ihres Verdachtes vor einiger Zeit im Internet gegoogelt, ob sein auffälliges Verhalten doch mit der Transplantation zusammenhängen könnte, ob dieses Phänomen schizophrener Anfälle auch auf andere Transplantierte zutrifft, ganz so, wie es Doktor Klawitter bereits angesprochen hatte. Dabei ist sie auf erstaunliche Untersuchungsergebnisse gestoßen, die bei solchen Fällen einen Zusammenhang mit der Transplantation nicht ausschließen. Und trotz der tragischen Schicksale, über die sie gelesen hat, war sie doch irgendwie froh darüber, dass Roberts Attacken nichts mit Verrücktsein im eigentlichen Sinn zu tun haben. Umso erstaunter war sie, dass es tatsächlich internationale Dokumentationen gibt, die zumindest bei einigen Nachforschungen nicht ausschließen, dass mit dem Herzen oder anderen Organen auch die Seele verpflanzt wurde.

»Weißt du was?« Roberts Frage reißt sie aus ihren Gedanken.

Anja sieht ihn erstaunt an. »Was meinst du?«

»Manchmal frage ich mich, was ich mir von diesem Treffen verspreche. Mir kommen ehrlich gesagt Zweifel, ob das der richtige Weg ist, um mit meiner jetzigen Situation fertig zu werden.«

»Aber Liebling, dir geht es doch darum, zu erfahren, was für ein Mensch Herr Brombach war. Wie er gelebt hat und …«, sie zögert, »und warum und wie er gestorben ist. Du musst einfach mit ihm und vor allem mit dir selbst Frieden schließen, damit wir alle, Julian und ich ebenfalls, auch wieder unseren Frieden finden.« Sie kann ihre Tränen nicht zurückhalten. Ihr Weinen drängt ihn dazu, sie in die Arme zu nehmen und mit Nachdruck zu sagen: »Noch zwei Tage, dann wissen wir mehr.«

Freitagmorgen ist Robert voll innerer Unruhe schon frühzeitig aufgestanden. Obwohl er seit einiger Zeit keinen Kaffee mehr mag und eigentlich aufgeregt genug ist, brüht er sich einen besonders starken Kaffee auf. Er bezweckt damit, dass er ganz und gar wach seinen Termin bei Frau Brombach wahrnehmen kann, dass sein Kopf jeder Situation gewachsen ist, gedankenschnell funktioniert und er dementsprechend reagieren kann.

Ein Blick auf die Küchenuhr zeigt ihm an, dass es erst zehn Minuten nach fünf ist. Nur gut, dass Anja nicht wach geworden ist, als er aus dem Bett gekrabbelt ist, denkt er sich. Er will noch für eine Zeit lang mit sich alleine sein.

Ihm ist etwas kalt. Die Heizung läuft noch auf Nachtbetrieb. Als er den Bedienknopf für die Jalousie drückt, sieht er, während sie langsam surrend hochfährt, wie direkt hinter der Fensterscheibe dicke Schneeflocken vor dem pechschwarzen Morgen tanzen. »Mist! Ausgerechnet heute schneit es sich so richtig ein«, murmelt er. Während er dem Zischen des kochenden Kaffeewassers lauscht, kreisen ihm wieder die gleichen Hirngespinste durch den

Kopf, die ihn auch nicht mehr schlafen ließen. Immer wieder legt er sich gedanklich die Sätze zurecht, mit denen er Frau Brombach begrüßen will. Er will vom ersten Augenblick an Vertrauen zu ihr aufbauen. Er fragt sich sogar, was wäre, wenn sie ihm nicht öffnet.

Der Kaffee ist fertig. Er riecht herrlich. Tief zieht er mit der Nase den aromatischen Duft ein. Dabei spannt er so arg seine Brustmuskulatur an, dass seine Narbe etwas schmerzt. Immer noch schockt sie ihn, wenn ihn der große Wandspiegel im Bad täglich daran erinnert, dass er so eine Art Frankensteingeschöpf ist. Seine Selbsterniedrigung ist sogar schon so weit gegangen, dass er sich eingeredet hat, den falschen Namen zu führen. *Eigentlich darf ich nicht mehr Robert Lichtenberg heißen*, hat er verächtlich zu seinem Spiegelbild gesagt. Der richtige Robert Lichtenberg liegt in seiner Vorstellung immer noch gefoult auf dem Sportplatz.

Steht auf, steh endlich auf, alter Junge!, hat er sich da befohlen. *Steh auf und hau das Ding ins Netz!* Tja, dann wäre alles gut geworden. Man hätte ihn gefeiert, und er wäre stolz nach Hause gefahren. Wenn er darüber nachdenkt, bereut er, dass Thomas ihn reanimiert hat.

Grübelnd gießt er sich den Kaffee ein. Zwei fremden Menschen verdankt er die Tatsache, dass er jetzt hier am Küchentisch sitzt und Kaffee trinkt. *Das Leben ist ein einziges Abenteuer.*

Robert schüttelt den Kopf, was für ein Irrsinn. Als in ihm allerdings die Vorstellung Gestalt annimmt, dass, wenn er gestorben wäre, eventuell Samuel Julian großziehen würde, und dieser Schönling darüber hinaus mit Anja das Bett teilen könnte, steigt Aggression in ihm auf. Nur damit nicht die Vorstellung davon Oberhand gewinnt, wie die beiden es miteinander treiben, trinkt er hastig vom glühend heißen Kaffee, dass ihm Lippen und Zunge schmerzen und er dadurch abgelenkt wird. Erneut schielt er zur

Uhr. Der Magen zieht sich ihm zusammen. Die Zeit scheint zu rasen, und er hat total vergessen, was er zu Frau Brombach sagen wollte.

Während er sich bemüht, seine Gedanken wieder in Ordnung zu bringen, hört er Anjas Stimme.

»Hab ich doch richtig gerochen. Kaffee. Hier bist du also.«

»Hast du nicht mitbekommen, wie ich aufgestanden bin?«, fragt er scheinheilig.

»Doch, aber ich dachte, dass du nur auf die Toilette gehst. Und dann bin ich wieder eingeschlafen.« Mit besorgter Miene fügt sie noch hinzu: »Hast du schon aus dem Fenster geschaut? Es muss die ganze Nacht geschneit haben und stöbert immer noch wie verrückt. Meinst du, wir können wirklich fahren? Außerdem überlege ich, ob wir Julian heute nicht in die Schule schicken.«

Wortlos steht Robert vom Tisch auf, um das Fenster zu öffnen. Schneeflocken wehen ihm ins Gesicht. Unter dem Lichtkegel der Straßenlaterne wirbelt der Schnee wild durcheinander. Kaum ein Autoscheinwerfer tastet sich durch die Dunkelheit. Rasch schließt er das Fenster, wischt sich mit der Hand über das nasse Gesicht und fragt: »Schmeckt dir mein Kaffee?«

Anja hat sich auf Roberts Platz gesetzt und schlürft genüsslich aus seiner Tasse.

Gönnerhaft sagt er: »Bleib ruhig sitzen, ich gieße mir einen neuen ein.« Im Vorbeigehen streicht er ihr zärtlich übers Haar.

Mit der Tasse, die er sich aus dem Schrank geholt und mit Kaffee gefüllt hat, setzt er sich neben sie.

»Also, was ist?«, wiederholt sie ihre Frage, »bleiben wir daheim? Du kannst mit Frau Brombach doch einen neuen Termin ausmachen.« Unvermittelt steht sie auf und geht ins Wohnzimmer.

Robert sieht ihr verwundert nach. »Wo willst du hin?«

»Gleich, gleich«, ruft sie, »bin sofort zurück.«

Kurz darauf erscheint sie mit ihrem Handy. Nachdem sie ein paarmal darauf herumgetippt hat, sagt sie sich selbst zustimmend: »Hab ich es mir doch gedacht. Der Deutsche Wetterdienst warnt vor weiteren heftigen Schneefällen. Autofahrer werden angehalten, ihre Fahrzeuge stehen zu lassen. Wir bleiben hier, Robbie, wir werden uns dem nicht aussetzen.«

Robert winkt ab. »Du wirst nicht fahren!«

»Bitte? Was soll das heißen?«

»Was das heißen soll? Du bleibst mit Julian hier. Ich stimme dir zu, der Junge wird nicht in die Schule geschickt, aber ich werde fahren, egal was oder wie es kommt!«

»Nein! Robert, sei vernünftig! Du glaubst doch nicht, dass ich dich bei diesem Sauwetter alleine fahren lasse.«

Er lacht herzhaft auf. »Wie willst du mich denn daran hindern?«

Stocksteif und mit geballten Fäusten ist Anja um Beherrschung bemüht. Immer noch lächelnd erhebt sich Robert, geht zu ihr hin und nimmt sie liebevoll in den Arm. »Ich kann nicht zurück, Schatz. Verstehe mich bitte. In mir ist etwas, das danach verlangt.«

Robert stellt das Gebläse hoch …

… damit die Scheiben nicht mehr beschlagen. Es dauert eine Weile, bis auch die Sitzheizung wärmt. Noch ist der Wagen lausig ausgekühlt. Vornübergebeugt blinzelt er angestrengt durch die Frontscheibe. Im raschen Takt der Scheibenwischer wird seine Sicht nicht nur dadurch gestört. Unvermindert tobt der Schneesturm über das in Einöde liegende Land. Außerdem klebt die Dunkelheit zäh an dem von Schmutz und Schnee verschmierten Glas, das immer dann ein wenig Sicht bietet, wenn im aufgeblendeten Lichtkegel der Scheinwerfer die lückenhaft stiebenden Schneeflocken ein milchiges Grau färben.

Robert stellt die Musik lauter, als er von der Kreisstraße auf die beinahe zugewehte Landstraße in Richtung Weyerbach wechselt. An den Begrenzungspfeilern pappt dick Schnee, sodass deren Katzenaugen nicht oder zumindest ungenügend reflektieren können. Er ist total genervt. Sogar die grünlich schimmernde Beleuchtung des Navis stört ihn inzwischen. *Jetzt fehlt nur noch, dass mir die Stimme sagt, dass ich umkehren soll.* Ein verstohlener Blick auf den Tacho zeigt ihm an, dass er fünfzig fährt. *Das ist schnell genug.* Ohne Allrad wäre er nicht so zügig gefahren, da ist er sich sicher. Gerade meldet der Wettermann im Radio, dass man sein Fahrzeug, wenn nicht unbedingt nötig, heute den ganzen Tag stehen lassen sollte.

»Es ist nötig!«, brüllt Robert wütend dazwischen. Er hat es sich selbst geschworen, egal was ist und was kommt, er wird fahren. Noch nicht einmal Anjas Tränen konnten ihn davon abhalten. *Aber beschissen ist das alles schon hier*, denkt er sich. Kaum ein Auto ist unterwegs, noch nicht einmal ein Streufahrzeug ist ausgerückt. Und die wenigen, die ihm begegnen, schleichen im Schritttempo vorbei. Als er nach links schaut, wo die Autobahn verläuft, erkennt er, dass der ansonsten dunkle Himmel in der Ferne von blauen und orangefarbenen Flimmern erleuchtet wird. Straßendienst und Polizei sind im Einsatz. *Da wird es ordentlich gescheppert haben,* ist sein lapidares Fazit.

Halt! Was ist da? Als er aus seinen Gedanken gerissen wird, tritt sein Fuß automatisch auf die Bremse. Verdammt, das Heck will ausbrechen. Er hat Mühe, sein Gefährt wieder in die Spur zu bringen. Geschafft. Die Räder stehen still. *Das war knapp.* Die Scheinwerfer strahlen einen prächtigen Hirsch mit gewaltigem Geweih an, der direkt vor ihm steht. Offensichtlich ist er vom Licht geblendet und weiß jetzt nicht, wo er hinlaufen soll. Robert hupt, da trabt das Tier gemächlich von der Straße. Er wundert sich, dass es keine Eile hat.

Warum eigentlich bringe ich mich so unter Druck, fragt er sich. Pünktlich kommt er sowieso nicht mehr an. Aber warum muss er pünktlich sein? Wenn er da ist, ist er da. Also weiter.

»Mensch, Idiot, schalt doch das Fernlicht aus!«, schimpft er. Fast wäre er, vom Gegenlicht eines ihm entgegenkommenden Fahrzeugs geblendet, in den Graben gefahren. Als das Auto auf seiner Höhe ist, reckt Robert den Mittelfinger hoch. Nachdem er wieder Gas geben will, drehen die Räder durch. Bei der unsinnigen Aktion ist er in eine Schneewehe geraten.

»Verdammter Mist, so ein verdammter Mist!« Wieder schimpft er wie ein Rohrspatz, er kann sich gar nicht beruhigen. »Nur wegen so einem Idioten!«

Schließlich schafft er es, freizukommen. Langsamer als vorher und ohne weitere Zwischenfälle gelangt er seinem anvisierten Ziel näher. Von Weitem sind im tristen Dunst bereits die ersten Häuser zu erkennen. Erleichtert atmet er auf. *Das wäre so weit geschafft,* freut er sich. Doch zu früh gefreut. Etwa einen halben Kilometer vor dem Ortsschild, genau in dem Moment, als er an einem Baum vorbeifährt, überkommt ihn ein eigenartig mulmiges Gefühl im

Magen. Eine Stimme in seinem Kopf befiehlt ihm: *Fahr nicht weiter, halt an!*

Wie fremdgesteuert schaut er in den Rückspiegel. Hinter ihm befindet sich kein Auto. Also bremst er abrupt ab. Die Beklemmung in seiner Brust wird größer. Beunruhigung überfällt ihn. War da was am Baum? Er verdreht den Oberkörper so, dass er nur mühsam zurückschauen kann. Dabei verzieht sich die dünne Haut über seiner Narbe schmerzhaft. »Memme«, verhöhnt er sich. »Du bist ein gottverdammter Angsthase geworden. Nun setz endlich zurück und sieh nach!« Er schaltet in den Rückwärtsgang. Als er auf Höhe des ominösen Baumes angekommen ist, beginnt er zu zittern. *Spukt es hier?* Aus dem Schnee ragt ein schlichtes Holzkreuz, unter dem, anscheinend vom Wind freigelegt, noch die gefrorenen Reste eines Blumengebindes zu erkennen sind. Und als er sich vorstellt, dass genau an dieser Stelle ein Mensch sein Leben lassen musste, durchrieselt ein eisiger Schauer seinen Körper, obwohl sein Kopf plötzlich vor Hitze glüht.

Was für eine seltsame Energie geht von diesem Ort aus, wundert er sich.

Er will auf der Stelle weg von hier, aber alles in ihm wehrt sich dagegen. Sein rechter Arm, der den Vorwärtsgang einlegen soll, ist auf einmal wie gelähmt.

»Teufel, was ist mit mir?«, stöhnt er. Da ertönt hinter ihm eine Hupe. Scheinwerfer blinken ihn von hinten an, und schon ist der Zauber vorbei.

Den Rest der Fahrt ist er nur damit beschäftigt sich zu fragen, was das gerade war, ob es auch eine seiner Visionen gewesen war?

Wenige Minuten später sagt die Frauenstimme im Navi: »Bitte fahren sie die nächste Abbiegung rechts und dann die zweite Straße links.«

»Was für ein armseliger Ort«, antwortet Robert der Stimme. »Hier ist ja der Hund begraben.«

Die Straßen sind wie ausgestorben. Ein Stück weiter geht nur eine winterlich vermummte Frau gegen den Schnee ankämpfend mit ihrem Hund Gassi. Nein, er ist anscheinend doch nicht begraben, der Hund lebt noch! Der Kläffer zieht kräftig an der Leine, und aus seinem langen, dichten Fell wachsen dicke Schneeballen. Robert schüttelt sich, als er das Bild dieser jämmerlich frierenden Gestalten sieht. In der Bäckerei gegenüber sitzen zwei Arbeiter, die man an ihren Blaumännern erkennt. Das nimmt Robert ebenfalls während des Vorbeifahrens durch die große Schaufensterscheibe flüchtig wahr, und doch macht er sich Gedanken darüber.

Na, die haben es gemütlich da drinnen, sagt er sich. Fast hätte er es verpasst, abzubiegen. Er reißt das Lenkrad herum und hat dabei Mühe, das Straßenschild nicht mitzunehmen.

»Sie haben Ihr Ziel erreicht.«

»Ich hab was?« Robert ist von den Socken. »Ich hab was?«, wiederholt er staunend. Vor ihm endet die Straße in einem Wendehammer. Anhand des Parkschildes rechts erkennt er, dass sich dort ein großer Parkplatz befindet, von dem aus drei Wege abgehen, die alle drei in einen Wald führen. Er ist ratlos. Weit und breit ist kein Haus zu entdecken. Er schaut auf die Uhr. Halb zwölf. »Scheiße!«, flucht er. »Verdammte Scheiße!«

Es ist nicht das erste Mal, dass ihn das Navi in die Irre geführt hat. Er betätigt den Fensterheber, um rauszuschauen. Seine Augen suchen scharf die Umgebung ab, soweit das bei diesem Schneefall gelingt. Als ein heftiger Windstoß in die Zweige der nahestehenden Fichten fährt, ist es ihm, als habe er für den Bruchteil einer Sekunde zwischen den sich auseinanderbiegenden Ästen einen schwachen Lichtschein gesehen. Er reibt sich die ins Gesicht gewehten Schneeflocken aus den Augen. Da! Erneut biegen sich die Äste. Er hat richtig gesehen. Das Licht muss aus einem Haus stammen. Ob es das von Frau Brombach ist? Es kann nur das Haus sein. Die Adresse, die er ins Navi eingegeben hat, stimmt und das Ziel ist auch markiert. Na denn.

Er schließt das Fenster und fährt vorsichtig auf den mit Schnee zugewehten Parkplatz. Der Allrad-SUV leistet Schwerstarbeit. Dabei scheucht er einige Amseln auf, die sich über irgendwas Fressbares hergemacht haben. Zurück bleibt ein blutig roter Fleck. Robert stellt den Motor ab, schlägt den Jackenkragen hoch und setzt sich seine Kappe auf. Ein wenig graut es ihm davor, in die Kälte hinaus zu müssen. Den Weg zum Haus kann er jedenfalls nicht hochfahren, der ist für die Schneehöhe viel zu steil.

Beim Sprung aus dem Wagen steckt er gleich bis weit über den Knöcheln im noch unberührten Schnee, der ihm trotz seiner hohen Schuhe unangenehm in die Schäfte gezwängt wird. Entschlossen drückt er mit dem Schlüssel die Verriegelung herunter. Kurz tief durchatmen und dann los. Die Steigung bereitet ihm Schwierigkeiten. Durch den hohen Schnee stapfen ist sehr anstrengend. Schnell wird er kurzatmig, die kalte Luft zwingt ihn zu husten. Er ist untrainiert, das lässt sich nicht leugnen. Seine Wadenmuskeln brennen und stechen.

Gott sei Dank, die Umrisse des Hauses werden sichtbar. Er schätzt, dass es vom Auto bis zum Haus etwa zweihundert Meter sind. Je näher er kommt, umso unruhiger wird er. Verwunschen sieht es im reichlichen Buschwerk aus. Mit seinen schweren Holzbohlen erinnert es ihn an ein märchenhaftes Forsthaus. Nur noch wenige Schritte, dann hat er es geschafft.

Er schnauft ordentlich. Um sich ein ganzes Bild von allem zu machen, bleibt er stehen. Gewissenhaft umschauen will er sich, damit er einen Eindruck davon gewinnt, auf was er sich hier einlässt. Tatsächlich, außer dem Sockel aus Bruchsteinen ist der Bau, eingebettet in Dickicht und umgeben von einem dichten Wald, gänzlich aus Holz erstellt worden. Über dem Eingang prangt wie zur Abschreckung ein riesiges Geweih. *Wenn jetzt noch Lebkuchen auf die Balken genagelt sind, hau ich wieder ab*, scherzt er mit sich. Als er sich der Klingel nähert, wünscht er sich insgeheim, dass es nicht die richtige Adresse ist. Irgendwie steigt Unbehagen in ihm auf. Es kommt ihm so vor, als wäre das Haus in einem geschützten Raum, innerhalb einer Art unsichtbarer Bannmeile.

Nein, er hat sich nicht geirrt. Über dem Klingelknopf befindet sich ein Holzschild, in das der Schriftzug *Harald & Christine Brombach* dekorativ eingebrannt wurde. Bevor er läutet, fällt ihm ein, dass er keine Blumen oder zumindest eine kleine Aufmerksamkeit mitgebracht hat. Ach, was soll's. Und schon schlägt im Inneren des Hauses ein tiefer Gong an, als er die Türglocke betätigt. Niemand öffnet. Das Warten trägt nicht dazu bei, dass er ruhiger wird. Frau Brombach muss doch zuhause sein.

Rechts, unmittelbar neben dem Eingang, befindet sich das erleuchtete Fenster, dessen Licht ihm von Weitem aufgefallen ist. Es ist ein mattes Rot, das augenscheinlich von einem roten Vorhang gefärbt wird. Endlich, er hört Schritte. Gleich darauf wird ein Schlüssel mehrfach im Schloss umgedreht. Jetzt öffnet sich die Türe.

Wow! Robert ist hin und weg. Plötzlich rast sein Herz, und er vergisst zu atmen. Vor ihm steht eine hinreißend attraktive Frau. Nicht mehr ganz jung, doch sie ist eine von den Frauen, die von der Schöpfung scheinbar mit einer zeitlosen Schönheit beschenkt wurden. Das ebenholzfarbige Haar, das halblang und modern fransig geschnitten ist, unterstreicht den Eindruck von bleibender Jugendlichkeit.

»Herr Lichtenberg?«, fragt sie ihn mit warmer dunkler Stimme, die wie eine zweite Haut zu ihr passt, die eins wird mit ihrer ganzen Persönlichkeit. Sie trägt einen

knappen schwarzen Rock und schwarz getönte Nylon-
strümpfe, die ihre langen, schlanken Beine auf besondere
Weise betonen. Ihre ebenfalls schwarze, silbrig changie-
rende Bluse, über die sie an den Schultern eine graue,
ebenfalls glitzernde Stola geworfen hat, unterstreichen
ihre feminine Eleganz.

»Sind Sie Herr Lichtenberg?«, wiederholt sie ihre
Frage, und er starrt nur auf ihre vollen roten Lippen, die
sich als ein aufreizender Blickpunkt in ihrem schmalen,
blassen Gesicht hervortun.

»Ja!«, mehr kann Robert im Moment nicht sagen.

»Ich habe nicht mehr mit Ihnen gerechnet. Aber gut,
dass Sie jetzt da sind. Wieso aber tun Sie sich das an, bei
diesem Wetter loszufahren? Ihre Frau hat bereits zweimal
angerufen, sie macht sich große Sorgen um Sie.«

Robert zeigt mit ausgestrecktem Finger in die Schnee-
landschaft. »Tja, ich muss mich bei Ihnen entschuldigen,
dass ich den vereinbarten Termin nicht eingehalten habe,
aber sie sehen ja selbst.«

Frau Brombach sieht ihn verständnislos an. »Jetzt kommen Sie erst mal rein!«

Zögerlich betritt er den recht großen Flur, in dem ihm
nach der lausigen Kälte draußen ein wenig Wärme entge-
genschlägt, obwohl er immer noch seinen Atem sehen
kann. Beeindruckt schaut er sich um. Auch hier hängen
Geweihe von den verschiedensten Tierarten an den Wänden. Am oberen Podest des Treppenabsatzes, beim Eintre-
ten nicht zu übersehen, überragt ein prächtiger Elchkopf
mit mächtigen Schaufeln alle weiteren Jagdtrophäen.

»Wie kommt man denn an so was?«, fragt Robert erstaunt, indem er auf den Elchkopf zeigt.

Frau Brombach macht eine alles umfassende Geste.
»Mein Schwiegervater war ein passionierter Jäger. Aber
bitte, Herr Lichtenberg, hängen Sie doch Ihre Jacke und
Ihre Mütze an den Kleiderhaken. Im Wohnzimmer können

Sie sich dann am Kamin aufwärmen, Sie sehen ja ganz durchgefroren aus.«

Als Robert den großen Wohnraum betritt, dessen Wände ebenfalls naturbelassen aus groben Holzbohlen bestehen, stellt er fest, dass sich hier auch die Kochstelle mit dem Fenster befindet, aus dem der rote Lichtschein gedrungen ist. Er reibt sich wohlig die Hände. »Ja, hier ist es warm, hier kann man es aushalten.« Anerkennend betrachtet er sich das allseits rustikale Interieur. Die Ponderosa aus Bonanza kommt ihm in den Sinn. Neben etlichen Geweihen hängen zudem Gewehre und vorsintflutliche Vorderlader am Gebälk. Und über dem offenen Kamin, in dem das Feuer ordentlich prasselt, ist ein riesiger »Ölschinken« angenagelt, auf dem in dunkel gehaltenen Farben eine martialische Jagdszene abgebildet ist. Auf den zum Teil durchgescheuerten Bodendielen liegen die verschiedensten Tierhäute ausgebreitet.

Hier wirkt diese wahnsinnig gut aussehende Frau völlig deplatziert, denkt er sich. In ihrer eleganten Aufmachung kommt sie ihm wie eine verirrte Museumsbesucherin vor.

Beeindruckt pfeift er durch die Zähne. Als würde sie seine Gedanken erraten haben, sagt sie beinahe entschuldigend: »Bis auf wenige Ausnahmen ist alles so geblieben, wie mein Mann es von seinem Vater übernommen hat.«

Robert entgeht nicht, dass sie schlucken muss.

»Aber bitte, Herr Lichtenberg, jetzt nehmen Sie doch Platz.«

»Wo?«

»Wo Sie möchten.«

Robert steuert einen der voluminösen Sessel an, die vom wuchtigen Holzgestell her wie selbst gezimmert aussehen.

»Nein, bitte nicht den! Da hat er immer gesessen.«

Aufgeregt weist sie ihm einen anderen Sessel zu, und Robert wundert sich, dass er sich ausgerechnet den ehemaligen Stammplatz des verstorbenen Hausherrn ausgesucht hat. Anderseits wundert er sich auch darüber, dass er sich in der fragwürdigen Atmosphäre sogleich irgendwie heimisch fühlt. Ihm ist nicht, als habe er ein fremdes Haus betreten. Auf einer gewissen Weise fühlt es sich wie heimgekehrt an. Selbst die bezaubernde Frau, die freundlich lächelnd vor ihm steht, ist ihm allem Widersinn nach im Herzen vertraut.

»Wäre es nicht besser, Herr Lichtenberg, Sie würden zunächst ihre Frau anrufen? Sie macht sich wirklich große Sorgen.«

»O ja, das werde ich tun.« Er will aufstehen, um sein Handy aus der Jacke zu holen.

»Bleiben Sie ruhig sitzen. Nehmen sie doch das Mobilteil, das vor Ihnen auf dem Tisch liegt.«

Mit einem Blick überfliegt er den Tisch, der aus zwei kräftigen Baumstämmen angefertigt wurde, auf denen eine extrem dicke Rauchglasplatte protzt. Er greift nach dem Telefon. Seine eigene Rufnummer fällt ihm nicht sofort ein. Frau Brombach zieht sich diskret zurück, um im Wirtschaftsbereich zu hantieren.

»Ja ... ich bin es. Nein, nein, alles in Ordnung. Ich sitze hier bei Frau Brombach ... Wann? Ich bin doch gerade erst angekommen. Schatz ... Schatz ... nun hör doch! Es. Ist. Alles. In. Ordnung! Ich weiß auch, dass es geschneit hat. Gut ... gut ... ja ... natürlich ... ich liebe dich ... bis nachher.«

»Haben Sie Ihre Frau beruhigen können?«, ruft Frau Brombach ihm zu. »Sie klang sehr aufgeregt, als ich vorhin mit ihr gesprochen habe.«

»Ja, ich denke schon.«

»Möchten Sie übrigens Kaffee oder Tee oder ein Glas Wasser?«

»Haben Sie Earl Grey?«

»Ja, den können Sie gerne haben. Mit Sahne und Kandis? Oder wie möchten Sie ihn?«

»Gerne nur mit Kandis.«

Während Frau Brombach für ihn und für sich Tee zubereitet, beobachtet er sie.

Sie wird nicht immer in diesem Outfit herumlaufen, wenn sie alleine ist, sagt er sich. Sie hat ihn erwartet, logisch, aber sich dafür so zu stylen? Sie ist eine verdammt attraktive Frau und noch viel zu jung, um alleine zu bleiben. Für einen Moment überkommt ihn die wahnwitzige Idee, dass sie nicht alleine ist. *Sie gehört zu mir!*, hört er sich selber sagen. Jetzt stockt ihm wieder der Atem. *Was soll das? Verdammt! Ruhig, ruhig.*

Er zwingt sich dazu, ruhig und gleichmäßig zu atmen. Er muss einen kühlen Kopf bewahren.

»So«, hört er sie jetzt sprechen, »hier ist der Tee. Ich hole nur noch meine Tasse, dann setze ich mich zu Ihnen.«

Kurz darauf sitzen sich beide erwartungsvoll gegenüber. Ihr gemeinsames Schweigen ist wie eine unsichtbare Mauer. Beide nippen verlegen vom zu heißen Tee.

Schließlich fragt sie: »Herr Lichtenberg, warum wollen Sie mich kennenlernen?«

Sie hat mit ihrer Frage die Mauer des Schweigens eingerissen, und er bekommt dadurch das Gefühl, als stürzten die Schweigesteine auf ihn. Für einen Atemzug machen sie ihn wehrlos. Von ihrer Direktheit ist er überrumpelt. Er mag Situationen der Unsicherheit nicht. Als Banker musste er seinen Kunden gegenüber stets Herr der Lage sein. Nie durfte er eine Unsicherheit zeigen, nie. Er muss wieder zu seiner inneren Festigkeit finden.

»Ist es nicht der legitime Wunsch eines Menschen, erfahren zu wollen, wer sein Leben gerettet hat?« Seine Worte klingen angestrengt. »Ich habe eine Bitte an Sie, Frau Brombach.«

Sie sieht ihn erstaunt an.

»Ich denke, dass das, was uns zusammengeführt hat, so intim ist, dass ich mich freuen würde, wenn Sie Robert zu mir sagen.«

Bevor sie auf seine Bitte antwortet, ist es ihr reizendes Lächeln, das seinem Wunsch bereits nachgekommen ist, und sie unterstreicht ihre Zustimmung mit dem höflichen Satz: »Ja, Robert, ich bin damit einverstanden. Und sagen Sie ruhig Christine zu mir.«

»Also gut, Christine, wie wollen wir vorgehen? Darf ich Ihnen Fragen zu Ihrem Mann stellen, oder möchten Sie mir einfach irgendwas von ihm erzählen?«

»Wenn Sie erlauben, Robert, wäre es mir lieb, wenn Sie zuerst ein wenig von sich berichten, denn auch ich bin neugierig, mit wem ich es zu tun habe. Doktor Merzhadaj hat ja schon ein eindringliches Gespräch mit mir geführt, bei dem er mich inständig bat, einem Treffen mit Ihnen zuzustimmen.«

Merzhadaj, Merzhadaj – der Name verschlägt ihm kurzzeitig die Sprache, wie eine Ohrfeige dringt er an seine Ohren. Er will hier jetzt nicht an ihn erinnert werden. Um Zeit zu gewinnen, schlürft er wieder vom Tee.

Sie bemerkt seine Nervosität. »Für uns beide ist es wohl nicht einfach, über das zu reden, was geschehen ist, Robert. Dennoch, wenn wir nun schon einmal beieinandersitzen, dann sollten wir die Gelegenheit auch wahrnehmen und das, was uns bedrückt, aussprechen. Glauben Sie nicht, dass es damals für mich einfach gewesen, ist den Ärzten zuzustimmen, dass sie die Organe meines Mannes …«, sie zögert, »verwerten dürfen. Und seitdem habe ich mich fast in jeder Nacht gefragt und getröstet, ob sein Tod dadurch einen Sinn bekommen hat. Und wenn ich Sie jetzt vor mir sitzen sehe, dann kann ich nur feststellen, dass es einen Sinn hatte, auch wenn ich mich mit seinem Tod nicht abfinden kann. Ich denke, niemals abfinden kann.« Zum Schluss ist sie immer leiser geworden.

Als Robert sie anschaut, sind ihre Gesichtszüge maskenhaft geworden.

Kaum vernehmbar, aber umso beherrschter bemerkt sie anfügend: »Ob Sie es glauben oder nicht, ich konnte seit dem Tod meines Mannes noch keine einzige Träne weinen. Manchmal schäme ich mich vor mir selbst dafür. Aber mir ist, als wäre die Trauer in mir so groß, dass sie meine Tränen regelrecht blockiert.«

Robert nickt. »Ich kenne das! Was mir passiert ist, ist so etwas Ähnliches wie Sterben. Auch wenn mein jetziger Körper lebt, so ist der alte Robert Lichtenberg bereits in dem Moment gestorben, als man sein altes Herz herausholte. Ich bin nicht mehr der, der ich einmal war.«

Teilnahmsvoll fragt sie: »Wer waren Sie, Robert?«

»Tja«, beginnt er, »wer war ich? Fast kommt es mir so vor, als läge alles schon Jahrzehnte zurück.«

Und dann erzählt er. Es sprudelt förmlich aus ihm heraus. Nichts lässt er aus. Diese wunderschöne Frau, die ihm stillschweigend und aufmerksam zuhört, wird ihm dabei zur Therapeutin. Seine im Selbstmitleid gefangene Seele will er befreien. All das loswerden, was ihn bedrückt und was er aus falscher Scham sogar Anja gegenüber verheimlicht hat. Nur eines verschweigt er. Über seine schrecklichen Visionen spricht er nicht.

Man kann es Christine ansehen, dass sie die Schilderungen des ihr fremden Mannes arg mitgenommen haben. Er ist jung, seinen Beschreibungen nach hat er eine liebe Frau und einen wohlgeratenen, gesunden Jungen. Er hat ein prachtvolles Haus im Grünen und eine gut bezahlte Stellung bei der Sparkasse. Und sie fragt sich, warum ihn dieses harte Schicksal treffen musste. Sie fragt sich auch, warum das Schicksal seinen und ihren Lebensweg in der jetzigen Minute auf diese unschöne Weise zusammengeführt hat. Vieles im Leben ist ein großes Rätsel. Sie jedenfalls vermag es nicht zu lösen.

Wie aus einem Traum erwacht Robert. Seine Lebensgeschichte hat ihn so weit weggeführt, dass er sich erst einmal wieder sammeln muss. Obwohl ihm jetzt ein wenig leichter um die Brust ist, fragt er sich, wie es dazu kommen konnte, sich dermaßen vor einem fremden Menschen geöffnet zu haben.

»Ich bin Ihnen dankbar, Robert. Ich bin Ihnen sehr dankbar für ihre Offenheit. Das erleichtert es mir, ungezwungener über meinen Mann zu sprechen.«

»Was war Ihr Mann für ein Mensch? Verstehen Sie mich richtig, ich möchte Sie keinesfalls bedrängen, aber es ist für mich sehr wichtig, zu wissen, wessen Herz in mir schlägt.« Robert ist erschrocken über seinen leichtfertig ausgesprochenen Satz, der grob fahrlässig die ganze Härte seines Besuches in den Mittelpunkt stellt. Und er bemerkt auch bei seiner Gastgeberin, dass sie genau wie er empfindet, nämlich dass diese Worte die Macht haben, die schwach verheilten Wunden von Tod und beiderseitiger Trauer und Leid erneut aufreißen zulassen. Außerdem, so meint er, hat der Hinweis auf das Herz die zuvor entstandene Intimität zerstört, da in seiner Vorstellung plötzlich der Verstorbene zwischen ihnen sitzt, weil er in seiner ganzen Person, auch im Andenken an ihn, ein Anrecht auf sein Herz hat.

»Wie hieß Ihr Mann eigentlich mit Vornamen?«, fragt Robert, um seine innere Bedrängnis so rasch als möglich zu übergehen, obwohl er dessen Namen ja bereits auf dem Türschild gelesen hat.

Frau Brombach antwortet spontan. »Getauft wurde er auf den Namen Harald, aber alle nannten ihn nur Harry.«

»Und wie alt war er, als er …« Nun vermeidet er es, nach Harrys Todeszeitpunkt zu fragen.

Auch sie umgeht es, das Alter zu nennen und sie sagt stattdessen: »Er ist 1969 geboren.«

Robert rechnet schnell im Kopf nach. *Also ist sein Herz acht Jahre älter als mein Körper.*

Aber bevor er weiter darüber nachdenkt, spricht er aus, was ihm gerade einfällt. »Er war noch so jung.« Und während er sich die Frage stellt, was ihm zugestoßen sein könnte, vernimmt er wie aus weiter Ferne: »Ein Autounfall.«

»Ein Autounfall?« Robert ist sofort hellwach. »Das ist ja schrecklich.«

Frau Brombach legt sich die Stola zurecht, als müsse sie damit ihre Emotionen ordnen. »Ja, das war schrecklich. Mittags war es, ich habe mit dem Essen auf ihn gewartet, als die Polizei an der Haustür geschellt hat. Sie können sich vorstellen, wie mir zumute war, als ich ihnen öffnete.« Abermals fummelt sie an ihrer Stola herum, und Robert sitzt wie auf heißen Kohlen.

»Er wollte nur eine kurze Erledigung in der Nachbarstadt machen und gleich wiederkommen … aber er ist nicht wiederkommen.« Christines Blick verliert sich ins Nichts.

Robert fühlt sich befangen. In einem Zug leert er seine Tasse.

»Die Polizisten meinten zu diesem Zeitpunkt, dass es ein Wunder wäre, dass mein Mann augenscheinlich lebend aus dem Autowrack herausgeholt werden konnte. *Er lebt, er lebt,* das sagte ich mir unentwegt vor, nachdem sie weg waren.« Wie in Trance spricht Frau Brombach. »Dann bin ich umgehend ins Krankenhaus gefahren. Der Arzt, dem ich auf dem Stationsflur begegnete, sagte mir dann aber unverblümt ins Gesicht, dass mein Mann kaum eine Überlebenschance hat, weil der Aufprall beim Unfall seine Halswirbel irreversibel geschädigt hat und damit auch das Stammhirn in Mitleidenschaft gezogen wurde.«

Robert hängt an ihren Lippen.

»Als ich ihn dann aber im Bett liegen sah, war ich fest davon überzeugt, dass er überleben wird, obwohl er an vielen Schläuchen und Kabeln angeschlossen war. Äußerlich war er nicht verletzt. Mir kam es so vor, als würde er friedlich schlafen. Und als ich seine Hand anfasste und mit Namen angesprochen habe, sah ich deutlich, wie seine Augenlider zuckten. Kurz darauf liefen ihm Tränen aus den Augenwinkeln.«

Auch Frau Brombach muss trinken. Robert fällt auf, dass ihre Aussprache wegen der trockenen Zunge undeutlich geworden ist.

»Möchten Sie noch eine Tasse Tee?«, fragt sie unvermittelt.

Er schüttelt den Kopf. »Nein danke, ich möchte wissen, wie es weitergeht.«

»Tja«, Christine seufzt, »wie ging es weiter? Die Schwester, die mit mir im Zimmer war, meinte, dass es nur Reflexe sind. Also, dieses Zucken der Lider, und sie bestand in ihrer Beurteilung darauf, dass Harry klinisch tot ist.« Christine beugt sich ruckartig vor, und voller Bitterkeit lässt sie sich darüber aus, dass, Reflex hin, Reflex her, es doch das Leben ist, das reagiert. Kein Tod kann reagieren. »Ich habe doch über die Geräte seinen Herzschlag gehört und gesehen, wie sich der Beutel, der an seinem Bett hing, mit seiner Ausscheidung gefüllt hat. Sein Körper war warm.« Sie ist vor Aufregung lauter geworden. »Sie durften es nicht tun, sie durften es einfach nicht tun!« Sie presst ihre Hände vor den Mund, als müsse sie ihre Worte zurückhalten.

»Was durften sie nicht tun?« Konsterniert schaut Robert sie an.

»Sie haben mich bedrängt, dass ich seine Organe freigebe. Sie haben an meine Menschlichkeit appelliert und nicht an ihren finanziellen Gewinn. Regelrecht in die Enge haben sie mich getrieben. Nicht mit vielen Worten, aber mit ihrer Autorität als Ärzte. Die weißen Kittel sind mir in diesem Moment wie Uniformen vorgekommen, als wären sie eine Streitmacht des Guten, des guten Gewissens. Herr Lichtenberg, ich wollte ein gutes Gewissen haben, obwohl Harry sich stets gegen eine Organspende ausgesprochen hat. Er war nicht sehr gläubig, verstehen Sie? Aber er hat einmal gesagt, als wir darüber gesprochen haben, dass er so von der Welt gehen will, wie er gekommen ist, ohne dass diese Leichenfledderer ihn ausweiden. Ja, genauso hat er es gesagt! *Lass meinen Leichnam verbrennen und sorge dafür, dass meine Asche in der Nordsee verstreut wird.* Darum hat er mich gebeten, noch kurz bevor er … Können Sie verstehen, dass ich nun ein schlechtes Gewissen habe? *Tun Sie, was Sie für richtig halten,* habe ich zu den Ärzten gesagt, ohne über die Konsequenzen nachzudenken. Da hat man mich aus dem Krankenzimmer geschickt. Auf dem zugigen Gang habe ich gestanden und verstand die Welt nicht mehr.« Plötzlich wirkt ihr Gesicht zynisch, als sie bemerkt: »Wir hatten einmal einen Jagdhund, der musste eingeschläfert werden, da hat man mich auch aus dem Behandlungsraum hinausgeschickt. So kam ich mir in dem Moment auf dem Krankenhausflur vor. Ich wusste doch nicht, was die da drinnen mit meinem Harry machen. Furchtbar erschrocken habe ich mich, als dann die Tür aufflog. Im Laufschritt sind sie mit ihm im Bett über den Flur in den OP gefahren. Warum haben sie es nur so eilig, habe ich mich gefragt. Ich wollte noch einmal seine Hand halten, aber sie haben mich zurückgerissen. *Es ist besser so,* riefen sie mir zu.«

Das muss der Augenblick gewesen sein, wo ich die Nachricht erhalten habe, dass ein Herz für mich bereitsteht, sinniert Robert. Eigentümlich, aber jetzt rührt sich auch sein Gewissen.

Beide vermeiden es, sich anzusehen. Hätte Robert sie angeschaut, dann wäre ihm aufgefallen, wie bleich und elend sie jetzt aussieht. Indes quält ihn die Frage, wie der Unfall geschehen ist und ob es noch weitere Beteiligte gab.

Da hört er, wie sie sagt: »Sie glauben ja nicht, was für eine Überwindung es mich jedes Mal kostet, in die Nachbarstadt zu fahren.«

Er schaut verblüfft hoch.

»Nicht weit von hier ist es geschehen. Obwohl es mich vor dem Anblick des Unfallortes graut, halte ich dort regelmäßig an, um frische Blumen abzulegen.«

Robert zuckt so heftig zusammen, dass es ihr nicht verborgen bleibt.

»Ich muss sie dort ablegen«, sagt sie fast entschuldigend. »Harry hat ja kein Grab. Es gibt keine andere Stelle, an der ich um ihn trauern kann. Ich habe seine Asche in der Nordsee verstreut, er wollte es doch so.«

Steif und aufrecht sitzt Robert nun in seinem Sessel. Eine innere Stimme schreit die Worte, die er leise und zögerlich ausspricht: »Ich glaube, ich habe auf der Herfahrt die Stelle gesehen, wo er verunglückt ist. Ist es an dem Baum kurz vor der Ortseinfahrt geschehen?«

»Ja«, antwortet sie, und ihre Hände krallen sich in ihren Rock. »Die Polizei vermutete damals, dass er einem Tier ausweichen wollte und dabei die Gewalt über sein Fahrzeug verloren hat. Er muss ein hohes Tempo gefahren sein, aber laut den Untersuchungsergebnissen gab es keine Bremsspuren. – Ist Ihnen nicht gut, Robert?«

Der zittert und kann nicht verbergen, dass er sich von der Begebenheit am Unfallort nun auf eigenartige Weise bedroht fühlt.

»Ich glaube, es ist besser, wenn wir unser Gespräch hier beenden«, schlägt sie vor. »Ich sehe ja, wie auch Sie das alles mitnimmt. Schließlich sind Sie in gewissem Sinn kein Unbeteiligter.« Sie atmet tief durch. »Ich muss gestehen, dass mich die Erinnerungen daran ebenfalls arg aufwühlen.« Sichtlich erhitzt entledigt sie sich nun der Stola, und bei ihren Bewegungen zeichnen sich ihre üppigen Brüste unter der fast durchsichtigen Bluse ab.

Ihm ist es nicht entgangen.

»Es tut mir leid, Sie wieder in die Kälte hinauszuschicken, wo es hier so angenehm warm ist. Aber ich mache Ihnen einen Vorschlag: Besuchen Sie mich nach Weihnachten wieder. Wenn Sie möchten, backe ich uns etwas Leckeres, und sicherlich gibt es noch einiges zu erzählen, was Ihnen weiterhelfen könnte.«

Robert überlegt kurz, er freut sich über ihre freundliche Einladung, aber er ist auch froh darüber, wieder an die frische Luft zu kommen, damit sich sein Kopf abkühlt. Insgeheim ahnt er, dass es noch etwas Unausgesprochenes gibt. Entweder verheimlicht sie es ihm, oder aber sie weiß wirklich nicht um das Geheimnis ihres Mannes, denn dass es eines geben muss, verraten ihm seine Visionen. Sie sind Zeugen.

»Tja, dann werde ich wohl. Ich bedanke mich bei Ihnen, Christine, für Ihr entgegengebrachtes Vertrauen und für Ihre Offenheit. Zudem freue ich mich sehr, dass ich Sie wieder besuchen darf.«

»Ja, das dürfen Sie, Robert, das dürfen Sie gerne.« Sie unterstreicht ihre Einladung mit einem hinreißenden Lächeln.

»Gut!« Robert erhebt sich.

»Ich begleite Sie zur Tür.«

Im Flur wartet sie, bis er sich angezogen hat. Bereits hier schlägt ihm wieder die Kälte entgegen. Christine reibt sich die Arme, sie hat vergessen, sich die Stola über die Schultern zu legen. Als sie sich zum Abschied gegenüberstehen, streckt Robert ihr die Hand entgegen.

»Ade, Herr Lichtenberg.« Ihre Hand ist überraschend warm. Angenehm fühlt sie sich an, so empfindet er es.

Frau Brombach ist es schließlich, die ihre Hand langsam zurückzieht. Als sie sich abwendet und die Tür öffnet, stößt eine heftige Windbö in ihr Haar, die zudem Schnee in den Flur weht. »Du lieber Himmel«, ruft sie. »Sehen Sie sich das an!«

Robert tritt neben sie. Mit offenen Mündern stehen sie da. Ein regelrechtes Unwetter ist während ihres Gespräches unbemerkt heraufgezogen. Der Sturm treibt die Schneemassen wie eine undurchdringliche graue Wand zusammen.

Frau Brombach schlägt die Türe zu. »So kann ich Sie keinesfalls nach Hause fahren lassen!«

Robert schaut auf seine Armbanduhr. »Halb zwei«, sagt er mehr zu sich.

»Also bitte Robert, ziehen Sie die Jacke wieder aus und kommen Sie ins Wohnzimmer.«

Unbehagen zwingt ihn in den Sessel zurück, und Frau Brombach reicht ihm das Telefon.

»Rufen Sie ihre Frau an, erklären Sie ihr, dass Sie nicht losfahren können!«

Gedankenverloren greift Robert nach dem Telefon. Diesmal fällt ihm die Rufnummer gleich ein. Er braucht nur zweimal läuten lassen, da meldet sich Anja mit Aufregung in der Stimme. »Ja, ich bin es. Alles in Ordnung, Schatz … nein, ich bin noch nicht losgefahren … nein … doch … sobald es die Witterungsverhältnisse zulassen, werde ich kommen … zu, alles zugeschneit … unmöglich … nein, nein … ja … Frau Brombach ist so freundlich … meine Tabletten? Ich werde wohl nicht sterben, wenn ich mal keine nehme … bitte Anja … bitte. Beruhige Julian, sage ihm, dass es mir gut geht. Irgendwann muss der Mist doch aufhören … na klar rufe ich an … tschüss, ja tschüss … ich dich auch.«

»Wir werden uns schon vertragen, Robert. Meinen Sie nicht auch?« Ihre dunklen Augen strahlen Innigkeit aus, als sie ihm das Telefon wieder abnimmt. »Wir werden uns die Zeit schon einrichten. Wissen Sie was, ich mache uns etwas zu essen. Mögen Sie Fisch? Harry mochte leider keinen Fisch. Solange wir verheiratet waren, hat er jedenfalls keinen Fisch gegessen. Er ekelte sich fast davor. Aber wo ich jetzt alleine bin, bereite ich mir hin und wieder welchen zu. Gestern habe ich Hering eingelegt. In Sahne mit Zwiebeln, Äpfeln, Gurken, Lorbeerblatt, Piment, Pfefferkörner, na, Sie wissen schon. Der ist jetzt schön durchgezogen, und es ist genügend für uns beide da. Mögen Sie?«

Wenn Robert ehrlich zu sich ist, dann ist ihm schon beim Aufzählen der Zutaten das Wasser im Mund zusammengelaufen. »Gerne, sehr gerne«, lautet somit seine Antwort.

»Sollen wir Brot dazu essen, oder soll ich uns schnell noch Kartoffeln kochen?«

»Gerne auch Kartoffeln«, stimmt er zu.

»Gut. Am besten Salzkartoffeln, dann brauchen Sie nicht die Schale abpellen. Kommen Sie Robert, setzen Sie sich zu mir, während ich alles vorbereite.«

Robert setzt sich an den Tresen, der den Wohnbereich von der Küche trennt.

»Das ist saubere Tischlerkunst«, sagt er bewundernd, als er die aufwendige Arbeit begutachtet.

»Das ist alles aus Naturholz handgefertigt. Mein Schwiegervater legte stets großen Wert auf Natürlichkeit und Handarbeit.«

»Wenn Sie mir die Feststellung gestatten, das muss doch eine Stange Geld gekostet haben. In welcher Branche hat ihr Schwiegervater gearbeitet?«

Christine, die während ihres Hantierens Robert den Rücken zuwendet und an der Spüle stehend Kartoffeln schält, dreht sich zu ihm herum. »Im Holzhandel. Er war im Holzhandel tätig, aber fragen Sie mich nicht, was er genau gemacht hat. Selbstständiger Holzhändler war er, so eine Art

Agent, der in anderen Ländern Holz aufgekauft hat, um es gewinnbringend weiterzuverkaufen. Ich denke, es war so in der Art, wie man an der Börse mit Geld handelt. Aber wie gesagt, genau weiß ich es nicht.«

»Und Ihr Mann?«

Christine lächelt und zuckt mit den Schultern. »Mein Mann war Sohn. Das hat ihm gereicht. Nun, ich will ihm im Nachhinein nicht unrecht tun, er hat Betriebswirtschaft studiert und solange im Geschäft mitgearbeitet, wie sein Vater lebte. Aber nachdem der vor fünfzehn Jahren gestorben ist, hat Harry gleich alles verkauft, was den Geschäftsbereich betraf, und sich zur Ruhe gesetzt. Privatier sagt man wohl dazu.«

»Nicht schlecht«, kommentiert Robert. »Aber mir wäre das zu langweilig, nichts mehr zu tun.«

Frau Brombach erhebt Einspruch. »Dass er seinen Beruf an den Nagel gehängt hat, heißt nicht, dass er nichts mehr zu tun hatte. Wir beide sind viel in der Welt herumgereist. Außerdem haben wir uns ehrenamtlich für humanitäre Einrichtungen starkgemacht. Und dann sollten Sie sich einmal im Sommer, gerne mit Ihrer Frau gemeinsam, unseren Garten hinter dem Haus ansehen, wo wir neben einem richtigen Klostergarten die herrlichsten Rosen angepflanzt haben, die Harry zu seinem Vergnügen mit viel Hingabe gezüchtet hat.«

»Hier im Wald? Rosen brauchen doch viel Sonne.«

»Harry hat so viele Bäume roden lassen, dass es für die Rosen nun ideale Bedingungen gibt. Darauf hat er schon geachtet. Er war ein Feingeist. Er hat auch sehr gerne gemalt. Wunderbare Bilder, die allesamt so etwas Mystisches haben. Surrealismus, wenn Ihnen das etwas sagt.«

Robert sieht sich spontan um, aber außer dem »alten Schinken«, also der Jagdszene, und einigen unspektakulären Landschaftsbildern, die ebenfalls eine Kopie von Altmeistern sein mochten, sieht er keine derartigen Werke.

Frau Brombach, die auf dem Weg zum Kühlschrank ist, um den Heringssalat herauszuholen, fällt seine Suche aus dem Augenwinkel auf. »Eines Tages, von heute auf morgen, hat Harry ohne Begründung alle seine Bilder abgehängt, einfach so. Wenn er sich einmal etwas in den Kopf gesetzt hat, dann war er auch fest entschlossen, es umzusetzen, obwohl er auf der anderen Seite ein sehr sensibler Mann sein konnte.«

Robert hat bei Frau Brombach eine gewisse Unsicherheit aufblitzen sehen, als sie die Sensibilität ihres Mannes betont. »Wo sind die Bilder hingekommen?«

»Er hat sie wie in einem Rausch aus den Rahmen genommen und sie in sein Atelier gebracht.«

»Ein richtiges Atelier? Oh, das interessiert mich!«

Etwas zaudernd meint Frau Brombach: »Wenn Sie es sich ansehen möchten, warum nicht. Aber jetzt werden wir erst einmal essen. Ich hoffe, es macht Ihnen nichts aus, wenn ich gleich hier eindecke? Harry und ich haben auch meist hier am Tresen gegessen. Es sei denn, der Stuhl ist Ihnen nicht bequem genug.«

»Doch, doch, machen Sie sich keine Umstände, ich sitze sehr bequem.« Und um seiner Aussage Nachdruck zu verleihen, drückt er sich behaglich in das Büffelfellpolster.

»Ich denke, ein Bier wird sehr gut zum Fisch passen, meinen Sie nicht auch? Sie können aber auch gerne einen kühlen Weißwein dazu trinken.«

Robert winkt ab. »Nein, danke, ich muss doch noch fahren.«

Demonstrativ zieht Frau Brombach den Fenstervorhang beiseite. »Nun sehen Sie sich das an! Es wird schon dunkel und schneit immer noch wie verrückt. Wenn Sie Glück haben, kommt morgen der Schneeräumer hier heraus. Am Wochenende lassen die sich immer Zeit. Wir waren hier schon einmal drei Tage vom Schnee eingeschlossen, obwohl Harry einen sehr robusten Geländewagen besaß, mit dem er ansonsten ohne Schwierigkeiten in unwegsamem Gelände herumgekurvt ist.«

»Oje!«, stöhnt Robert auf. »Es tut mir sehr leid, wenn ich Ihnen Unannehmlichkeiten mache.«

»Darüber machen Sie sich mal keine weiteren Gedanken. Wenn ich egoistisch wäre, dann müsste ich mir eingestehen, dass Ihr Besuch ein wenig Ablenkung bedeutet, auch wenn der Anlass kein schöner ist. Es ist schon eigenartig, in meinem Alleinsein ist mir gar nicht aufgefallen, dass ich mich seit dem Tode meines Mannes von allem sehr zurückgezogen habe. Also nun, Robert, was ist, Bier oder Wein?«

»Der Fisch war vorzüglich, Christine!«

»Es freut mich, dass es Ihnen geschmeckt hat. Möchten Sie noch ein Bier trinken? Es ist noch genug da. Ab und zu hole ich mir welches zum Abendbrot auf Vorrat. Oder … dürfen Sie nicht so viel Alkohol trinken?« Sie macht ein betrübtes Gesicht. »Harry hat in der letzten Zeit seines Lebens leider ein wenig zu viel getrunken.«

»Bitte? Ach so, nein, das geht schon in Ordnung. Ich weiß, wie viel ich vertrage.« Robert füllt sein Glas erneut mit Bier. »Was heißt denn, ein wenig zu viel getrunken?«

»Lassen sich mich noch das schmutzige Geschirr wegräumen, dann setze ich mich zu Ihnen in die Sitzecke.«

Der Kamin knistert, das Geschirr klappert, das gedämpfte Licht, die Wärme, satt nach einem guten Mahl, ein frisches Bier vor der Nase, alles recht behaglich, denkt sich Robert.

»So, das sieht doch gleich gemütlicher aus, wenn aufgeräumt ist.« Frau Brombach stellt ihr Glas Wein auf dem Tisch ab, und im Hinsetzen streift sie mit den Händen elegant den Rock hoch. »Was es heißt, ein wenig zu viel getrunken, haben Sie mich gefragt? Nun ja, der Alkohol verändert manche Männer – nicht immer zum Guten. Aber mehr möchte ich dazu nicht sagen.«

Nachdem Robert einen großen Schluck zu sich genommen hat, fragt er: »Haben Sie Kinder?« Mit dieser Frage scheint er einen wunden Punkt bei ihr getroffen zu haben. Er sieht ihr an, dass sie um Worte ringt.

»Nein«, sagt sie schließlich um Haltung bemüht. »Harry wollte keine Kinder in die Welt setzen, wie er sich ausdrückte. Nicht in eine Welt, in der immer wieder das Böse Oberhand gewinnt. Er war ein sehr harmoniebedürftiger Mensch. Er hasste Streit, und jedes Mal, wenn im Fernsehen schlimme Bilder gezeigt wurden, schaltete er das Programm weg. Krimis konnten wir nie zusammen anschauen, weil er es nicht ertrug, wenn jemand umgebracht wurde.«

Sollte der Geist dieses anscheinend friedliebenden Mannes tatsächlich solch ein Unheil in mir anrichten, fragt sich Robert insgeheim. *Das passt doch nicht mit dem zusammen, was so oft in mir vorgeht?*

Der Wein, den sie zum Essen getrunken hat, hat ihre Wangen gerötet. Das Abbild einer barocken Madonna kommt ihm in den Sinn. Er schielt verstohlen auf ihre schmalen, festen Oberschenkel. Sie sieht verführerisch aus, fällt ihm dazu ein. Eine sehr heikle Situation, wie er plötzlich empfindet. Er mit dieser attraktiven Frau über Nacht unter einem Dach. In solch eine Gefahr ist er seit seiner Hochzeit nicht mehr geraten.

Was denke ich da bloß? Sind das wirklich meine Gedanken?

Jetzt fallen ihm auch die dunklen Härchen auf, die von den Nylonstrümpfen platt gedrückt auf ihren Schienbeinen anliegen. Als er aufschaut, trifft ihn ihr hintergründiges Lächeln. Ein Lächeln, das ihm zwischen den vollen Lippen ihre ebenmäßigen Zähne präsentiert. Er muss auf andere Gedanken kommen, und so sagt er recht impulsiv: »Kann ich die Bilder Ihres Mannes jetzt sehen?«

»Jetzt sofort?«

»Wenn es Ihnen nichts ausmacht.«

»Gut, dann warten Sie einen Moment, ich muss mir erst etwas Warmes überziehen, im Untergeschoss ist überschlagen geheizt.« Und schon ist Frau Brombach in einem Nebenraum verschwunden.

Jetzt ärgert sich Robert ein wenig, dass sie ihren wunderbaren Körper unter dicker Kleidung versteckt. Er schüttelt den Kopf. *Was mache ich eigentlich hier? Was habe ich mir von dieser Aktion versprochen?* Er schaut zum soundsovielten Male auf die Uhr. Es ist schon fünf am Nachmittag.

Robert, werde bloß nicht zu einem Schuft! Anja hat es nicht verdient, dass du dich wegen Samuel rächst, obwohl ...

»So, da bin ich wieder.« Eine hautenge schwarze Hose hat sie sich angezogen, über der sie einen saloppen roten Wollpulli mit Zopfmuster trägt. »Dann können wir!«

Über den Flur gelangen sie an die Tür, über der der gewaltige Elchkopf hängt. Frau Brombach geht vor. Als er ihr folgt, wird er das Gefühl nicht los, als würden ihn die toten Augen des geköpften Tieres misstrauisch verfolgen.

»Ach, das ist aber ärgerlich, die Glühbirne scheint kaputt zu sein.« Frau Brombach dreht ohne Erfolg mehrmals den Lichtschalter. »Passen Sie bitte gut auf, die Stufen sind recht steil, und stören Sie sich nicht an den Spinnweben, seit Harrys Tod bin ich nicht mehr nach unten gegangen.«

Je weiter Robert die Stufen in die Dunkelheit hinabsteigt, desto unbehaglicher wird es ihm. Am liebsten würde er auf der Stelle umkehren. *Sei keine Memme*, fordert ihn die Stimme in seinem Kopf auf. Bei der letzten Stufe angekommen, betätigt Frau Brombach einen weiteren Schalter, der prompt einer Funzel im Kellergang trübes Licht einhaucht.

»Außer dem Atelier, das Harry sich nach dem Tod seines Vaters hier unten eingerichtet hat, haben wir die übrigen Räume so gut wie nicht mehr benutzt.«

»Welche Funktionen hatten sie denn früher?«

»Hier hat mein Schwiegervater seine erlegten Tiere präpariert.«

»Er hat das selber gemacht?« Robert ist schon einigermaßen perplex.

»Ja, es war so eine Art Hobby von ihm. Überall standen und hingen Kadaver herum. Schrecklich, das reinste Gruselkabinett. Als wir dann hier eingezogen sind, habe ich darauf bestanden, dass sie alle in diesem Raum hier eingeschlossen werden.« Sie zeigt mit dem Finger auf eine Tür mit bereits rostigem Vorhängeschloss. »Dahinter befinden sie sich weitere ausgestopfte Tiere.« Sie schüttelt sich. »Ich habe mich noch nicht dazu überwinden können, sie aus dem Haus zu schmeißen, obwohl ich manchmal nachts aus dem Schlaf gerissen werde und davon überzeugt bin, ihr Trappeln und auch ihre Schreie zu hören.«

So unauffällig wie möglich schnuppert Robert, ob er Verwesung riecht. »Und was ist mit dem Elchkopf und den anderen Trophäen, die noch oben hängen?« Robert weist zur Decke hin.

»Das sind Präparate von Tieren, die Harry als junger Mann eigenhändig erlegen und präparieren musste.«

»Er war also auch Jäger?«

»Nun, man kann sagen, dass er ein Gelegenheitsjäger gewesen war. Sein Vater hatte eine Blockhütte in Schweden, direkt im Wald und unmittelbar an einem See gelegen. Dorthin fuhr er mit ihm, wann immer es die gemeinsame Zeit zuließ. Er nahm Harry bereits als Knaben mit, um einen *richtigen Mann* aus ihm zu machen. Ich weiß es nur aus seinen Erzählungen. In diesem Wald hat mein

Schwiegervater seinem Sohn, der anfangs erst vierzehn Jahre alt war, das Gewehr in die Hand gedrückt und ihm befohlen, bloß nicht vorbeizuschießen, wenn Wild aus dem Unterholz auftaucht. Anschließend musste er es unter Anleitung nach Weidmannsart eigenhändig aufbrechen. Die essbaren Teile haben sie über dem offenen Feuer vor der Hütte gebraten, alles Übrige wie Innereien in den See geworfen. Er erzählte mir, dass sich die großen Fische voller Gier danach, beinahe wie Piranhas, darüber hergemacht haben. Harry hat nie gerne Tiere getötet, aber vielleicht glaubte er mit der Zeit selbst daran, dadurch ein richtiger Mann zu werden. Tja, und jetzt hängen die Zeugen seiner Mannwerdung eben immer noch an den Wänden. Sie sind später für ihn so etwas wie Götzen geworden, an denen er gedanklich seine Sünde opfern konnte, sie getötet zu haben. So jedenfalls hat er es mir erklärt. Nein, die konnte ich bisher noch nicht entfernen. Es würde mir so vorkommen, als würde ich einen Teil von ihm verschwinden lassen. Sie müssen das verstehen, für mich ist mein Mann immer noch anwesend.«

Für mich auch, denkt sich Robert.

Etwas verschämt sagt sie: »Ich spreche sogar mit ihm, und dann ist es, als höre er mir leibhaftig zu.«

»War seine Mutter denn mit dieser fragwürdigen Erziehungsmethode einverstanden?«, will Robert wissen.

»Ach, seine Mutter muss eine stille, scheue Frau gewesen sein, die ihrem starken und dominanten Mann in gewisser Weise hörig war. Ich habe sie allerdings nicht mehr kennengelernt, sie ist, bevor ich Harry kennenlernte, überraschend schnell an einem inoperablen Hirntumor gestorben. Aber warum stehen wir hier herum, lassen Sie uns ins Atelier gehen, damit wir rasch wieder nach oben kommen. Dort ist es wärmer.« Frau Brombach tastet mit der Hand einen Querbalken über der Türe ab, bis sie einen Schlüssel findet. Den steckt sie umständlich ins Schloss und versucht ihn herumzudrehen, aber es gelingt ihr nicht, die Türe zu öffnen.

»Wollen Sie es einmal versuchen, Robert? Sie klemmt. Wie ich Ihnen schon sagte, ich habe Harrys Atelier schon sehr lange nicht mehr betreten. Er mochte es nicht, beim Malen gestört zu werden. *Du reißt mich damit aus einer anderen Welt*, hat er immer gesagt. Und das empfand er als unverzeihlich. Anderseits wollte er mich ja auch mit den fertigen Bildern überraschen.« Sie streicht sich mit einer energischen Handbewegung das dichte, dunkle Haar zurück. »Nicht alles gefiel mir, was er mir mit großem Stolz gezeigt hat. Aber ich habe es mir nie anmerken lassen, er war ja so verletzlich.«

Vielleicht hätte er ein paar Tiere mehr abknallen müssen, kommt es Robert in den Sinn. *Und wieso ist die Türe überhaupt abgeschlossen?* Er hat ebenfalls Schwierigkeiten, sie zu öffnen. »Vielleicht will Harry nicht, dass wir in sein Atelier gehen«, versucht er zu scherzen.

Da klingelt oben das Telefon. Fragend schaut Robert Frau Brombach an.

»Lassen wir es schellen«, sagt sie gleichmütig. »Bis ich oben bin, hat es aufgehört. Das ist jedes Mal so. Derjenige kann sich ja noch einmal melden, wenn es wichtig ist.«

Knacks macht es, und die Türe ist offen.

»Wollen Sie bitte vorangehen, Christine.«

Frau Brombach greift mit der Hand um den Türrahmen und knipst das Licht an. Die Neonröhren beginnen zu flackern. Von überall, aus jeder Ecke, starren Robert Gesichter an, die im Flackerlicht aussehen, als würden sie miteinander sprechen oder Grimassen schneiden. Eine Wolke aus ausdünstenden Ölfarben und penetrant riechender Verdünnung schlägt ihm entgegen. Die gaukelnden Stimmen der Fratzen kann er nicht hören, aber das fremde Herz in seiner Brust meldet sich lautstark mit einem dumpfen Pochen.

»Oje, da hätte ich wohl zwischendurch lüften müssen.«
Frau Brombach hält sich die Nase zu.

Robert vernimmt ihre Worte wie aus weiter Ferne. Absonderlich tief hören sie sich an.

Erneut klingelt das Telefon, und ehe sich der flackernde Lichtschein beruhigt, ist es plötzlich dunkel, nur auf Roberts Netzhaut scheinen die Abbildungen weiterzuleben. Stockdunkel ist es, einzig der Wind rappelt draußen heftig an den geschlossenen Fensterläden. Er drückt seine Fingernägel tief in das Fleisch seiner Daumenballen. *Bloß nicht in Panik geraten*, befiehlt er sich. *Bloß nicht in Panik geraten!*

»Huch!«, ruft Frau Brombach, doch mit einem klickenden Startgeräusch beginnen die Röhren wieder zu flackern. Das dauert wenige Augenblicke, und dann bleibt es hell.

Das Licht beruhigt ihn, und auch das Klingeln hat wieder aufgehört. Robert ist überrascht, einen relativ großen Raum vorzufinden, in dem es auch zwei recht große Fenster gibt, die wegen der von außen verschlossen Fensterläden kein Tageslicht eindringen lassen.

»Wegen der Hanglage des Hauses konnte sich Harry hier einen recht lichten Raum zum Malen schaffen«, erklärt ihm Frau Brombach.

Staunend betrachtet Robert die große Anzahl der Bilder. Nicht nur die Wände selbst sind weitgehend davon bedeckt, eine Unzahl davon steht auch aneinander, vor- und hintereinander aufgereiht an die Wände gelehnt. Darunter befinden sich optisch durchaus annehmbare Werke. Jene allerdings, die mit dem immer gleichen Motiv sichtbar sind, lösen Unbehagen in ihm aus. Und mitten im Raum steht eine Staffelei, die mit einem farbbeklecksten Tuch abgedeckt ist, dessen eckige Konturen verraten, dass sich darunter noch eine unfertige Arbeit befindet, die Harry vielleicht nicht mehr vollenden konnte. Ein wenig ratlos schaut er zu Frau Brombach hinüber, die durch Haltung und Gesichtsausdruck ebenfalls Beklommenheit ausdrückt.

»Was hat das zu bedeuten?«, fragt er gequält. »Was ist das für eine Frau, die auf vielen der Bilder zu erkennen ist?« Er will nicht sagen, dass sie ihm irgendwie bekannt vorkommt.

»Gefallen sie Ihnen nicht?«, druckst Frau Brombach herum.

»Doch, doch, sie sind sehr eindrucksvoll beziehungsweise ausdrucksstark. Fast sehen sie wie Ikonen aus, wenn das Aquarellhafte nicht wäre. Aber wer ist diese geheimnisvoll dargestellte Frau mit dem Lichtkranz über dem Kopf und den langen blonden Haaren?« Seine Stimme wird immer leiser, als rede er zu sich selbst. »Fast könnte man meinen, dass Ihr Mann immer den gleichen Engel darstellen wollte.« Dann, nach näherem Hinsehen, zeigt er erregt auf eines der Bilder. »Sehen Sie doch, bei jeder Darstellung kann man ein blutendes Herz unter dem durchsichtigen Gewand erkennen! Nein, es kann kein Engel sein, Engel haben doch keine Herzen. Und hier«, Robert bückt sich nach einem weiteren Bild, das etwas abseits hängt, »hier sieht es so aus, als würde die Frauengestalt mit den Füßen im Blut stehen. Man kann es ganz deutlich erkennen. Aus dem Herz tropft Blut auf ihre Füße, aber trotz dieser Tortur scheint die Abbildung zu lächeln.« Wieder schaut er Frau Brombach prüfend an. »Was mag Ihr Mann sich dabei gedacht haben? Was ist ihm durch den Kopf gegangen? Das sind doch keine Bilder, die man sich in der Wohnung aufhängt!«

Verunsichert ringt Frau Brombach nach einer Erklärung. Fast hat Robert den Eindruck, als würde sie es bereuen, ihn ins Atelier geführt zu haben. Dann beginnt sie zögerlich: »Wenn ich ehrlich bin, dann war ich fest davon überzeugt, dass es diese Bilder nicht mehr gibt. Jedenfalls hatte er mir geschworen, sie zu vernichten, und – wie gesagt – ich war seit seinem Tod nicht mehr hier unten. Ich weiß nur so viel, dass er mit diesen Bildern das weltliche Leben in seiner Verletzlichkeit darstellen wollte.«

Robert spitzt pfeifend die Lippen. »War er immer so drauf?«

Frau Brombach gefällt diese Frage nicht. Man sieht ihr an, dass sie die Sache hier unten beenden will. »Haben Sie genug gesehen? Ich glaube, es ist besser, wir gehen wieder hoch.«

Robert entgeht nicht, dass sie dezent einen Blick auf die Staffelei richtet.

Nun ist er total verwirrt. »Warum sollte Ihr Mann die Bilder vernichten? Sicher, es ist kein dekoratives Motiv, aber manch einer könnte darin sogar Kunst interpretieren. Außerdem haben sie sicherlich viel Zeit und Arbeit in Anspruch genommen. Das wirft man doch nicht so einfach weg.«

»Ich mache Ihnen einen Vorschlag, Robert. Wir gehen wieder nach oben, und bei einem Glas Wein, oder was Sie möchten, versuche ich Ihnen zu erklären, was es mit den Bildern auf sich hat«, sagt sie gezwungen freundlich.

»Gut«, stimmt Robert ihr zu. Als er sich zum Gehen umdreht, fällt ihm noch etwas ein. »Moment!« Mit dem Finger zeigt er auf die Staffelei. »Es sieht so aus, als wäre ihr Mann noch mit einer Arbeit beschäftigt gewesen. Gestatten Sie mir bitte, dass ich mir das ansehe? Sie müssen wissen, dass es mir sehr viel bedeutet, Ihren Mann im Nachhinein als Menschen in seiner Gesamtheit kennenzulernen, und dazu zählt meiner Ansicht nach auch sein kreatives Schaffen. Also als Mensch, der auch seine Geheimnisse hatte, welchen Charakter und, ich möchte fast sagen, welches Seelenleben er hatte. Schließlich ist er jetzt … ein Teil von mir. Und zwar kein unbedeutender.« Robert versucht, Gelassenheit zu spielen, obwohl er innerlich aufgewühlt spürt, wie er und Harry darum kämpfen, eins werden, wie er in Harrys Rolle oder wie Harry in seine Rolle schlüpft. Er kann es schon nicht mehr ausmachen, wer im Augenblick dominiert.

Wortlos, als gäbe es keine Ausrede mehr, geht Frau Brombach hin und zieht das Tuch herunter.

Robert starrt auf das Bild. Dann versagen ihm die Beine, und er stürzt zu Boden. Dunkelheit breitet sich um ihn herum aus. Die Zeit steht für ihn still. Doch dann, als rufe jemand durch dicke Mauern nach ihm, hört er seinen Namen und spürt, wie ihm ins Gesicht geschlagen wird, als wäre es aus Watte. Sein Brustkorb fühlt sich wie aus Stahl geschmiedet an, was seine Atmung fast unmöglich macht. Übel ist ihm. Jetzt geht sein Leben zu Ende, davon ist er überzeugt. Umso mehr wundert er sich, als es allmählich wieder hell vor seinen Augen wird. Der strenge Geruch von Terpentin lässt ihn schließlich nicht nur erwachen, sondern reizt ihn zu einem kräftigen Hustenanfall.

Als er einigermaßen verdattert in die schwarzen Augen von Frau Brombach blickt, vermutet er, über Stunden weggetreten zu sein. Sie hält einen schmierigen Lappen in der Hand, aus dem der üble Geruch entweicht.

»Verzeihen Sie mir das drastische Mittel, Sie wieder wachzubekommen«, stottert sie ängstlich. »Ich hoffe, ich habe auch nicht allzu fest zugeschlagen. Aber ich bin mir so hilflos vorgekommen, ich wusste ja nicht, was mit Ihnen ist.« Um Verständnis bittend zuckt sie mit den Schultern. »Was war denn los, haben Sie sich wehgetan?«

Nein, wehgetan hat er sich nicht. Zumindest ist es nicht der Rede wert, wenn man den stechenden Schmerz am Steiß außer Acht lässt. Nur benommen ist er noch, und Furcht hat sich in ihm ausgebreitet.

»Was ist denn passiert?« Mühsam rappelt er sich wieder auf, wobei er sich an der Wand festhalten muss.

»Sie haben sich das Bild angesehen und dann … tja, dann sind Sie zusammengebrochen«, murmelt Frau Brombach immer noch aufgeregt.

Vorsichtig wendet Robert seinen Kopf, und erneut packt ihn Grausen. »Raus, raus, ich muss hier raus!« Verzweifelt rüttelt er am Türgriff. Er hat vergessen, dass die Türe zur anderen Seite hin aufgeht.

»Robert, Robert, so beruhigen Sie sich doch!« Frau Brombach eilt zu ihm. »Lassen Sie mich öffnen. Wenn wir oben sind, legen Sie sich erst einmal hin, und ich werde ihnen einen starken Schnaps geben. Am liebsten würde ich ja einen Arzt rufen, aber der wird nicht hierher in den Wald kommen.«

Wie ein Häufchen Elend steht Robert neben ihr. »Nein, nein, keinen Arzt, es geht schon vorüber.«

»Haben Sie das öfter?«

»Ich kann jetzt nicht … ich kann jetzt nicht darüber reden.«

Einige Minuten später liegt Robert regungslos auf der Couch. Der Schnaps brennt ihm im Magen, aber sein Körper wird von einer angenehmen Wärme durchströmt. Frau Brombach sitzt neben ihm im Sessel und schaut ihn besorgt an. »Besser?«, fragt sie.

Robert nickt.

»Schließen Sie die Augen und ruhen Sie sich aus. Wenn Sie wieder munter sind, werden wir reden.«

Auf dem Tisch blinkt das Mobilteil. Sie schaut nach, ob eine Rufnummer hinterlassen wurde. Der Anrufer ist als unbekannt markiert. Sie steht auf und holt eine Flasche Rotwein und zwei Gläser. Als sie beides auf dem Tisch abstellt, beobachtet sie Robert aus dem Augenwinkel und ist froh, dass seine Gesichtsfarbe wieder wie die eines Lebenden aussieht. Totenblass war er gewesen. Sie fragt sich, was ihn an dem Bild dermaßen erschüttert haben könnte. Sie verhehlt sich selbst nicht, dass sie damals, als sie den Entwurf zum ersten Mal gesehen hat, ebenfalls überwältigt war, und das Motiv war auch der Anlass für eine große Auseinandersetzung mit Harry gewesen. Aber dass ein Fremder darüber in Ohnmacht fallen könnte, damit hat sie nicht gerechnet. Diese Bilder, vor allem das auf der Staffelei, hatten doch nur etwas mit ihr und Harry zu tun. Sein sonderbares Verhalten war ihr vor der damaligen Auseinandersetzung nicht verborgen geblieben. Und genau wegen dieses Bildes hatte sie ihn schließlich ernsthaft zu Rede gestellt.

Frau Brombach schlägt die Beine übereinander, lehnt sich im Sessel zurück und betrachtet nachdenklich die Glut im Kamin. Sie kann sich gut an diesen Abend erinnern. Ihr schaudert jetzt noch, wenn sie daran denkt. *Was geht in dir vor?*, hat sie ihn vor lauter Aufregung angeschrien, nachdem sie in sein Atelier gestürzt kam, weil sie ihn, während sie oben das Essen vorbereitete, unten schreien hörte. Harry kauerte apathisch in einer Ecke und kreischte derart wahnsinnig, dass sie glaubte, er sei verrückt geworden. Es hatte furchtbar lange gedauert, ihn zu beruhigen. Was sie auch tat, er konnte seinen Blick nicht von dem Bild abwenden, unter dem in fettem Rot mit sorgfältigem Pinselstrich der Schriftzug *Im Schrei des Fisches* stand. Als Harry langsam wieder zu Sinnen kam, fragte er sie vorwurfsvoll, wieso sie ohne anzuklopfen hereingekommen ist. Nein, er fragte sie nicht, er brüllte es ihr ins Gesicht. Sie erkannte ihren Mann nicht wieder. Völlig derangiert war er. Zuerst glaubte sie, er sei verletzt, doch das Rot an seinen Händen war kein Blut, es war Farbe, die wie Blut vom Bild herabtropfte. Das ganze Gemälde war ein einziger Abscheu. Aus seiner Fantasie heraus war eine junge Frau mit blondem Haar in weißem Gewand auf der Leinwand entstanden, die in Brusthöhe einen großen Fisch in den Händen hält, durch dessen schuppigen Leib ein langes Messer ins Herz der Frau gedrungen war. Und Blut, viel Blut tropfte von der Klinge hinunter zu ihren Füßen. Am ganzen Körper bebend stand Harry da und beobachtete seine Frau, wie sie ihrerseits sprachlos das Bild anstarrte. Dann war sie erfüllt von Mitleid und gleichzeitigem Ekel zu ihm gegangen, hatte ihn an die Schulter gepackt und bestürzt aufgefordert, er solle ihr das erklären! Doch er wurde wieder rasend. Das ginge sie nichts an, schrie er, und sie konnte seine Alkoholfahne riechen. Am Abend gab es dann eine tränenreiche Aussprache. Was sie zu hören bekam, war so erschütternd, dass sie glaubte, man ziehe ihr den Boden unter den Füßen weg. Natürlich hatte sie darauf gepocht, dass er das Bild sofort vernichtet, und sie hatte es geglaubt, als er ihr versprach, es zu tun.

Daran muss sie jetzt denken, während Robert sich mühsam aufrappelt.

»Geht es wieder?«, fragt sie ihn. »Ich habe mir große Sorgen um Sie gemacht.«

»Ja, danke, es geht schon wieder.« Er druckst herum, und es fällt ihm sichtlich schwer, seine Gedanken zu äußern. »Ich muss Ihnen etwas sagen«, beginnt er zerknirscht. »Ja, ich muss gestehen, dass es genau diese Frau mit dem Fisch ist, die mich seit meiner Herzoperation verfolgt und mir das Leben zur Hölle macht. Sie ist der Auslöser für meine Psychosen.«

Frau Brombach sieht ihn skeptisch an.

Flehentlich sagt er: »Erzählen Sie mir bitte alles über Ihren Mann, Christine, ich muss es wissen. Sagen Sie mir die Wahrheit. Es muss ein Geheimnis geben, mit dem er über seinen Tod hinaus nicht fertig wird. Anders kann es doch nicht sein. Also, wenn es etwas gibt, über das Sie Bescheid wissen, sagen Sie es mir!«

Frau Brombach gießt für ihn und sich Wein ins Glas. Sie will anscheinend Zeit gewinnen. Bedachtsam reicht sie Robert eines, dann trinkt sie selbst. Danach schaut sie ihm lange in die Augen. Dann sagt sie mit sanfter Stimme:

»Doktor Merzhadaj hat damals angedeutet, dass Sie psychische Probleme haben, die eventuell mit meinem Mann zusammenhängen könnten. Ich muss gestehen, dass ich seine Aussage für abwegig hielt, und doch war ich neugierig darauf, Sie kennenzulernen.« Sie trinkt erneut, ringt mit sich, über das zu sprechen, was eigentlich unaussprechlich ist, wenn sie nicht das Andenken an ihren Mann beschmutzen will.

Doch sie fasst einen Entschluss. »Robert, was Sie gerade gesagt haben, dass die Frau Sie in Ihren Visionen verfolgt, macht mich nachdenklich, und ich weiß nicht, ob es fair wäre, es Ihnen zu verheimlichen. In der Tat gibt es da etwas, das Harry mir quasi kurz vor seinem Tod hinterlassen hat. Es wäre mir lieber, nicht damit leben zu müssen. Diese Hinterlassenschaft ist so schwer für mich, dass ich oft das Gefühl habe, sie nicht alleine tragen zu können.«

Robert ist aufgesprungen, und nervös zerrt er an ihrem Pullover herum. »Christine, sagen Sie es mir, sagen Sie es! Ich werde das Geheimnis mit Ihnen teilen und für mich behalten, ich verspreche es Ihnen.«

Frau Brombach atmet tief durch. »Dessen bin ich mir sicher, dass Sie es nicht weitererzählen, weil …«

»Weil? Nun reden Sie schon!«

»Weil mein Mann ein Mörder war!«

Robert lässt sich rückwärts in den Sessel fallen. Die Wahrheit trifft ihn hart, sie trifft ihn wahrlich tief ins Herz. Er hat das Gefühl, als stehe er, nein, als sitze er neben sich, und Frau Brombachs Worte: »Sie wollten die Wahrheit hören«, rauschen an ihm vorbei. Er braucht eine Weile um seine Fassung zurückzugewinnen.

»Und Sie haben dazu geschwiegen? Sie haben ihn nicht angezeigt?«

Der Situation völlig unangemessen, lacht Frau Brombach auf. »Ach Robert, was für eine Frage stellen Sie mir? Zum einen habe ich es erst kurz vor seinem Tod erfahren, und zum anderen liegt diese unrühmliche Geschichte fast dreißig Jahre zurück.« Sie blickt ins Leere. »Ich habe meinen Mann geliebt, und in gewisser Weise liebe ich ihn immer noch.« Wieder ihre ganze Aufmerksamkeit auf Robert gerichtet, fährt sie überraschend energisch fort: »Und was die Anzeige betrifft, so ist mir das Schicksal wegen des tödlichen Unfalls zuvorgekommen. Also, warum sollte ich ihn Ihrer Meinung jetzt noch anzeigen? Ein höherer Richter hat sein Urteil gesprochen und mich von jeglicher Schuld befreit. So sehe ich es.«

Ihre kühl und reserviert präsentierte Wahrheit irritiert Robert umso mehr. Etwas leiser und nachdenklicher sagt sie: »Die einzige Schuld, die ich mir geben könnte, ist die, nicht die Zeichen seiner latenten Depression ernst genug genommen zu haben. Mein Mann hatte sich in den letzten Jahren sehr verändert. Er ist unbeherrschter geworden und hatte zudem zu trinken angefangen. Ich habe mir nur immer gesagt, es sind die Wechseljahre, die ihn quälen, die es ja auch unbestreitbar beim starken Geschlecht gibt, und ich hatte gehofft, dass sie bald vorübergehen. Erst dieses Bild, das Sie soeben gesehen haben, hat mir die Augen gänzlich geöffnet.« Frau Brombach macht sich ganz steif, und aufrecht dasitzend fügt sie hinzu: »Aber da war es leider zu spät.«

Beiderseitiges Schweigen. Nur das gelegentliche Knacken des Gebälks und das fortwährende, anheimelnde Knistern im Kamin sind zu vernehmen. Auf sonderbare Art und Weise zieht ein wenig Ruhe in Roberts Seele ein. Er hat plötzlich ein leichtes Gefühl in der Brust, das er noch aus seiner Kindheit kennt, als er damals im Beichtstuhl saß und dem Pfaffen nach großer Überwindung seine kleinen Kindersünden gebeichtet hat. Zudem entlastet ihn die Befreiung von dem Wahnwitz, tatsächlich eine Schraube locker zu haben, wie er es selbst bezeichnet. Es gibt also eine durchaus plausible Erklärung für seine Hirngespinste.

Wie in Trance steht er auf und bewegt sich direkt auf Frau Brombach zu. Kurz verweilt er vor ihr. Dann beugt er sich zu ihr hinunter und küsst innig ihre Wange. Puppenhaft und ohne ersichtliche Regung lässt sie es geschehen. Sie sagt auch nichts, als er in der Manier eines unverschämten Gastes eine neue Flasche Wein aus dem Regal holt, sie in aller Ruhe öffnet, die beiden Gläser nachfüllt und es sich im Sessel wieder bequem macht. Erwartungsvoll schaut er sie an. Sie weiß, dass sie nun die ganze Geschichte erzählen soll. Und sie will sie erzählen, weil sie sich davon erhofft, sich ebenfalls ein wenig von der Last des Wissens zu erleichtern.

Ihre nun folgende ausführliche Schilderung bewirkt, dass sich das Gehörte in Roberts Kopf zu einem Film wandelt. Mit geschlossenen Augen und übereinandergeschlagenen Beinen sitzt er im Sessel, und vor seinem geistigen Auge beginnen die Ereignisse unabhängig von dem, was ihm zu Ohren kommt, ein Eigenleben zu führen. Sogar die Dialoge der ihm fremden Menschen kann er aus Frau Brombachs Stimme heraushören.

Harry Brombach war in jungen Jahren …

… ein innerlich arg zerrissener Mensch, der wegen der Strenge seines Vaters nur nach außen hin gehorsam und angepasst wirkte. Aber natürlich hielten sich auch in ihm all die Sehnsüchte versteckt, die das Leben eines Heranwachsenden bis zur Unerträglichkeit quälen können, wenn sie, warum auch immer, unterdrückt werden. Und welcher junge Mann spricht schon mit seiner Mutter über jene Probleme, die nur die absolute Freiheit lösen könnte? Außerdem war seine Mutter ebenso sensibel veranlagt wie er. Auch sie war nicht imstande, sich der strengen und herrschsüchtigen Führung ihres dominanten Gatten zu entziehen.

Irgendwie hätte man diesen nach außen herzlosen Mann und Vater zumindest auch ein wenig verstehen können, wenn man bedenkt, dass Gustav Brombach, als er aus der Kriegsgefangenschaft heimkehrte, quasi aus dem Nichts das aufgebaut hatte, was man gut und gerne als Wohlstand und gesellschaftliche Anerkennung bezeichnen konnte, und dem hatten sich folgend alle, aber wirklich alle, die von ihm abhängig waren, unterzuordnen.

Diesem Milieu geistiger Enge wollte Harry sobald als möglich entfliehen. Und die passende Gelegenheit bot sich ihm völlig unerwartet, als er nach dem Abschluss seines Studiums der Betriebswirtschaft von seinem Vater gönnerhaft den Führerschein »geschenkt« bekam. Darüber hinaus bot er seinem Sohn in einem Anfall von Großmut die Möglichkeit an, bevor er in den väterlichen Betrieb einstieg, mit dessen Geländewagen nach Schweden zu fahren, damit er sich nach dem erfolgreich bestandenen Studium in der Blockhütte im hohen Norden ein paar schöne Tage machen konnte. Jene Blockhütte, tief im Wald direkt an einem malerischen See gelegen, hatte der alte Brombach schon Jahre zuvor auf eigenem Grundstück tatkräftig mit aufgebaut, und sie diente ihm vor allem als Unterkunft, wenn er in dieser Gegend auf die Jagd ging. Dabei erlegte er nicht selten »zweibeiniges Wild«, wenn es ihm direkt vor die »Flinte« lief, während Gerda Brombach zu Hause sittsam den Haushalt versorgte. Dankend nahm Harry den Vorschlag seines Vaters an. Für ihn war es doch endlich die Gelegenheit, mit eigener Nase die Freiheit zu schnuppern, die bisher nur in seinen Träumen existierte und ihm den Hauch einer Ahnung davon schenkte.

An einem besonders schönen Sommermorgen, mit tausend Mahnungen der Mutter bedacht, lenkte Harry vergnügt den Jeep vom elterlichen Grundstück herunter. Auf gerader Strecke sah er seine Mutter noch eine Zeit lang im Rückspiegel, wie sie ihm traurig nachwinkte. Vater hatte ihn, bevor er am frühen Morgen ins Büro fuhr, nur eindringlich angeschaut und schritt dann, nachdem er seinem Sohn verschwörerisch mit dem Auge zugezwinkert hat, ohne sich noch einmal umzudrehen, zur Tür hinaus. Harry hatte dieses Augenzwinkern so verstanden, dass es so viel wie *Weidmannsheil* bedeutete, wie es bei Jägern Brauch ist, wenn sie sich gegenseitig eine gute Jagd wünschten. Mochte der Alte sich gedacht haben, dass es für seinen verweichlichten Sohn endlich Zeit wurde, Kimme und Korn einzusetzen. Noch am Abend vorher hatte er lauthals lachend verkündet, dass sich jeder Bock auch einmal die Hörner abstoßen müsse, worauf Mutter mokiert sagte: »Aber Gustav!«

Genau in dem Moment, als Harry die Auffahrt zur A3 nahm, kroch die Freiheit, für ihn gewaltig spürbar, wie ein zuvor geprügelter Hund aus seinem tiefsten Innersten hervor. Im Innenspiegel überprüfte er kritisch sein Aussehen, doch er gefiel sich. Ein schwarzes Schnurrbärtchen zierte seine Oberlippe, und im Gegensatz zu seiner zeitlebens scheuen, ein wenig ängstlichen Gefühlswelt verrieten seine Gesichtszüge mittlerweile eine recht markante

Männlichkeit, obwohl ihm sein leicht welliges Haar beinahe weibisch bis auf die Schultern fiel. Unterdessen die Räder des Jeeps den Asphalt der Autobahn summen ließen, hörte er sich selber eine Melodie pfeifen. Mit jedem gefahrenen Kilometer, den er sich von zu Hause entfernte, kam es ihm so vor, als führe er durch ein weit geöffnetes Tor in eine unbekannte Welt, in der die Zukunft all das für ihn bereithielt, was er sich sehnlichst wünschte, geradeso, wie er es als Kind in der Geschichte vom Schlaraffenland gelesen hat.

Bei der Raststätte Wermelskirchen machte er Halt, um auf die Toilette zu gehen und sich eine Cola zu kaufen. Tanken brauchte er noch nicht. In der Verkaufsstelle fiel ihm sofort ein großes, schlankes, noch recht junges Mädchen auf, das in seinen ausgeflippten Hippieklamotten aus der Zeit gefallen schien. Hier und da sprach sie Leute an. *Sicher ist sie eine Schnorrerin*, hatte sich Harry gedacht. Er bezahlte seine Cola und wollte hinaus, da trat sie ihm frech in den Weg.

»Wo fährst du hin?«, fragte sie ihn kess mit einer gewissen naiven Mädchenhaftigkeit.

Verblüfft blieb Harry stehen. *Puh, was für ein hübsches Ding*, schoss es ihm durch den Kopf. Ihre wässrig blauen Augen, die in ihrem gebräunten Gesicht noch heller erschienen, blickten irgendwie ohne Ziel in die Welt. Wegen ihrer langen blonden Haare wirkte ihr Aussehen, trotz der frischen Sommerbräune, ein wenig schmal und ausgezehrt.

»Hast du kein Auto?«, hörte er sie erneut fragen.

»Warum fragst du?«, antwortete Harry verlegen.

»Na, weil ich von hier weiter will!« Dabei lachte sie so herzerfrischend, dass die bunten Blüten auf ihrem Kleid noch bunter und fröhlicher aussahen. Dies war aus solch dünnem Stoff beschaffen, dass man meinen konnte, der

Sommerwind habe sie samt den verwehten Blüten in einem Anflug von Übermut angekleidet.

»Weiter? Ach so, ja. Wo willst du denn hin?«

»Nach San Francisco.«

»Nach wohin?« Harry musste wohl ziemlich dumm dreingeschaut haben, weil sie wieder in ihrer ganz besonderen Art lachte. »Warum staunst du? Wenn du Richtung Hamburg fährst und mich mitnimmst, ist mir schon geholfen.«

Harry stierte sie an. Dann klickte es in seinem Kopf. An die Worte seines Vaters musste er plötzlich denken, von wegen Bock und Hörner abstoßen. Bei ihr würde er es zu gerne tun, das Horn abstoßen. Er hatte noch keine Freundin gehabt, und dieses Mädchen schürte in ihm das Verlangen nach Sex, das beim Blick auf ihre aufreizende Figur eben so groß wurde wie das nach Freiheit. Zudem sah er in ihrem raffinierten Augenaufschlag die Gelegenheit für ein nie gekanntes Abenteuer, die so schnell nicht mehr wiederkehren würde.

Harry drehte sich um, ging zum Getränkeregal, nahm von dort eine weitere Dose Cola, bezahlte und drückte ihr das Getränk in die Hand. »Hier«, sagte er so unbeeindruckt wie möglich, »du wirst unterwegs Durst bekommen.«

Mareike erwies sich als unterhaltsame Beifahrerin. Pausenlos erzählte sie die abenteuerlichsten Erlebnisse aus ihrem noch jungen Leben. So bekam Harry von ihr zu hören, dass sie gerade erst zehn Jahre alt gewesen war, als ihre Eltern im gemeinsamen Urlaub auf tragische Weise bei einem Badeunfall ums Leben kamen. Die anschließende Zeit im Waisenhaus brachte ihr zusätzliches Leid und Schmerz. Mehr als sie ertragen konnte, wie sie traurig betonte. Deshalb hatte sie nur ein Ziel vor Augen: vor den blöden Nonnen abzuhauen, von denen sie sogar Schläge auf den nackten Hintern bekam. Sie hob ihren Rock an und zeigte ihm ihren weit entblößten Oberschenkel, als könne man noch Abdrücke von den Hieben sehen.

Aus lauter Verlegenheit vermied Harry es, genauer hinzuschauen.

Mit fünfzehn tauchte sie ihrer Schilderung nach dann von einem Tag auf den anderen und etliche Kilometer vom Heim entfernt in den Straßen Frankfurts auf Nimmerwiedersehen unter. In der Großstadt lernte sie recht bald Rolli kennen, der von Gelegenheitsdiebstählen lebte. Rolli und sie zogen eine Zeit lang miteinander umher. »Zum Schlafen haben wir immer einen trockenen Platz gefunden«, kam sie Harrys Frage zuvor, wo sie denn nachts abgeblieben wären. Wenn sie dann in den mehr oder weniger verdreckten Winkeln der Stadt nicht einschlafen konnten, schwärmte Rolli ihr vom Hippieleben in San Francisco vor. Er hatte sie mit seiner stetigen Schwärmerei schließlich so weit gebracht, dass ihr nur noch der Gedanke an die Ferne durch den Kopf gegangen war. Doch als sie es später war, die ihn bedrängte, mit ihr nach San Francisco abzuhauen, kniff er. Und deshalb hatte sie sich ohne Ankündigung und ohne Klamotten alleine auf den Weg gemacht, um in der Fremde nicht nur ihren, sondern auch seinen Traum zu leben.

Und nun? Als hätte das Schicksal es so bestimmt, saß sie jetzt neben Harry, der ihr auf seine Weise dabei half, weit wegzukommen. Und jeden Kilometer, den sie gemeinsam zurücklegten, spürte Harry mehr und mehr, dass nicht nur er voller Verlangen nach dem Mädchen war, sondern dass er Mareike auch zu gefallen schien. Geradeheraus sagte sie ihm nämlich, dass ihr sein melancholisches Aussehen gefalle. Daraufhin wuschelte sie ihm durch sein langes Haar und sah ihn dabei verzückt an. Rolli hingegen sähe so furchtbar brutal aus, sie hätte immer ein wenig Angst vor ihm gehabt. Deswegen habe sie sich auch

heimlich morgens in aller Frühe vom Schlafplatz wegge-
schlichen. »Der hätte mich nie alleine gehen lassen!«

In der Nähe von Bielefeld musste Harry tanken. In der
Raststätte aß jeder ein Brötchen, dazu tranken sie Kaffee
aus dem Becher. Danach wollten sie sich noch etwas die
Beine vertreten. Von der Betriebsausfahrt abzweigend ge-
langten sie auf einen mit dichten Büschen gesäumten Feldweg. Bereits nach wenigen Metern setzten sie sich ins
Gras. Zum ersten Mal schwieg Mareike, und Harry hörte
ihr beim Schweigen zu. Nur das Rauschen der schnell vor-
beifahrenden Autos zerschnitt die ländliche Stille. Und
während sie eine Weile nur so dasaßen, begann Mareike,
ihr Kleid aufzuknöpfen, streifte es raffiniert über die
Arme, sodass ihr Oberkörper völlig nackt war, und mit der
Stimme einer Verführerin bot sie Harry an, ihn mit ihrem
Körper für seine Hilfe bezahlen zu wollen.

Harry fiel aus allen Wolken und starrte sie erstaunt an.
Dann stand er überrumpelt auf und lief wortlos davon. Das
ging ihm einfach zu rasch. Doch nicht hier und auf die
Schnelle.

Mareike, ebenfalls verblüfft, knöpfte sich geschwind
das Kleid wieder zu und folgte ihm im Laufschritt. »Was
bist du bloß für ein Heiliger?«, fuhr sie ihn beleidigt an.
»Bin ich dir etwa nicht gut genug, oder bist du schwul?«

Er antwortete ihr nicht. Gegen seine unterschwellige,
beinahe unbändige Lust ankämpfend, über sie herzufallen,
wurden auch seine Schritte schneller. Angst hatte ihn vorhin beschlichen, Angst, im entscheidenden Augenblick zu
versagen. Und diese entsetzliche Angst hatte sich nun in
selbstquälerische Vorwürfe gewandelt, nicht die einma-
lige Chance genutzt zu haben. Die Chance, endlich mit jeder Faser seines Körpers zu spüren, wie sich eine Frau anfühlte. Wie es sich anfühlte, in sie einzudringen. Regelrecht schwindelig wurde ihm vor Geilheit.

Als sie an die Stelle zurückkamen, wo sie wieder den Weg zur Raststätte einschlagen mussten, blieb sie unvermittelt vor ihm stehen. Prüfend suchten ihre Augen sein erhitztes Gesicht ab. »Du bist noch Jungfrau, stimmt's?«

Genau diese Worte waren es, die ihn mit beißendem Schamgefühl erfüllten, als hätte in diesem Moment alle Welt hohnlachend mit dem Finger auf ihn gezeigt. Dieses kleine Luder hatte ihn durchschaut und ihn einfach so bloßgestellt, indem sie seine Männlichkeit anzweifelte. Sie hatte ihm frech die Maske vom Gesicht gerissen, die er sich beim ersten Zusammentreffen schützend aufgesetzt hatte. Was sollte er jetzt tun? Er musste ihr auf der Stelle zeigen, oder jedenfalls so tun, dass sie falsch lag.

Aus dem Affekt heraus packte er sie an die Schultern, presste sie an sich und drückte ihr seine Lippen auf den Mund und versuchte, seine Zunge zwischen ihre zu zwängen. Doch sie wehrte sich. Sie stieß ihn von sich weg. Japsend schrie sie ihn an: »Küssen ist nicht erlaubt, mein Freundchen! Wer küsst, der liebt. Du hast da was verwechselt. Nur weil ich dir erlaubt hätte mich zu vögeln, heißt das noch lange nicht, dass ich dich liebe. Und beweisen musst du mir erst recht nichts.«

Harry schalt sich innerlich einen Idioten, sie mitgenommen zu haben. Am liebsten hätte er sie einfach stehen lassen und ihr zum Abschied gesagt, wo sie ihn kreuzweise könnte.

»Was ist?«, riss sie ihn aus seinen Gedanken. »Fahren wir endlich weiter? Ich wollte gerne in Hamburg sein, bevor es dunkel ist!«

Harry wusste nicht, wie ihm geschah, gegen seinen Willen sagte er: »Komm schon!« Drei Schritte vor ihr hergehend spuckte er lässig aus. Im Auto drehte er das Radio, das gerade seine Lieblingsmusik spielte, sehr laut. Er hatte keine Lust mit ihr zu reden und tat so, als säße er alleine im Wagen. Dabei ertappte er sich, dass er immer wieder auf ihre schlanken nackten Beine schielte. Die feinen Härchen auf ihrer makellosen Haut, die vom schräg einfallenden Sonnenschein rötlich schimmerten, ließen sein Blut zwischen die Beine schießen. Seine Gedanken kreisten nur noch um dieses Mädchen. Er gestand sich ein, dass sie das Mädchen seiner Träume war, und je näher sie in Richtung Hamburg kamen, desto schmerzlicher wurde ihm die Vorstellung, dass er sie trotz des unschönen Vorfalls gehen lassen musste. Und als sie an Bremen vorbeigefahren waren und er sah, dass sie schlummerte, fragte er sie, ob sie nicht mit ihm nach Schweden wolle. Er könne sie ja auf dem Rückweg in Hamburg rauslassen, schließlich wartete ja niemand auf sie, und San Francisco würde sicherlich auch noch in drei Wochen da sein. Im Geheimen hoffte er, dass sie ihn in ihrem Schlummer nicht gehört hatte, umso erschrockener war er, als sie ihn fragte: »Was willst du in Schweden?«

»Meinen Urlaub verbringen«, antwortete er ihr wahrheitsgemäß. Und beiläufig tuend schwärmte er ihr von der Hütte im Wald vor, die ihm gehöre, und dass er dort tun und lassen konnte, was ihm gefiel.«

Plötzlich putzmunter geworden beugte sie sich zu ihm rüber und gab ihm einen Kuss auf die Wange. »Na klar fahre ich mit, warum nicht.«

»Was? Hier soll ich es drei Wochen aushalten? Was willst du hier in dieser Wildnis, Tarzan spielen?«

Mareike verstand anscheinend die Welt nicht mehr. Schon seit über eine halbe Stunde steuerte Harry den Geländewagen über einen schmalen, von Gestrüpp und Unterholz gesäumten Waldweg. Weit und breit war keine Ortschaft zu sehen, keine weitere Menschenseele. Sie war ungehalten. Außerdem war sie hundemüde. Die Nacht über hatten sie versucht, im Wagen zu schlafen, aber beide hatten kaum eine Stunde genächtigt. Mareike lag eng an ihn gekuschelt auf der Rückbank, und er hatte sich immer noch mit heißem Blut darüber geärgert, dass er ihr Angebot am Feldweg nicht angenommen hatte. Er musste sich in diesem Augenblick arg zusammenreißen, um sie nicht gewaltsam zu nehmen. Seine Hand ruhte auf ihrer Taille. Ganz nah war er ihr. Er spürte ihren Atem, ihre Wärme, und er meinte tatsächlich, dass ihre Haut, ihr festes Jungmädchenfleisch nach Blüten duftete. Er zwang sich dazu, wachzubleiben, nur um sie im fahlen Mondlicht stundenlang anzusehen. Mit ihrem zerzausten Haar sah sie wie eine kleine Raubkatze aus, die in seinen Armen ihre Wildheit verloren hatte. Als er sich irrtümlicherweise sicher war, dass sie für einen Moment eingeschlafen war, küsste er sie zaghaft auf die Stirne, worauf sie tatsächlich behaglich schnurrte.

»Hier sieht man ja vor lauter Bäume den Wald nicht«, witzelte sie. »Gibt es in der Hütte überhaupt Vorräte? Wir haben doch nichts zu essen dabei. Oder müssen wir uns das etwa selbst erlegen?«

»Wenn du möchtest.« Harry versuchte, seine gute Laune, seine schönen Erinnerungen an die vergangene Nacht zu bewahren.

»Mein Vater hat genügend Gewehre und Munition in der Hütte, und Wild gibt es reichlich in dieser Gegend.« Er sah sie von der Seite an und grinste. »Da hatten es Adam und Eva schon schwerer, zu überleben.«

Wutfältchen kräuselten sich über ihre Nasenwurzel. »Ich bin aber nicht Eva, und du bist nicht Adam. Also rede nicht solch einen Quatsch! Am besten du machst jetzt kehrt und fährst mich nach Hamburg.«

Harry trat dermaßen heftig auf die Bremse, dass der Wagen auf dem feuchten Untergrund ins Rutschen geriet. »Pass auf!«, zischte er. »Wenn du jetzt nicht sofort Ruhe gibst, schmeiße ich dich direkt hier raus, dann kann das

Wild *dich* fressen. Oder du bleibst still sitzen und machst, was ich sage. Außerdem ist es nicht mehr weit. Siehst du den See? Da hinten, da zwischen den Bäumen, schau genau hin! Nur ein Stück weiter rechts davon steht die Hütte. Also reiß dich endlich zusammen.«

Mareike wirkte für einen Moment verängstigt. »Du würdest mich doch nicht wirklich hier rausschmeißen?«

Harry versuchte, Furcht einflößend auszusehen. Aus einer ihm unergründlichen Idee heraus wollte er ihr tatsächlich Angst machen. »Klar«, sagte er, »schließlich bist du in meiner Hand.«

Aber das Gegenteil geschah. Mareike fing sich schnell wieder. Sie war ein Kind der Straße, das schon viel Schlimmes gesehen hatte. Dementsprechend war ihre Reaktion.

»Oh, der große Macker hat gesprochen. Der große Macker will mir Angst machen. So gefällt mir das, Bübchen. Wenn du so weiter machst, wirst du bestimmt noch ein richtiger Mann, dann wird dein Papa sehr stolz auf dich sein. Hast du mir während der Fahrt nicht erzählt, dass du unter seiner Fuchtel stehst?«

Harry fühlte sich von ihren Worten tief getroffen, aber er wollte verdammt noch mal nicht, dass sie es merkte. Am liebsten hätte er ihr direkt eine geknallt. Stattdessen konzentrierte er sich ganz darauf, das Fahrzeug aus der Schlammfurche zu befreien. Und als er es geschafft hatte, applaudierte sie spöttisch.

»Das gehört alles deinem Vater?« Staunend blickte Mareike durch die Frontscheibe auf die von Fichten eingerahmte Blockhütte, die sich in ihren Aufmaßen stattlich wie eine hölzerne Burg präsentierte.

Als sie vor wenigen Augenblicken auf die Lichtung fuhren, sprang gerade ein Rothirsch mit gewaltigem

Geweih aufgeschreckt ins Unterholz. Irgendwie war Harry für einen klitzekleinen Moment stolz auf seinen Vater, als sie ihm die Frage stellte, worüber er sich wunderte. Also darüber wunderte, dass er stolz auf den Alten war.

»Ja, er kommt oft hierher, wenn seine Termine es zulassen. Als Kind habe ich hier regelmäßig meine Ferien verbracht. Da drüben«, er zeigte mit dem Finger zum See, »von dem Steg aus bin ich immer ins Wasser gesprungen. Oder ich bin mit dem Boot auf den See hinaus gerudert und hab mir auf den Planken liegend stundenlang den Himmel angesehen.« Er geriet direkt ins Schwärmen.

»Ganz schön aufregend«, bemerkte Mareike spitzzüngig.

»Du kannst auch alles miesmachen. Ist das ein Hobby von dir? Aber warte nur ab, wenn dir der erste Bär oder Wolf begegnet, dann wird es schon aufregend genug für dich.«

Ungläubig schaute sie ihn an. »Echt, gibt es hier wirklich Wölfe und Bären?«

Aber Harry meinte es ernst. »Bleib immer in meiner Nähe, ich rate es dir!«

»Das wird sich machen lassen. Eine Disco wird es ja kaum hier geben, oder?«, kicherte sie.

Ohne auf ihre Bemerkung einzugehen, stellte Harry den Motor ab. Als sie keine Anstalten machte auszusteigen, fragte er: »Was ist? Willst du mir nicht beim Ausladen helfen?« Und gleich darauf sprang er aus dem Fahrzeug.

Am Abend saßen sie beim prasselnden Lagerfeuer am Ufer des Sees. Ein milder Sommerabend löste einen heißen Tag ab, obwohl es tagsüber ein wenig verregnet war. Deshalb hatte Harry wegen des leichten Funkenflugs keine Bedenken. Anderseits hatte sein Vater ihm früh genug gezeigt, wie man in der Nähe eines Waldes ein Feuer anlegte, sodass es keinen Schaden anrichten kann. Nun löffelten sie gemeinsam am Feuer erwärmte Bohnen aus der Dose und hielten Würste auf Stöcke gespießt über die Flammen. In einem Busch hingen Mareikes Kleid und ihr Höschen zum Trocknen aufgehängt, beides hatte sie im See ausgewaschen. Sie hatte ja nicht mehr als das, was sie am Leibe trug. Nur gut, dass in der Vorratskammer stets Zahnbürsten aufbewahrt wurden.

Darüber musste Harry nachdenken, als er ihre Kleidung wie ein Gespenst in den Zweigen wehen sah. Nun saß sie im Bademantel seiner Mutter neben ihn. Er hätte es zu gerne gehabt, wenn sie nackt neben ihm säße. Aber auch so sah sie hinreißend aus. Mit großem Genuss aß und trank sie weltvergessen.

»Ein echt guter Tropfen«, lobte sie den Wein, den sie allerdings wie Wasser in sich hineinschüttete. »Bei den üppigen Vorräten, die dein Vater angelegt hat, kann man bestens überleben. Und der viele Alkohol. Ist dein Vater ein Säufer, oder kann er die Einsamkeit auch nicht ohne Fusel ertragen? Im Haus befindet sich ja der reinste Spirituosenladen.«

Harry schüttelte nachsichtig den Kopf. »Mein Vater empfängt hier viele Geschäftsfreunde, um mit ihnen auch auf die Jagd zu gehen. Oder sie handeln hier in der Abgeschiedenheit Geschäfte miteinander aus. Aber jetzt gib mir auch mal die Flasche!«

Mareike reichte ihm den Wein, als es ganz in der Nähe im Gesträuch knackte. Sie sprang erschrocken auf und klammert sich an ihn. »Da ist jemand«, flüsterte sie.

»Das wird ein Tier gewesen sein«, winkte er ab.

»Würdest du mich beschützen?«, hauchte sie ihm ins Ohr.

»Musste Rolli dich beschützen?«

»Ich war nie mit ihm im Wald!«

»Ist es in der Stadt nicht ebenso gefährlich?«

»Ach, du!« Sie riss ihm die Flasche aus der Hand und trank. Der Alkohol und die Hitze des Feuers hatten ihr die gebräunten Wangen gerötet, was sie noch begehrlicher machte, wie Harry fand. Mit Gier saugte sie den Wein aus dem Flaschenhals und verschluckte sich dabei. Hustend rang sie nach Luft.

»Du bist überhaupt nicht romantisch«, neckte sie ihn. »Schau doch nur, wie hell die Sterne am dunklen Himmel glänzen. Und wir alleine im tiefen Wald, als wären wir die ersten Menschen auf Erden.« Mit einem raffinierten Augenaufschlag sah sie ihn herausfordernd an. »Na, was denkst du, was würden sie tun, die beiden ersten Menschen, damit ihr Ende nicht auch das Ende der Menschheit wird?« Sie öffnete langsam den Gürtel des Bademantels und ließ ihn lasziv über die Schultern herabgleiten.

Harry rückte sofort ein Stück von ihr ab, um sich in Gänze an ihrer Nacktheit zu beglücken. Fasziniert taxierten seine Augen Zentimeter für Zentimeter ihres makellosen Körpers, der seiner Meinung nach im Schein der Flammen teuflisch schön aussah.

Als hätte sie seine Gedanken erraten, begann sie zu tanzen. Sie wog sich ekstatisch zum Klang einer imaginären Musik. Dabei wehte ihr das lange blonde Haar bei jeder Drehung über die knabenhaften Brüste, als müssten sie ihre Keuschheit bewahren. Immer näher tanzte und wand sie sich an ihn heran. Die Beine gespreizt stand sie über ihn.

»Hast du es überhaupt schon einmal in freier Natur getrieben?«, fragte sie ihn geradeheraus. Dann kreischte sie spitze Töne hervor, die in ein hämisches Gelächter übergingen. Ihm immer noch ihre Scham entgegenreckend höhnte sie: »Oje, ich hab ganz vergessen, du hast es ja noch nie getrieben. Dir hat ja bisher deine Faust genügt.« Sie legte sich direkt vor ihm ins Gras hin, zog die Knie an und forderte ihn unmissverständlich auf. »Nun komm schon«, gurrte sie, »ich zeige dir, was besser ist als deine Faust.«

»So ein Luder«, unterbricht Robert Christines Erzählung. »Und das hat Harry Ihnen in allen Einzelheiten geschildert?«

»Ja! Hat er. Er hat es getan, damit ich ein wenig Verständnis für das aufbringen sollte, was schließlich geschehen ist, wie er mir reumütig sagte. Er wollte mir eindringlich deutlich machen, wie sie ihn demütigte, wie sie ihn fertigmachen wollte. Als ein Mädchen von der Straße hatte sie sicher sehr schnell festgestellt, dass Harry in seiner Verklemmtheit ein bemitleidenswerter junger Mann war, dessen Vater ihm das Gefühl von Minderwertigkeit anerzogen hat. Sie hatte es erkannt und machte sich wohl einen Spaß daraus ihn diesbezüglich aus der Reserve zu locken. Harry hingegen war ihr bereits in der kurzen Zeit des Zusammenseins total verfallen. Auf der einen Seite wäre er sie am liebsten so rasch als möglich losgeworden, auf der anderen Seite wurde er irgendwie abhängig von ihr, weil er das Leben, das sie führte, insgeheim bewunderte. Hinzu kam diese Selbstverständlichkeit, mit der sie ihn erniedrigte. Er war es gewohnt, erniedrigt zu werden, und das gab ihm in gewisser Weise auch Sicherheit, weil er durch diese Demütigungen sein eigenes Ich spürte. Fast so wie bei Menschen, die sich selbst verletzen, um Gewissheit über ihre Existenz zu bekommen.«

Robert nickte ihr verständnisvoll zu. »Aber bitte Christine, erzählen Sie weiter. Was ist danach geschehen? Sie haben mich sehr neugierig gemacht.«

Die folgenden Tage spielten sich ähnlich ab. Es wurde viel getrunken, und immer wieder versuchte das Mädchen, Harry zu verführen, woran sie viel Spaß hatte, weil er jedes

Mal vor lauter Aufregung versagte. Von da ab war sie es, die sich ihm im letzten Moment mit Ironie und Spott verweigerte. Wenn sie betrunken war, beleidigte sie ihn und machte ihn mit obszönen Gesten lächerlich. Außerdem bekam sie im Laufe der Zeit immer häufiger hysterische Anfälle, weil sie wegwollte, weg aus der Tristesse des Waldes und weg von dem ewigen Geplätscher des Sees, was sie ihm stets lautstark an den Kopf warf.

»Ich bin jung, ich will was erleben!«, kreischte sie dann. Aber genau das war zu Harrys Mittel geworden, sich wiederum an ihr zu rächen. Er weidete sich förmlich an ihrer Ausweglosigkeit, bei ihm quasi gefangen zu sein. Sie dagegen spielte weiter mit dem Feuer, indem sie ihn bei jeder sich bietenden Gelegenheit mit ihrer Nacktheit zu reizen versuchte. Aber ihn kümmerte es nicht mehr, zumindest zwang er sich dazu. Er begann sie zu hassen! Vielleicht noch nicht einmal sie, sondern das, was er selber nicht hatte. Das, was er seit seiner Kindheit schmerzlich vermisste, diese Lebenslust, diese Ungezwungenheit, die Freiheit ihrer Seele – das hasste er mittlerweile.

Inzwischen waren etwa zwei Wochen vergangen, als Harry ihr an einem Abend vorschlug, am nächsten Tag mit ihm zum Angeln auf den See hinaus zu rudern.

»Allmählich bin ich es leid, den konservierten Dreck zu essen«, gab er ihr zu verstehen. »Ich möchte mal wieder einen frischen, über dem Feuer gebratenen Fisch essen. Außerdem können wir nicht immer den Elektroherd benutzen, wir müssen etwas vorsichtiger mit dem Benzin für das Stromaggregat umgehen. Also, hast du Lust, morgen mit mir auf den See zu fahren? Der ist voll mit Fischen, da wird es ein Leichtes sein, sich eine ordentliche Mahlzeit zu fangen.«

Ja, sie war einverstanden.

Ein strahlender Sonnentag kündigte sich an. Während Mareike noch schlief, setzte sich Harry in aller Frühe in den Wagen und nahm die weite Strecke in Kauf, um im weit abgelegenen Ort Butter, Brot, Eier, Milch und weitere Dinge einzukaufen, die man nicht über einen längeren Zeitraum lagern konnte, ohne dass sie verdarben.

Als er zurückkam, empfing sie ihn mit den wüstesten Beschimpfungen. »Du Idiot!«, schrie sie wutentbrannt. »Das nächste Mal sagst du mir vorher Bescheid, wenn du wegfährst. Als ich den Wagen losfahren hörte, dachte ich schon, du wolltest abhauen und mich in dieser Einöde zurücklassen. Ich warne dich, dein Vater hat keine Freude mehr an seiner Hütte, wenn er vor einem Häufchen Asche steht.«

»Halt den Mund und brüh lieber Kaffee auf«, erwiderte er unbeeindruckt.

Nachdem sie gefrühstückt hatten, suchte Harry unter den Steinen nach Würmern.

»Die fasse ich nicht an, die sind mir zu eklig.« Mit diesen Worten gab Mareike ihm unmissverständlich zu verstehen, dass sie sich nicht an der Suche nach Ködern beteiligen wollte.

Ausgerüstet mit Vaters Angelrute, einem recht großen, ovalen Eimer, einer Büchse voller Würmer und einer Flasche Wein stieß Harry das Boot bald darauf unternehmungslustig vom Steg ab. Noch lag eine leichte Kühle auf dem Wasser. Hoch über dem See kreiste ein Adler im glasklaren, endlos wirkenden Blau des Himmels, dessen geräuschlose Bahnen die Stille unterstrichen. Kaum waren sie ein Stück weit vom Land entfernt, da rief sie aufgeregt: »Hier, hier ist ein ganz Großer!« Voller Eifer zeigte sie ins Wasser, wo tatsächlich ein Prachtexemplar von Fisch knapp unter der Wasseroberfläche schwamm.

»Pst«, ermahnte er sie, »beim Angeln darf man nicht laut sein.«

Mareike tat beleidigt. »Dann halte ich eben den Mund!« Für Harry völlig überraschend machte sie sich sogleich daran, ihr Kleid auszuziehen.

»Was hast du vor? Du willst doch jetzt nicht baden gehen? Du verscheuchst mir ja die Fische.«

»Nein, Herr Schlaumeier, das will ich nicht. Aber gegen ein Sonnenbad wirst du doch wohl nichts einzuwenden haben, oder?«

»Nein, das habe ich nicht, aber lass dein Höschen an. Ich weiß inzwischen, wie du zwischen den Beinen aussiehst.«

Sie sah ihn böse an. »Na klar, ich hab ja ganz vergessen, dass du schwul bist. Harry, du bist schwul!«, wiederholte sie nachdrücklich.

Dieser Satz traf Harry tief im Herzen. Er kannte ihn von seinem Vater, der ihm das in seiner zynischen Art oft genug in einer hinterhältigen Frage verpackt vorgeworfen hat: *Junge, bist du schwul?* Und das nur, weil er noch keine Freundin mit nach Hause gebracht hatte. Harry war sich allerdings sicher, dass der Alte sich selbst an Jungmädchenfleisch aufgeilen wollte. Bei Mareike wäre er sicherlich auf seine Kosten gekommen.

Zu blöd, ausgerechnet jetzt an den alten Tyrannen zu denken, sagte er sich, und überdies daran erinnert zu werden, wie viel Tränen es ihn als Junge gekostet hatte, mit ihm in diesem Boot zu sitzen, damit er ihm das Angeln beibrachte. Aber Harry wollte damals keine Tiere im Wald abschießen, geschweige die Angelhaken aus den Mäulern der nach Luft schnappenden Fische entfernen. *Du musst ihn mit dem Kopf auf den Bootsrand schlagen*, hatte Vater ihn jedes Mal angeraunzt, wenn er sich zierte. *Der lebt ja noch, verdammt noch mal. Du darfst nicht so zimperlich sein. So macht man das!* Und dann hat er ihm den Fisch aus der Hand gerissen und den Kopf des bereits ermatteten Tieres mit solch einer Wucht auf die Holzkante des Bootes geschlagen, dass nicht viel gefehlt hätte, und dem Fisch wären die Augen aus dem Kopf geflogen.

Harry wandte sich wieder Mareike zu. »Vielleicht ekle ich mich einfach vor deiner Muschi.«

»Dann nimm doch meinen Arsch!« Sie drehte sich kichernd um und hielt ihm ihren Hintern entgegen.

Harry winkte verärgert ab. Er wollte sich auf diesem beengten Raum auf keine weiteren Diskussionen einlassen. Aber dennoch ärgerte er sich bereits darüber, sie mitgenommen zu haben.

Immer noch mit allergrößter Überwindung befestigte er einen zappelnden Wurm am Haken der Angel und warf schwungvoll die Angelleine aus. Dann setzte er sich. Und zwar so, dass er die Holzplanke in breitbeiniger Sitzhaltung zwischen den Schenkeln hatte.

Mareike lag indes ausgestreckt vor ihm. Ihr Höschen hatte sie tatsächlich anbehalten. Sie blinzelte nachdenklich in den Himmel. »Ein Adler müsste man sein«, schwärmte sie. »Frei sein wie ein Adler.« Und allen Ernstes fragte sie, ob es am Himmel Ländergrenzen gäbe. »Das musst du doch wissen«, drängte sie Harry. »Du hast doch studiert. Und wenn es welche gibt, wie werden sie in der Luft gezogen? Ob der Adler es weiß, wenn er rüber nach Norwegen oder nach Finnland fliegt?«

Harry musste über so viel Naivität schmunzeln. Doch er fühlte sich herausgefordert, deshalb sagte er: »Wäre der Adler ein Flugzeug, gäbe es für ihn faktisch einen begrenzten Luftraum.« Als sie keine Widerworte gab, drehte er den Kopf in ihre Richtung. Sie weinte. Ganz still weinte sie vor sich hin, ohne dass sich ihre Mimik wesentlich veränderte. Nur an ihren Tränen konnte er erkennen, dass sie tatsächlich weinte. Zuerst glaubte er, dass es die Sonne wäre, die ihre Augen gereizt hatte.

»Weinst du?«

»Lass mich in Ruhe!«

»Du weinst doch.«

Er beugte sich weit zu ihr hinüber und wischte ihr mit der freien Hand über die feuchte Wange. »Was ist mit dir?«

Langsam richtete sie sich auf. Eine Weile schaute sie ihm um Mitleid heischend tief in die Augen, dann schluchzte sie los. »Meinst du, ich wäre immer so gewesen?«

Harry legt ihr den Arm um die Schultern. »Was meinst du damit … immer so gewesen?«

»Na, ich weiß doch, dass du mich für ein kleines Flittchen hältst. Aber ich bin nicht so geboren worden.«

In dem Moment tat sie ihm wirklich leid. »Möchtest du mit mir darüber reden, was dich bedrückt?«

Zunächst druckste sie herum. Aber dann begann sie zögerlich, ihm ihr Herz auszuschütten.

»Ich habe mich gerade gefragt, was ich falsch gemacht habe im Leben, dass das Schicksal mich so hart bestraft. Du hast alles und ich habe nichts. Als ich noch ein kleines Mädchen war, hatte ich auch alles. Wir hatten ein schönes großes Haus mit Garten, ein Auto, vor allem hatte ich tolle Eltern, die mich mehr als alles auf der Welt liebten. An sie musste ich gerade denken. Ich habe mich gefragt, ob es da oben einen Gott gibt, bei dem sie jetzt sind, und ob sie mich hier unten im Boot sehen können. Aber wenn es einen Gott gibt, und er sie zu sich geholt hat, dann finde ich ihn sehr egoistisch, denn ich hätte meine Eltern hier unten viel nötiger gebraucht, als er sie da oben.«

»Was ist mit ihnen geschehen?«

Ohne ihm direkt Antwort zu geben, drehte sie den Verschluss der Rotweinflasche auf und trank einen großen Schluck. Harry beobachte sie dabei, wie der Alkohol sie allmählich zu beruhigen schien. Gleichmäßig und tief atmete sie ein und aus. Harry wollte sich gerade wieder seiner Angel widmen, als sie erneut zu reden begann.

»Ich war neun, als meine Eltern mit mir in den Ferien nach Lanzarote geflogen sind. Wir haben dort wunderbare Tage verlebt.« Sie stockte und trank wieder. »Zwei Tage, bevor wir die Heimreise antraten, gingen wir noch einmal zum Schwimmen ans Meer. Abwechselnd planschte ich im Wasser oder sonnte mich mit Vati und Mama am Strand. Mama war es schließlich zu langweilig, sie sprang auf und ist schnurstracks ins Meer gerannt. *Ich schwimme noch ein wenig raus,* hat sie uns lachend zugerufen. Sie war eine gute Schwimmerin, deshalb machten wir uns anfangs keine Sorgen, auch wenn sie unserer Meinung nach viel zu weit hinausgeschwommen war. Schließlich riefen wir aus Leibeskräften, dass sie endlich umkehren solle. Tatsächlich hörte sie auf uns. Bald darauf ist Vati aber in Panik geraten, als er sah, dass Mama es nicht mehr zum Ufer schaffte. Wahrscheinlich gab es eine nicht überwindbare Grenze für sie, bei der sie die Wellen immer wieder ins offene Meer zurücktrugen. Ich höre noch ihre Hilferufe. *Bleib hier sitzen und rühr dich nicht von der Stelle*, befahl mir Vati. Dann ist auch er ins Wasser gerannt, um Mama zu retten.«

Diesmal fiel ihr Schluck aus der Flasche noch größer aus. Sie zitterte am ganzen Körper, und Harry drückte sie fester an sich. Angespannt wartete er auf ihre Worte, die er in seiner Vorstellung längst kannte.

»Nein!«, schrie sie heraus, als könne sie etwas rückgängig machen. »Ich musste mit ansehen, wie sich meine Mama an Vati geklammert hat, und nach einigen Minuten waren sie beide von der Wasseroberfläche verschwunden. Weg, einfach weg, als hätte es sie nie gegeben.« Nachdem sie sich etwas beruhigt hatte, wurde ihre Stimme ganz leise. »Da wird man von ihnen in die Welt gesetzt und steht dann mit einem Schlag alleine da, ganz alleine, mutterseelenallein. Warum haben sie mich nicht mitgenommen? Ich wollte, das Wasser wäre auch mein Grab geworden.«

»Das ist ja furchtbar, wirklich furchtbar.« Mehr wusste Harry nicht darauf zu sagen. Und er war ehrlich froh, dass gerade in diesem Augenblick ein Fisch an der Schnur riss. Wollte er ihn haben, musste er agieren, und zwar sofort. Der Fisch mit seinem ungestümen Gezappel half ihm, sein Mitleid abzuschütteln.

»Das muss ein riesiger Brocken sein«, stieß Harry voller Bewunderung hervor.

Auch das Mädchen wurde von der Neugier aus ihrer Lethargie gerissen.

Harry musste sie energisch auf die andere Bootsseite drücken, weil es in Schieflage geriet, als sie sich neben ihm weit über Bord lehnte.

»Puh, das wird nicht einfach«, stöhnte er. Weit lehnte er sich mit dem Oberkörper zurück, während er versuchte, die Angelschnur Stück für Stück aufzurollen. Doch der Fisch kämpfte verbissen um sein Leben. Die Angelrute bog sich gewaltig. Immer wieder musste Harry Schnur nachlassen. Wenn er ihn erneut heranziehen wollte, gebärdete sich der Fisch wild. Schaumgekrönt sprang er aus dem Wasser, die Augen starr auf seinen Jäger gerichtet. Ein prächtiges Tier, dessen scheinbar hohes Alter es unvorsichtig werden ließ.

Die See ist mein Reich, niemand hat das Recht, mich zu töten!

Das las Harry aus seinen hartnäckigen Gebärden.

»Wenn er seine Kraft nicht verliert, werde ich wohl oder übel die Schnur kappen müssen«, ächzte er.

Plötzlich lachte Mareike auf. Jetzt war sie nicht mehr das bedauernswerte Mädchen, jetzt war sie wieder die junge Frau, die dem Leben mit ihrer Lebensgier trotzte. »Das ist ja typisch für dich«, mokierte sie hämisch, »gibst dich von einem blöden Fisch geschlagen. Bist du wirklich so eine Memme?«

Er drehte sich ruckartig um und erschrak. Für einen Wimpernschlag hatte er seinen Vater dort sitzen sehen. Beinahe hätte er vor Entsetzen die Angelrute losgelassen. *So ein Miststück*, dachte er und konnte ihre plötzliche Wandlung nicht begreifen. Hatte sie ihm etwas vorgelogen, was das Schicksal ihrer Eltern betraf? Aber ihre verunglimpfenden Worte stachelten ihn umso mehr an. Wütend kämpfte er um seine Ehre. Nun wurde der Fisch für ihn zu einem ebenbürtigen Gegner, den es zu besiegen galt, damit niemand mehr auf der Welt sagen konnte, dass er ein Versager sei. Und tatsächlich, nach etwa einer halben Stunde gab sich der Fisch geschlagen. Mit blutig schnappendem Maul landete er in dem mit Seewasser gefüllten Behälter, in den er wegen seiner Körpergröße nur mit gewundenem Leib hineinpasste. Für Harry war die Schlacht geschlagen, da mochte Mareike noch so feixen und abfällig tun. Er jedenfalls war froh, dass er an Land zurückrudern konnte.

Wortlos griff er nach der Flasche Wein, die ihm zwischen die Beine kullerte, als er die Ruder richten wollte. Prüfend hielt er die Pulle vor seinen Augen.

»Du hast einen ordentlichen Zug«, warf er dem Mädchen vor. »Die Flasche ist halb leer.«

»Oder halb voll!«, konterte sie.

Harry verzog verächtlich sein Gesicht, setzte den Flaschenhals an seine Lippen und sog gierig den Wein heraus, bis nichts mehr drin war. »Ah«, stöhnte er, »das hat gut getan nach dem Kampf mit dem Fisch.« Lachend warf er die Flasche mit weitem Schwung ins Wasser, dass es ordentlich platschte.

Hinter dem Haus befand sich ein Brunnen. Dorthin begab sich Harry mit dem in Gefangenschaft geratenen

Fisch, den er mit dem Eimer neben der Pumpe abstellte. Das Mädchen folgte ihm.

»Warte hier auf mich, ich gehe kurz rein und bin gleich wieder da«, sagte Harry.

»Was willst du im Haus?«

»Ein Messer will ich holen. Der Fisch wird uns nicht den Gefallen tun und von sich aus die Luft anhalten.« Und schon verschwand er im Haus.

Vom Fenster aus beobachtete er Mareike, wie sie ihr Kleid bis zur Hüfte hochstreifte, das Höschen herunterzog und sich in die Nähe eines Busches hinhockte. Es war ein Bild, das er sich schon öfters in der Fantasie ausgemalt hat, wenn er sich erregen wollte. Aber jetzt stieß es ihn ab. Ahnte sie, dass er ihr nachspionierte? War das kleine Luder eine Hexe?«, fragte er sich. Immer wieder versuchte sie, ihn scharfzumachen. Was hatte sie nur an sich, dass es bei ihm nicht klappte, obwohl ihr Körper die Verführung in Person war?

Er löste sich von dem Anblick, zog die Küchenschublade auf und entnahm ihr das größte Messer. Als er es in seiner Hand wog, durchströmte eine eigenartige Wärme seinen Arm. Eine Wärme, die sich wie Macht anfühlte. Macht über Leben und Tod zu haben. In wenigen Minuten würde er seine Macht über die Kreatur im Eimer ausüben. Und er stellte sich vor, wie er das Tier mit einem beherzten Stich erledigte, wie er sein Leben auslöschte. Das Messer schien ihm immer schwerer in der Hand zu werden, und der bereits zuvor von der Sonne erwärmte Wein begann, in seinem Kopf zu wirken. Leicht beduselt hielt er sich die blanke, stählerne Klinge vors Gesicht. Seine Augen spiegelten sich im blanken Stahl. Es waren dieselben Augen, die früher weggeschaut hatten, wenn Vater genau mit diesem Messer das erlegte Wild ausweidete. Ohrfeigen bekam er dafür, wenn Vater bemerkte, dass er es nicht mit ansehen konnte. Als Strafe bestand Gustav Brombach folglich darauf, dass sein verweichlichter Sohn auch noch das warme Gedärm herausschneiden musste, bis er kotzte.

Der Geruch von frischem Blut und Fleisch stieg ihm auch jetzt wieder als Fantasievorstellung in die Nase, dass es ihn schüttelte und ihm die Kehle zuschnürte. Schweiß trat ihm auf die Stirne. Angst bedrängte ihn erneut, vor dem Mädchen zu versagen, wenn er gleich bei dem Fisch Ähnliches tun musste.

»Wo bleibst du denn?«, hörte er sie drängend rufen.

Was ist sie bloß für ein Mensch, fragte er sich, *sie hat kein Messer, und doch übt sie Macht über mich aus. Also worauf warte ich? Ich muss es tun, für sie und vor allem für mich!* Zögerlich und mit wackeligen Beinen verließ er das Haus.

»Weißt du überhaupt, wie man so einen Fisch ausnimmt und zubereitet?«, empfing sie ihn ungeduldig.

»Ich mache das nicht zum ersten Mal«, log er sie an.

»Mannomann, bist du ein Lahmarsch! Wenn du noch länger wartest, ist das Viech gleich von alleine krepiert. Schau nur, wie schlapp er im Wasser liegt.

»Ja, ich weiß, das Wasser ist zu warm geworden.«

»Und? Was machst du jetzt?«

»Nerv mich nicht! Was soll ich schon machen?« Er fuhr sich mit der stumpfen Seite der Klinge demonstrativ quer über den Hals. »Aber vorher müssen wir Brennholz zur Feuerstelle bringen. Los, pack mit an, da drüben stehen Körbe!« Er schnappte sich einen der Körbe, stapelte eilig Holz hinein und trug es zur nahegelegenen Feuerstelle.

Mareike kam widerwillig nach. Dreimal war dieser Weg zurückzulegen, bis sie genügend Holz aufgeschichtet hatten. Während Harry einige Mühe aufwenden musste, um Feuer zu entfachen, saß sie neben ihm auf einen Baumstamm. Alle Augenblicke schlug sie gereizt um sich. Dann begann sie, zu schimpfen.

»Ich bin es endgültig leid hier! Diese scheiß Mücken sind eine einzige Plage. Was denkst du eigentlich – dass ich eine Steinzeitfrau bin? Da irrst du dich aber gewaltig. Wenn es *dir* Spaß macht, Höhlenmensch zu sein, bitteschön, das ist deine Sache, aber ohne mich! Ich kann mich doch nicht jeden Tag besaufen, nur damit diese Wildnis einigermaßen erträglich wird.«

»Mir gefällt es«, konterte Harry unbeeindruckt von ihrer Tirade. »Menschen, die hart arbeiten, sehnen sich eben manchmal nach Ruhe und Abgeschiedenheit.«

»Ha! Vielleicht, wenn sie im Steinbruch Steine geklopft haben.«

»Studieren ist manchmal wie Steine klopfen. Aber davon verstehst du nichts. Und jetzt halt endlich den Mund, sonst bleiben wir eine Woche länger.«

Erzürnt sprang sie auf. »Das traust du dich nicht, Harry Brombach, das traust du dich nicht! Was glaubst du eigentlich, wer du bist, verdammt noch mal!« Sie redete sich dermaßen in Rage, dass sie kurz davor war, ihn mit ausgestreckten Fingernägeln anzugehen.

»Langsam, langsam, du kleine Wildkatze«, stichelte er, »du hättest ja nicht mit mir fahren müssen.«

»O ja, da sagst du was. Wenn ich gewusst hätte, was für ein Arschloch du bist, hätte ich in der Raststätte einen großen Bogen um dich gemacht. Leider habe ich mich von deinem Aussehen täuschen lassen. Du läufst wie ein kerniger Mann durch die Welt, dabei bist du ein ängstliches Kleinkind, das sich noch nicht von seinem Vater abnabeln konnte.«

Mit finsterem Gesicht richtete Harry sich auf. »Ich warne dich«, drohte er, »lass meinen Vater aus dem Spiel!«

»Nein, ich werde ihn nicht aus dem Spiel lassen«, schimpfte sie unbeeindruckt weiter. »Ich werde dir jetzt einen Vorschlag machen. Hör genau zu!«

Er sah sie erstaunt an.

»Entweder fährst du mich morgen nach Hamburg, oder …«

»Oder was?«

»Oder ich werde, wenn dieser Trip hier zu Ende ist, deinem Vater sagen, dass ich, wenn er mir nicht fünftausend Mark in die Hand drückt, der Polizei erzählen werde, dass du mich hier in diesen Dschungel entführt und täglich brutal vergewaltigt hast. Denk dran, ich bin noch minderjährig! Das wird ein Skandal werden, der sich gewaschen hat, und ihn geschäftlich ruiniert. *Ruiniert*, hörst du? Schreib dir das hinter deine grünen Ohren!«

»Ha!«, machte Harry, »wie willst du das denn beweisen?«

»Wie ich das beweisen will? Dummkopf! Du glaubst gar nicht, wie leicht ich mir meine Muschi so verletzen kann, dass man mir die Geschichte glauben muss!«

Harry wurde stocksteif. Er rang nach Worten. »Hast du das von Anfang an geplant?« Purer Hass stieg in ihm hoch.

Das Mädchen hingegen grinste ihn verdrießlich an.

Er löste sich aus seiner Starrheit und ging bedrohlich nahe auf sie zu, doch sie wich nicht vor ihm. Im Gegenteil, ihr Gesicht zeigte dieselbe Verachtung, die ihr Mund ausgesprochen hatte.

»Schlag zu, schlag ruhig zu!«, forderte sie ihn auf. »Sei endlich ein Mann. Du wärst nicht der erste Kerl, der mich verprügelt. Aber das macht mir nichts, das macht mir überhaupt nichts, da lache ich nur drüber. Was sind schon deine Schläge gegen die, die ich vom Leben bezogen habe.« Und dann lachte sie tatsächlich. Sie lachte so schrill, dass es ihr schönes Gesicht zu einer Fratze entstellte.

Hilflos, geradezu wehrlos stand Harry mit geballten Fäusten vor ihr. Seine Arme waren wie gelähmt. Nein, er konnte nicht zuschlagen. Stattdessen zischte er nur: »Du bist eine Hexe, eine gottverdammte Hexe!« Danach drehte er sich um und ging eilends hinter das Haus zu dem Hauklotz, auf dem er das Messer abgelegt hatte. Er schnappte es sich. Damit bewaffnet strebte er seinem Fang zu. Beim Blick in den Eimer wurde ihm erneut mulmig. Mittlerweile lag der Fisch wie tot auf der Seite im inzwischen trübe gewordenem Wasser. Mit nur einem Auge starrte der Fisch Harry vorwurfsvoll an.

Als Mareike dazukam und sich über den Eimer beugte, rollte das Auge des Fisches in ihre Richtung, wobei sich sein Maul schwach, aber rhythmisch öffnete und schloss.

»Hör genau hin, Harry, er bettelt darum, dass du ihn endlich tötest.« Spöttisch klangen ihre Worte. »Wie … Du kannst nicht hören, was er sagt, weil sein Maul unter Wasser ist? Warte, ich hebe ihn heraus.« Sie gab nicht auf, sie trieb ihre Provokationen auf die Spitze.

Unfähig, angemessen darauf zu reagieren, sah er verdutzt zu, wie sie zu allem entschlossen ins Wasser griff.

Wie von einem Stromschlag getroffen bäumte sich der Fisch auf, wobei sein Schwanz plötzlich hart ins Wasser schlug, dass es hoch aus dem Eimer spritzte. Das Mädchen hatte ihr Vergnügen an diesem Schauspiel. Mit beherztem Griff zog sie die verängstigte Kreatur aus ihrem Element. Triumph spiegelte sich in ihrer Mimik wieder, als sie, den Fisch feste vor ihre Brust gepresst, Harry herausfordernd gegenüberstand.

Harry indes, den Griff des Messers fest umklammert, lauerte etwa zwei Meter von ihr entfernt darauf, was als Nächstes geschehen würde.

Ihre Stimme gellte in seinen Ohren: »Töte ihn, töte ihn sofort, lange kann ich ihn nicht mehr halten!«

Doch Harry regte sich nicht. Eine unsichtbare Wandlung fand in ihm statt. Ihre Gestalt, plötzlich nur noch schemenhaft von ihm wahrgenommen, löste sich schließlich gänzlich vor seinen Augen auf. Etwas Sonderbares geschah mit ihm. Wie eine aufgescheuchte Schar Vögel flogen seine gelebten Jahre fluchtartig aus seinem Kopf, bis er wieder ein kleiner Junge war.

Genau an der Stelle, wo er jetzt stand, hatte ihm der Vater einst in seinem Zorn einen Fisch hingehalten. »Töte ihn! Töte endlich dieses verdammte Mistvieh!«, hatte er dabei zornesrot gebrüllt. Harry aber wollte nicht töten. Er wollte lieben, er wollte vor allem, dass er selbst geliebt wurde. Er wollte auch nicht zum Beweis seiner Liebe dem Vater gegenüber töten. Der Fisch tat ihm leid. Er atmete, er war gierig auf das Leben, und er meinte sogar, dass der Fisch traurig aussah. Am liebsten wäre Harry weggelaufen, weit weg, dahin, wo ihn keiner mehr fand.

Ebenso wie einst war sein Geist auch jetzt bereits ins Nirgendwo vorausgelaufen. Er fühlte sich abseits jeglicher Realität völlig hilflos. Es drehte sich in seinem Kopf, als müsse er jeden Moment hinstürzen. Erst Vaters fataler Ruf: »Töte!«, ließ ihn gedanklich umdrehen. Die Flucht vor seinem Vater war zu Ende. Er konnte nicht vor ihm fliehen, er musste ihm gehorchen. Jetzt war es so weit! Er erkannte, dass er töten musste, jetzt und auf der Stelle, damit diese Qual endlich aufhörte.

Mit weit ausgestrecktem Arm sprang er blitzschnell nach vorne, dabei das Messer wie eine Lanze in der Hand haltend, und stieß die gewaltige Klinge blindwütig in den schuppigen Leib des Fisches, worauf ein markerschütternder Schrei erscholl. Das lange Messer war bis zum Schaft in den Fisch eingedrungen, dessen Maul vor Entsetzen weit aufgerissen, zappelte und zuckte er in den Armen des Mädchens. Harry stierte regungslos auf das Blut, das plötzlich als ein Rinnsal vom Schaft herablief.

Mareike schwankte und geriet mehr und mehr ins Taumeln. Ihr Mund öffnete sich, als wolle sie noch etwas sagen, doch anstatt Worten quoll Blut über ihre in Verzweiflung verzerrten Lippen. Alles ging so schnell, so rasend schnell, und ebenso schnell sank das Mädchen mit glanzlosem Blick zu Boden.

Er hatte es getan. Verdammt, ja, er hatte es tatsächlich getan! Er hatte getötet, er hatte den Fisch und sie getötet. Es brauchte eine Weile, bis er begriff, dass es nicht sein Vater war, der ihm zu Füßen lag, sondern Mareike, das arme unschuldige Ding.

Vor Selbstvorwürfen übermannten ihn die abscheulichsten Qualen. Anstatt Erleichterung, sich gedanklich an seinem Vater ein für alle Mal gerächt zu haben, überfiel ihn schiere Angst, eine unbeschreibliche Angst. Von nun an würde der Makel *Mörder* an seinen Händen kleben. Und nicht nur er war jetzt für alle Zeiten gebrandmarkt, auch seinem Vater würde der vernichtende Stempel aufgedrückt werden, einen Mörder zum Sohn zu haben. Alle Schuldzuweisungen würden also nicht nur ihm gelten, sondern unweigerlich auch den Vater treffen, der dann gesellschaftlich erledigt war.

Abhauen! Flucht! Das wäre meine Rettung.

Harry rannte, er rannte und rannte. Wohin, das wusste er nicht, nur weg, weit weg von seiner Schandtat. Doch schon nach kurzer Zeit verließen ihn die Kräfte. Zu viel Aufregung bremste seinen Körper aus. Er zeigte ihm in aller Deutlichkeit, dass man nicht vor sich selbst davonlaufen konnte. Japsend und keuchend ließ er sich an den Stamm eines Baumes fallen. Die Zunge klebte ihm am Gaumen, und der zuvor getrunkene Wein hinterließ einen faden Geschmack in seinem Mund. Dort saß er stierend in der Gegend herum, bis das Rauschen in seinen Ohren nachließ, sodass er wieder seine innere Stimme hören konnte. Zuerst war es nur ein fernes Raunen, ein kaum verständliches Flüstern in seinem Schädel, doch dann schrie ihn die aufgebrachte Stimme förmlich an. *Sie muss weg! Das Mädchen muss verschwinden!*

Wie sollte er jetzt vorgehen? Ihn grauste es jetzt schon, sich den Leichnam des Mädchens ansehen zu müssen, geschweige ihn anzufassen. Aber es half nichts, er musste es tun. *Klar Schiff machen,* dieser Satz kam ihm in den Sinn. Niemand durfte je erfahren, was geschehen war. Und so murmelte er diese schlicht gewonnene Einsicht immer wieder laut vor sich hin. »Das, was man nicht sieht, ist nicht geschehen! Das, was man nicht sieht, ist nicht geschehen! ...«

Also! Das Mädchen musste weg, sie musste für immer verwinden. Kein Hahn würde danach krähen, wo sie abgeblieben war. Wer fragte schon nach einer Streunerin? San Francisco war weit weg! Und was lag näher, als sie im See zu versenken! Der See war still und tief.

Es begann bereits zu dunkeln, und dieser Umstand war für ihn wie ein Zeichen, als wäre ihm die Dunkelheit zu Hilfe gekommen. Er machte sich zögerlich auf den Weg, um aus dem Schuppen Seile zu holen. Damit wollte er die Tote verschnüren und an den Enden der Stricke zusätzlich Steine verknoten, die seine Tat unweigerlich auf den Grund des Vergessens ziehen würden. Ja, so stellte er es sich vor.

Die Seile zu besorgen war ein Leichtes, die hingen im Schuppen fein säuberlich aufgewickelt an Haken. Vater verwendete sie für mancherlei, und Harry erinnerte sich nur ungern daran, dass er damit, für ihn viel zu oft, die starren Beine der erlegten Tiere umwickeln musste, bevor sie abtransportiert wurden. Einige Mühe hingegen bereitete es ihm, die unhandlichen Findlinge zum Boot zu schleppen, die unmittelbar in der Nähe des Bootes am Ufer lagen. Als er alles Nötige beisammenhatte, machte er sich schweren Herzens auf den Weg zu Mareikes sterblichen Überresten. Aber je näher er der Toten kam, desto verhaltener wurden seine Schritte. Bilder stiegen in ihm auf, wie er an gleicher Stelle, noch von Mutter behütet, spielte und tollte. Seine Kinderwelt war noch so rein gewesen, er war so rein gewesen, nichts Böses hauste in ihm. Er hätte in diesem Augenblick alles dafür gegeben, wieder ein unschuldiges Kind zu sein.

Wie mechanisch beugte er sich zu Mareike herunter, die das Pech hatte, ihm zu begegnen, um nun das Messer aus dem Fisch und gleichzeitig aus ihrer Brust zu ziehen. Es scheute ihn davor, das Messer zu entfernen, vor allem, weil ihn der Fisch irgendwie schadenfroh anglotzte. Aber es half nichts. *Sei kein Feigling*, schalt er sich. *Also los!*

Als könne das Tier noch zubeißen, begann er in aberwitziger Abwehrhaltung vorsichtig am Griff des Messers zu ziehen. Unter größter Anstrengung stellte er fest, dass das Messer fester steckte, als er erwartet hatte. Er hatte das Viech regelrecht auf ihre Brust genagelt. Lange würde er diesen Horror hier nicht mehr gewachsen sein. Nicht nur, dass ihn das Mädchen mit den weit aufgerissenen Augen zu beobachten schien, auch der Fisch mit seinem aufgesperrten Maul sah abscheulich aus, und Harry hatte den Eindruck, als ströme der Geruch von fauligem Moder heraus. Für einen Moment bekam er sogar das Gefühl, als verfolgten die Augen des Fisches und die des Mädchens jeden seiner Handgriffe.

Leben sie noch? Ihm fuhr der irre Gedanke durch den Kopf, dass Mareike mit dem an ihrer Brust gehefteten Fisch jeden Moment aufspringen könnte. Wie von Sinnen zerriss er in seiner Panik ihr Kleid, damit er besser sehen konnte, was er tat. Und als der Stoff mit einem Ruck in Fetzen an beiden Seiten ihres Oberkörpers herunterhing, besah er sich für einen Augenblick ihre nackten Brüste, die sein Blut zusätzlich in Wallung brachten. Dann machte er sich erneut verbissen daran, das Corpus Delicti zu entfernen. Wegen seines aufgekommenen Ekels und des knirschenden Geräuschs vermied er es, die Klinge wie einen Bohrer zu drehen, obwohl er vermutete, dass es dann einfacher gegangen wäre. Aber es bereitete ihm jetzt schon große Übelkeit, mit ansehen zu müssen, wie der kalte, stählerne Gegenstand in dem noch warmen Körper auch so ein ordentliches Loch machte.

Das verdammte Ding hat sich zwischen ihren Rippen verkeilt!

Schweiß tropfte ihm von der Stirn. Er presste die Lider zusammen, nicht nur, weil ihm der Schweiß in den Augen brannte, sondern auch, weil er meinte, dass bei jedem seiner gewaltsamen Versuche, sich das Messer anzueignen, schlagartig Leben in sie fahren würde, wenn sich unter seinem Gezerre ihr Oberkörper hob und senkte, wobei ihr Kopf mit heraushängender Zunge und ihren scheinbar wachsamen Augen hin und her schlug.

Das wollte und konnte er nicht mehr lange mit ansehen.

Endlich! Endlich geschafft! Mit einem Satz hechtete er zur Seite, weil ihr Blut, wohl unter dem Druck ihrer letzten Pulsschläge, nun wie eine Fontäne aus der klaffenden Wunde schoss. Starr vor Staunen betrachtete er das viele Blut. Dabei hielt er das Messer weit von sich am ausgestreckten Arm, während der Fisch wie eine Trophäe immer noch auf der Klinge spießte. Als Harry wieder fähig war, einigermaßen rationell zu denken, schlug er den Arm mit Schwung nach unten, woraufhin der Fisch in hohem Bogen von der Klinge flog und genau zwischen den Beinen des Mädchens landete. Was für ein schauriges Bild. Der Saum ihres Kleides war weit hochgerutscht, sodass ihre abgespreizten Beine bis zum Schritt nackt waren; und zwischen ihren Schenkeln, direkt an ihrer Scham, krümmte sich der Schwanz des Fisches.

Hastig schaute Harry sich um, weil er das Gefühl hatte, von allen Seiten beobachtet zu werden. Er lauschte angestrengt, hörte er nicht schon Polizeisirenen? Wenn es so wäre, könnte er noch nicht einmal davonlaufen, denn er bebte am ganzen Körper, unfähig wegzurennen. Es gab da zudem eine Macht, die mächtiger war als seine Angst. Es war der Zwang, sich seine Missetat anschauen zu müssen, als gelte es, das Bild seiner Schandtat mit der Glut seiner Reue für ewig in sein Gehirn einzubrennen. Die Blutlache zu seinen Füßen ließ ihn krampfartig würgen. Wie aus einer Quelle sprudelte es aus ihrer schmalen Brust, rann zwischen ihre Schenkel, sodass es aussah, als hätte sie gerade einen kalten, schuppigen Fisch geboren. Ein kleines unschuldiges Mädchen, aus dessen Leib sich ein Fisch herausgewunden hatte. Kälte lief über Harrys Rücken, als er wie unter einem Zwang in das Gesicht des Mädchens schauen musste. Der Schreck war aus ihrem nun totenbleichen Gesicht gewichen. Ja, jetzt sah sie tatsächlich brav und kindlich aus.

Die Hexe ist aus ihr geflohen.

Er sank auf die Knie und begann hemmungslos zu weinen. Er weinte wegen des toten Mädchens, aber vor allem weinte er wie ein kleiner Junge über sich selbst.

Wie lange er so weilte, wusste er nicht. Er kam erst zu sich, als ihn das Gefühl übermannte, ein zweites Ich in ihm wäre erwacht, das nichts mehr, aber auch gar nichts mehr mit dem kleinen jammernden Jungen gemein hatte. Es war wieder diese energische Stimme in seinem Kopf, die ihn wegen seines Selbstmitleids gehörig schalt und ihm befahl, sofort sein Leben in die Hand zu nehmen und der Welt zu zeigen, wer er wirklich ist. Diese Stimme machte ihm unverhohlen klar, dass er nicht nur der Mörder des Mädchens, sondern auch der des kleinen ängstlichen Harrys war, der sich aus Angst vor seinem Vater zeitlebens in die Hosen geschissen hatte.

Wie aber sollte er sie jetzt zum Boot schaffen? An den Händen wollte er sie nicht fortschleifen, denn dann müsste er rückwärtsgehen und ständig ihr Gesicht ansehen. Tragen ging auch nicht, dann würde er sich mit ihrem Blut beschmieren. Also fasste er sie, ihr den Rücken zugewandt, an den Füßen und zog sie über Stock und Stein hinter sich her. Schon nach wenigen Metern begann er ungebührlich zu singen, gerade so laut, dass er nicht mehr mit anhören konnte, wie ihrem aufgesperrten Mund immer dann ein gurrendes Stöhnen entfuhr, wenn sich ihr Brustkorb beim Schleifen über den unebenen Waldboden hob und senkte. Dabei verfiel er fast in einen Laufschritt. Die Angst jagte ihn, als würde ihn der Tod höchstpersönlich voranpeitschen. Umso erleichterter war er, als er endlich beim Boot angelangte. Aber auch hier stand ihm noch einige Mühe bevor. Die Tote schien sich zu sträuben, in den See geworfen zu werden, denn Harry kam es so vor, als wäre sie trotz ihrer äußeren Zartheit schwerer geworden. Außerdem war sie in ihrer Schlaffheit unhandlich, da sich ihre Glieder bei jedem ungeschickten Handgriff verdrehten. Demnach blieb es nicht aus, dass er energischer zugreifen musste, was zur Folge hatte, dass er sich nun doch noch an ihrem Blut besudelte. Angewidert setzte er sein Vorhaben um, bis sie, mit Steinen versehen, an Armen und Beinen verschnürt war.

Er schaute verstohlen zum Himmel, der mit der Finsternis allmählich eins wurde. Darüber seufzte er erleichtert auf, weil ihm die irrwitzige Vorstellung gekommen war, Mareikes Eltern hätten ihn ansonsten beobachten können. Nun würden sie es nicht können. Niemand würde es sehen können. Ihm war, als würde die Welt den Atem anhalten. Nichts rührte sich auf See. Nur das leicht wellige Wasser schlug mit leisem Plätschern an die Planken. Harry hielt sein Ohr lauschend in Richtung Ufer. In der Ferne vernahm er kaum hörbar das Geheul eines Tieres. Vermutlich ein Wolf, der den Vollmond ansang.

Harry wollte gerade zupacken, um zu tun, was zu tun war, da schreckte ihn sein Gewissen auf. Gab es da nicht doch jemanden, der ihm zusah? Der Gott seiner Kindheit fiel ihm ein. Wie viele Male hatte Mutter ihn früher gewarnt, dass Gott alles sähe und alles wüsste, wenn er, der Knabe, etwas Ungehorsames anstellen würde. Dass der liebe Gott sogar seine Gedanken erraten könne. War Gott denn wie sein Vater? War er genauso mächtig?

Das fragte sich Harry nun und litt für Sekunden darunter, dass er Gott nicht wie seinen Vater in Gedanken töten könnte. *Ach was, Unsinn!* Schließlich beruhigte er sich damit, dass Gott ebenso weit von ihm entfernt war wie Mareikes Eltern.

Dann packte er entschlossen zu und hievte die Tote über den Bootsrand, dass es verräterisch platschte. Im Schein des Mondes, dessen gelbes Licht sich im Wasser spiegelte, blickte er ihr fast unbeteiligt zum Abschied nach. Seltsam, trotz der Steine sank sie nicht schnell. Das Wasser bauschte ihr Kleid auf, und beinahe sah es so aus, als flöge sie in eine andere Welt. Nachdem sie vollends von der Dunkelheit der Tiefe verschluckt wurde, ließ er sich erschöpft ins Boot fallen. Den Blick in den Sternenhimmel gerichtet begann er vor lauter Herzschmerz zu weinen, und er wusste nicht, ob er wegen des Mädchens trauerte oder ob er sich selbst bemitleidete.

Als es ihn nach einer gewissen Zeit fröstelte, ruderte er mit kräftigen Zügen zurück. Nebelschwaden waren inzwischen vom See aufgestiegen, und er hatte einige Mühe, seine Anlegestelle zu finden. Nachdem er das Boot festgemacht hatte, stand er noch eine Weile unschlüssig am Steg. So weit er sehen konnte, erfassten seine Augen Erinnerungen, und er beschloss, nie mehr in seinem Leben an diesen Ort zurückzukehren. Also musste er alle Spuren der Gegenwart und möglichst auch die der Vergangenheit vernichten. Nichts, aber auch gar nichts sollte später darauf schließen lassen, dass es einmal eine Zeit gegeben hatte, in der er an dieser Stelle viele Stunden seines Lebens verbrachte. Auch der Krämer, bei dem er am Tage zuvor Lebensmittel besorgt hatte, würde sich schon bald nicht mehr daran erinnern, dass es da einen jungen Mann gab, der sich mit Händen und Füßen verständigte. Gut, alles wird gut!

Harry beschloss, sich noch ein wenig aufs Ohr zu legen, auch wenn er möglicherweise nicht einschlafen kann. Er schlug den Weg zum Haus ein, da blieb er abrupt stehen. Verdammt! Das Messer! Das Blut! Und natürlich der Fisch! Im Laufschritt eilte er die wenigen Meter zur Feuerstelle, wo es geschehen war. Da lag der Fisch, und daneben achtlos hingeworfen das Messer. Das Blut war größtenteils im Boden eingesickert, auch wenn noch deutlich zu sehen war, dass hier ein Unglück stattgefunden hatte. Mit dem Fuß stieß er zunächst den Fisch beiseite. Dann bückte er sich nach dem Messer und schnitt damit einige Zweige von einem belaubten Busch ab, um mit ihnen wie mit einem Besen über den blutgetränkten Waldboden zu kehren. So lange, bis er meinte, soweit es die Dunkelheit zuließ, dass jeglicher Hinweis auf ein Verbrechen verwischt war. Unschlüssig beschaute er sich daraufhin das Messer und den Fisch. Aber was gab es da lange zu überlegen, in den See damit. Außerdem, was sollte ein Fisch an Land?

Kurz darauf spritzte zweimal hintereinander das Wasser auf. Nun galt es noch, das blutige Shirt und die Hose zu entsorgen. Beides mit dem Rest der verderblichen Lebensmittel verstaute er in Plastiktüten, die er zum Wagen trug. Unterwegs wollte er sie bei irgendeiner Autobahnraststätte im Abfall verschwinden lassen. Nachdem er sich auch die Unterhose ausgezogen hatte, ging er nackt zur Pumpe, und obwohl er saumäßig fror, stellte er sich einige Minuten unter das fließend kalte Brunnenwasser, um auch an seinem Körper die allerletzten Spuren seiner Tat zu beseitigen. Ein Reinigungsbad!

Wie schon vermutet, schlief er in dieser Nacht nicht ein, zu viel ging ihm durch den Kopf. Und er musste leidend feststellen, dass es auch Albträume gab, obwohl man nicht schlief. Sehnsüchtig schaute er immer wieder zum Fenster, in der Hoffnung, dass recht bald die Sonne aufgehen würde. Den Gedanken, sofort aufzubrechen, verwarf er. In völliger Dunkelheit wollte er nicht die Fahrt durch den dichten Wald wagen.

Als dann endlich die ersten zaghaften Sonnenstrahlen auf seine Schlafstatt fielen, wäre er beinahe doch noch eingeschlummert. Sein Geist und sein Körper waren völlig ausgelaugt.

Auf!, befahl er sich. Er zog sich frische Kleidung an und richtete das Haus so her, wie er es vorgefunden hatte. Der Abschied für immer belastete ihn nicht. Im Gegenteil, in seiner Gleichgültigkeit spürte er, dass er in den letzten Stunden eine gewaltige Wandlung überstehen musste. Er fühlte sich wie ein ganz und gar anderer Mensch. Ein anderer als der, der mit dem Mädchen angekommen war. Das Bild einer Schlange geriet ihm vor Augen, die gerade eine Häutung durchgemacht hatte.

Ich bin wahrhaftig eine Schlange.

Ohne sich noch einmal umzudrehen, startete er den Motor seines Geländewagens. Langsam ließ er ihn bis an die Stelle rollen, wo er eine gute Aussicht auf den See hatte, obwohl der Morgennebel die Sicht behindernd über Land und See waberte. Gedankenversunken schaute er über die diesige Wasseroberfläche wie auf ein Grab. Er schaute so lange, bis das, was ihm seine Augen zeigten, in seinem Kopf zu Trugbildern verschwamm. Sein Körper versteifte sich, und er spürte, ohne es abstellen zu können, wie er krampfartig mit den Zähnen knirschte. Er sah sie! Er sah das Mädchen Mareike, wie sie im vom Wind geblähten Kleid über den See schwebte, den Fisch vor sich haltend, und in ihrer Brust steckte immer noch das Messer. Zudem trug ihm der Wind ein jämmerliches Geheule an die Ohren.

War sie das etwa, oder war es wieder der Wolf? *Herrgott, was soll das, sie kommt näher.*
Sie kam ihm verdammt nahe.
Bloß weg hier! Bloß weg aus diesem gottverdammten Wald!

Robert ertappt sich dabei, wie seine verkrampfte Hand am Hemdkragen zerrt, der ihm vor Aufregung zu eng geworden ist, und Frau Brombach schaut ihn an, als erwarte sie eine Szene von ihm.

Stattdessen haucht Robert fassungslos die Worte hervor: »Was für eine unglaubliche Geschichte. Als wenn ich es mir nicht schon immer gedacht hätte, dass mein neues Herz …« Nein, er spricht nicht aus, was er denkt. Eigentlich will er gar nicht sprechen, zu sehr ist er mit dem Gehörten beschäftigt. Allerlei wirre Gedanken gehen ihm durch den Kopf. Er hat sich so sehr in Christines Schilderung hineingesteigert, dass er nicht mehr genau weiß, wer er ist. Denkt und fühlt er wie Harry Brombach? Ist dieser Mädchenmörder Herr über seine Sinne geworden? Wie gerne würde er jetzt in einen Spiegel gucken, um sich Klarheit darüber zu verschaffen, wer er wirklich ist.

»Sie machen mir Vorwürfe, ich sehe es Ihnen an.« Frau Brombachs Worte reißen ihn aus seiner Grübelei. »Sie fragen sich sicher, warum ich ihn nicht direkt nach seiner Beichte verlassen habe und warum ich nicht doch zur Polizei gegangen bin, damit eventuell auch noch nach so langer Zeit Nachforschungen angestellt werden, ob das Mädchen nicht irgendwo als vermisst gemeldet ist.«

Frau Brombach faltet ihre Hände und legt sie gedankenverloren auf ihren Schoß ab. Und energischer, als ihre Bewegungen es vermuten lassen, antwortet sie unmissverständlich: »Wem sollte das nach all den Jahren noch genutzt haben? Und ich sagte es Ihnen bereits, ich liebte ihn, ich liebte ihn so sehr.«

»Vielleicht hätte es der Gerechtigkeit genutzt!«, gibt Robert zu bedenken.

»Die Gerechtigkeit macht das Mädchen und meinen Mann auch nicht wieder lebendig, und wo kein Kläger ist, da ist auch kein Richter.« Beinahe patzig formuliert sie ihre Verteidigung.

Robert stutzt. »Wenn Sie es so sehen, dann ist die Gerechtigkeit nur eine justiziare Angelegenheit, aber ich denke, es gibt noch so eine Art von menschlicher Gerechtigkeit.«

Frau Brombach löst bedacht ihre gefalteten Hände und wischt sich mit dem kleinen Finger eine Träne aus dem Augenwinkel. »Ich verstehe Sie, Robert. Ich kann Sie sehr gut verstehen. Aber mein Mann hat in dieser Hinsicht längst einen Richter gefunden, und das war sein Gewissen.«

Robert sieht sie mit großen Augen an. »Wie soll ich das verstehen? Was für ein Urteil kann das Gewissen aussprechen, vor allem, wie kann das Gewissen ein Urteil verhängen?«

Frau Brombach zögert, es auszusprechen, doch dann sagt sie ganz leise: »Dieser Richter hat ihn zum Tode verurteilt!«

»Wie bitte? Zum Tode verurteilt?«

»Ja, der Unfall war kein Unfall. Harry hat sich das Leben genommen.« Obwohl ihr dieser Satz ruhig und bedacht über die Lippen gegangen ist, spricht sie nun immer hastiger, und Robert hört ihr sprachlos zu. »Tage später, nachdem er mit seinem Auto vor einen Baum fuhr, habe ich seinen Abschiedsbrief gefunden. Darin teilte er mir mit, dass er mit dieser seelischen Last nicht mehr weiterleben könne.« Plötzlich ruft sie laut klagend: »Warum hat er denn nicht mit mir darüber gesprochen? Nicht ein

Sterbenswörtchen hat er je verlauten lassen!« Sie beginnt heftig zu schluchzen.

Robert beobachtet sie betroffen. Ja, er ist zutiefst betroffen. Nicht nur, weil das Herz eines Mörders in seiner Brust schlägt, es ist auch das Herz eines Selbstmörders. Und er beginnt, eins und eins zusammenzuzählen. Ihm wird klar, dass seine Unruhe und die schrecklichen Visionen tatsächlich das teuflische Erbe von Harry Brombach sind. *Verflucht sei der Tag, an dem mir die Ärzte diese Hinterlassenschaft in meiner Brust vergraben haben. Das Herz eines Untoten!* Solch wirre Gedanken schwirren ihm durchs Hirn. Er muss sprechen. Er muss jetzt etwas sagen, damit sein Mund die Stimme in seinem Kopf übertönt.

»Christine … Christine, haben Sie in all den Jahren ihrer Ehe denn nichts bemerkt? Man muss doch spüren, mit was für einem Menschen man zusammenlebt!« Vorwurfsvoll klingen seine Fragen, und es fällt auch der Angesprochenen schwer, wieder Fassung zu erlangen.

Mit unbeschreiblicher Traurigkeit in der Stimme sagt sie so leise, dass Robert sich sehr auf das Gesagte konzentrieren muss: »Wenn Sie meinen Mann gekannt hätten, dann kämen Ihnen Ihre Fragen absonderlich vor. Harry war mir immer ein liebenswerter und aufrichtiger Partner gewesen, das können Sie mir glauben, Robert. Nach der Tat in Schweden ist er ein vollkommen anderer Mensch geworden. So ist er zum Beispiel gleich nach seiner Rückkehr in sein Elternhaus seinem Vater als Mann gegenübergetreten, der sich nichts mehr gefallen lassen wollte. Er war nicht mehr dieser scheue, verängstigte Bub, der er noch bei der Hinfahrt zur Blockhütte gewesen war. Mir gegenüber hat er schon vor unserer Ehe geradezu gebeichtet, wie labil und ängstlich er vor seiner Wandlung war, natürlich ohne seine Bluttat zu erwähnen. Ich wollte einfach etwas über sein Vorleben wissen, darum habe ich ihn vor unserer Ehe ausgefragt. Ja, so war das. Durch seinen Fleiß und wegen seiner stetig anwachsenden Kompetenz im geschäftlichen Bereich verdiente er sich rasch die Anerkennung seines alten Herrn, der sich schließlich mehr und mehr aus dem Geschäft zurückzog, um sich ganz und gar der Jagd zu widmen. Als ich Harry kennenlernte, trat er selbstsicher als weltmännischer Geschäftsmann auf, der, wie ich bis heute überzeugt bin, zudem ein liebevoller Vater geworden wäre, wenn es mir nicht versagt geblieben wäre, Kinder zu bekommen. Ja, dessen bin ich mir sicher! Wie also hätte ich Verdacht hegen können, dass an seinen Händen Blut klebte? So wie ich ihn kannte, so war auch sein eigentlicher Charakter, und dafür habe ich ihn geliebt. Er war ein toller Mann!« Hier unterbricht Frau Brombach ihre Rede für einen kurzen Moment. Sie geht zu einem Wandregal und nimmt ein Foto von dort weg. »Schauen Sie sich Harry an, sieht er nicht liebenswert aus?« Und ohne eine Antwort abzuwarten fügt sie an: »Ich vermisse ihn bis zu diesem Augenblick, auch wenn er sich in der letzten Zeit wiederum sehr verändert hatte.«

»Verändert … Wie meinen Sie das?«, hakt Robert nach.

»Nun ja, das erste Mal, wo ich eine Veränderung bemerkte, war unmittelbar nach dem Verkauf des Geschäfts. Da schien es mir, als sei er in ein tiefes Loch gefallen. Sie wissen, was ich meine? In solch ein Seelenloch, aus dem es scheinbar kein Entrinnen gibt. Aber das macht doch jeder Mensch mal durch, dachte ich mir damals. Heute weiß ich eben, dass es der Beginn einer schweren Depression war. Wenn er grübelte, kam ich nicht an ihn heran. Vielleicht hatte er seine düsteren Gedanken schon immer mit sich herumgeschleppt, aber früher war er wegen seiner vielen geschäftlichen Termine häufig auf Reisen, auf denen ich ihn meist begleitet habe. Wir besuchten bei diesen Gelegenheiten wiederholt kulturelle Veranstaltungen; alles in allem hatte sein Geist oder seine Seele, egal, wie ich es benennen soll, da kaum Möglichkeit gehabt, die Ruhe zu finden, die er bräuchte, um sich mit dem schrecklichen Ereignis zu beschäftigen. Später, ja, als er das Geschäft verkauft hat, da zwang ihn die geschenkte Zeit wohl zum Nachdenken. Hinzu kam, dass er bald darauf zu trinken begann. Dann saß er oft stundenlang in seinem Sessel und hat mit verklärtem Blick die Wände angestarrt. Wenn ich fragte, nur um ihn aufzumuntern, ob er mit ins Theater gehen wollte, dann hat er nur lethargisch den Kopf geschüttelt. Natürlich kann ich mir heute einiges zusammenreimen mit dem, was ich jetzt weiß. Damals habe ich mich zum Beispiel auch gewundert, warum er partout keinen Fisch essen wollte und nie mit mir an die See gefahren ist, obwohl ich das Wasser liebe.«

Wieder hält Frau Brombach inne. Sie schaut, als würde sie in inneren Kammern herumkramen, um weitere Indizien dafür zu finden, die jegliche Anschuldigungen gegen sie als Unrecht bezeugen. Als sich ihr Gesicht aufhellt, sagt sie: »Er bestand sogar darauf, dass ich mir mein langes, blondes Haar kurz schneiden und dunkel färben lasse. Für mich waren es Kleinigkeiten, die ich ihm aber gerne erfüllte, weil er für mich der Mann war, mit dem ich für immer zusammenleben wollte.« Sie lächelt Robert um Verständnis bittend an.

Angetan von ihrer Offenheit sagt er: »Verzeihen Sie mir meine Indiskretion.« Auch er versucht zu lächeln.

»Darf auch ich indiskret sein?«, fragt sie gerade heraus.

Robert zieht die Augenbrauen hoch. »Wie darf ich das verstehen?«

Frau Brombach wirkt ein wenig verlegen. Es fällt ihr sichtlich schwer, ihren Wunsch vorzutragen. »Würden Sie für mich ihren Oberkörper freimachen?«

»Was?« Robert ist völlig überrascht.

»Ach, bitte verstehen Sie mich nicht falsch, aber ich bin wegen unseres Gesprächs plötzlich so aufgewühlt. Das, was ich Ihnen alles über meinen Mann erzählt habe, hat mich weiß Gott nicht kalt gelassen. Und wenn ich Sie jetzt vor mir sitzen sehe, ist mir, als wäre mir Harry ganz nah.« Sie scheint nach den passenden Worten zu suchen. »Es wäre ... also, es ist ... in mir hat sich der Wunsch aufgedrängt, wenn ich ... es würde mich sehr freuen, wenn ich seinen Herzschlag hören dürfte.« Ein wenig schamhaft schaut sie zu Boden. »Sie müssen wissen, dass Harry und ich all die Jahre ein Ritual hatten, wenn wir abends zu Bett gingen. Nur wenn ich mein Ohr auf seine Brust legte und seinem Herzschlag lauschte, konnte ich einschlafen. Sie können mich für verrückt halten, aber nichts ist für mich so beruhigend wie der Puls eines geliebten Menschen, weil in ihm die Urkraft allen Lebens steckt. Das Schlagen seines Herzens gab mir immer Ruhe und Geborgenheit.« Mit flehentlichen Augen sucht sie Zustimmung in Roberts Gesicht. »Nur einmal ... nur einmal noch in meinem Leben möchte ich dieses Gefühl von Einklang zwischen ihm und mir spüren. Ich hoffe, ich verletze Sie nicht mit meinem Wunsch?«

Mit zittriger Hand gießt sie sich Wein randvoll ins Glas, und in einem Zug trinkt sie es leer. Auch Robert greift zur Flasche und trinkt ebenfalls zügig den Rest. Warm durchströmt ihn der schwere Madeira. Er hält die Situation für abstrus, dennoch hat diese schöne Frau etwas in ihm geweckt, was Männer seit jeher und zu allen Zeiten in die Rolle eines Eroberers zwingt. Der Gedanke, sich vor ihr auszuziehen, erregt ihn, und der konsumierte Wein tut sein Übriges. Ohne weitere Fragen zu stellen, zieht er sich, sie dabei im Blick behaltend, den Pullover über den Kopf und beginnt sein Hemd aufzuknöpfen.

Frau Brombach steht unsicher auf, und bevor sie alle Vorhänge zuzieht, schaut sie noch einmal hinaus. »Es hat aufgehört zu schneien. Auch der Sturm hat sich beruhigt. Aber nach Hause können Sie nicht. Daran ist gar nicht zu denken. Alles ist vom Schnee hoch verweht. Kein Räumfahrzeug wird am Freitagabend diese Strecke räumen. Außerdem haben Sie Alkohol getrunken. Ich bin mir auch sicher, dass kein Taxi dieses Wagnis auf sich nehmen wird, bis in diese Einöde hinauszukommen. Am besten ist es, Sie rufen noch einmal Ihre Frau an und erklären ihr, dass Sie die Nacht bei mir im Gästezimmer verbringen müssen.«

Als sie sich umdreht, hat sich Robert bereits bis zur Hüfte entkleidet.

»Ist es ihnen kalt?«, fragt sie besorgt.

»Nein, nein, ganz und gar nicht. Im Gegenteil, mir ist recht warm geworden.«

Mit einem aufmunternden Lächeln reicht sie ihm das Telefon. »Hier bitte!«

Gleich darauf, nachdem er seine Nummer eingetippt hat, meldet sich Anja.

»Anja, Anja bitte, reg dich nicht auf, es geht mir gut. Ja, ja … nein … was denkst du, ich komme natürlich, sobald es möglich ist. Wo ich bin? Wo soll ich schon sein, bei Frau Brombach, wo denn sonst? Ja … ja … ich sagte es dir doch, sie ist sehr freundlich, sie hat mir angeboten, bei ihr zu übernachten … meinst du, hier hätte es weniger geschneit? Nein, du brauchst dir keine Sorgen zu machen. Lass Julian bei dir schlafen und kuschelt schön ihr zwei. Ich küss dich, Schatz … ich dich auch.« Nachdenklich legt Robert den Hörer beiseite.

»Konnten Sie Ihre Frau beruhigen?«, vernimmt er immer noch in Gedanken versunken ihre samtene, dunkle Stimme.

»Ja … o ja, natürlich, danke, es ist alles in Ordnung.«

Ziemlich unschlüssig steht sie vor ihm. Robert fällt ihr vor Erregung erhitztes Gesicht auf. »Ihnen scheint auch warm zu sein in Ihrem Rollkragenpullover.« Am liebsten

hätte er gesagt *Ziehen Sie ihn doch auch aus,* doch stattdessen sagt er: »Wollen Sie zu mir kommen?«

Als habe sie auf diese für sie erlösende Frage gewartet,
weist sie mit dem Finger zur Couch.

»Sollen wir uns dorthin legen?«

Ohne auf ihre Frage einzugehen, steht Robert auf und
geht zur Couch. Bis auf einen mickrigen Wandleuchter,
der direkt neben dem Ölporträt des Seniors angebracht ist
und nicht mehr Licht wie das einer trüben Funzel spendet,
löscht Frau Brombach sämtliche Lampen im Raum. Für
einen Moment ist Robert irritiert, nicht nur, weil ihn in
dem so entstanden Zwielicht der strenge Blick des alten
Brombachs trifft. Robert rückt ganz dicht an die Rückseite
der Couch und wendet den Kopf beiseite. Er will sich intensiv die Frau betrachten, die einmal das Herz eines Mannes geliebt hat, das nun seines ist, und die ihm sehr nahe
kommen wird. Er will dabei in ihre Augen schauen, wie
sie reagiert. Er zwingt sich dazu, cool zu bleiben, doch als
sie für ihn völlig unerwartet den Pullover über ihre Schultern streift, in der aufreizenden Art überstreift, wie es nur
Frauen können, da klopft der Puls ordentlich in seinem
Schädel. Nun sieht sie fast mädchenhaft aus, wie sie verschämt vor ihm steht, obwohl nicht zu übersehen ist, dass
sie eine reife, begehrenswerte Frau ist, auch weil ihre
Hände kaum verdecken können, was sie vor den Augen
des ihr fremden Mannes gerne verbergen würden.

»Bitte, haben Sie keine schlechte Meinung von mir«,
sagt sie, »aber der Wein, das Kaminfeuer, die Hitze und
die Vorstellung, dass ich … dass ich …«, jetzt schluchzt
sie, »dass ich so nah bei Harry sein werde … ich habe
Angst, in diesem Pullover zu ersticken.«

Als sie sich neben ihn legt, spürt er ihre Wärme, und
der Duft einer ihm unbekannten Weiblichkeit durchströmt
seine Nase. Heiß liegt ihre Hand auf seinem Bauch, und
ihre geheimnisvollen Augen suchen die seinen. Dann

erschrickt sie. »O mein Gott, was haben Sie für eine große Narbe auf der Brust!« Vorsichtig fährt sie mit der Hand darüber. »Tut das weh?«

Robert ist unfähig zu antworten. Mit Erstaunen stellt er fest, dass ihm das Blut nun in den Unterleib schießt. Das, was seit der Operation kaum noch mit Anja möglich ist, würde jetzt in diesem Moment mit Christine seine Erfüllung finden, dessen ist er sich sicher. Mit einer Frau Erfüllung finden, die einige Jahre älter ist als er. Darauf würde er wetten. Ihm fallen seine Jugendfantasien ein, in denen er mit einer reifen Frau zusammen war, an der er damals sein »Mann sein« ausprobierte. Mit dem Unterleib dreht er sich nun ein wenig seitwärts, damit sie seine Erregung nicht spürt.

Frau Brombach hingegen legt behutsam ihr Ohr auf seine Brust, so wie sie es jahrelang bei ihrem Mann tat. Robert bemerkt, wie seine Haut nass wird. Ohne dass sie einen Laut von sich gibt, laufen ihre Tränen über seine Narbe, und er fährt ihr mit seiner Hand tröstend übers Haar. Gleichzeitig befällt ihn Angst, Angst davor, dass Harry erscheint, oder das Mädchen, oder der Fisch, oder alle zusammen. Doch dergleichen geschieht nicht. Plötzlich geschieht überhaupt nichts mehr. Ihm ist, als falle von der Zimmerdecke ein riesiges schwarzes Tuch hernieder, das sich sanft auf ihn und auf Christine legt.

Es muss inzwischen tief in der Nacht sein, als er, kurz aus dem Schlaf geweckt, vage mitbekommt, wie Frau Brombach ihn zudeckt und auf Zehenspitzen den Raum verlässt.

Anja klopft an die Tür …

… des Arztzimmers.

»Moment«, erklingt es von drinnen.

Sie hört, dass Samuel spricht. Dem Reden nach telefoniert er. Sie wartet. Er hat sie gebeten, zu ihm zu kommen. *Sicher will er wissen, wie es Robert bei Frau Brombach ergangen ist,* denkt sie sich. Schließlich fand das Treffen auf seine Initiative hin statt.

Während Anja darüber nachdenkt, ist sie froh, dass sie ihm über den Erfolg berichten kann, der er für Robert geworden ist. Ihr Mann zeigt sich seitdem in seinem Wesen total verändert. Er ist nun viel ruhiger und aufmerksamer ihr gegenüber. Aber das war ja so gewollt, darauf hatten sie und vor allem auch Robert inständig gehofft. Aus diesem Grund hatte Anja auch alle Bedenken zur Seite geschoben, dass er die Nacht notgedrungen bei der fremden Frau verbringen musste. Trotzdem brauchte sie eine Weile, um sich einzureden, dass Robert sicher nichts mit einer älteren Witwe anfangen würde. Wie sollte er auch in seinem augenblicklichen Zustand? Zum »Letzten« wäre es schon deswegen nicht gekommen. Oder?

Die Frage verunsicherte sie dennoch. Sie ist eine erfahrene Frau und weiß, dass, wenn Männer ihr Verhalten ändern, sie möglicherweise aus einem schlechten Gewissen heraus etwas verbergen wollen. Anderseits weiß sie auch, dass es nicht selten an den Frauen liegen kann, wenn ihre Männer untreu werden. Aber da hat sie sich nichts vorzuwerfen. Sie will jedenfalls sehr nachsichtig mit ihrem Robbie sein, weil sie ihn nicht verlieren will. Fast hätte sie ihn an jenem verhängnisvollen Tag für immer verloren, aber er lebt, Gott sei Dank!

Sie schaut sich prüfend um. Außer ihr ist niemand auf dem langen Flur. Sie legt rasch ihr Ohr an das Türblatt. Samuel spricht noch immer. Sie setzt sich auf die

Wartebank, die sich direkt vor dem Sprechzimmer befindet. Als sie sich zurücklehnt, nimmt sie ihren Gedankengang wieder auf. Was wäre gewesen, wenn er ... wenn Robert die Krankheit oder die Transplantation nicht überlebt hätte? Wie würde ihr Leben dann aussehen? Sie kann sich in ihrem Hirngespinst einfach nicht vorstellen, dass sie einmal mit einem anderen Mann in dem Haus leben könnte, in dem alle Wünsche und Hoffnungen eingemauert sind, die sie sich mit Robert am Anfang ihrer Ehe erträumt hatte. Und ohne dass es ihr bewusst wird, flüstert sie: »Samuel.«

Ja, er wäre unbestritten ein guter Vater für Julian geworden, das jedenfalls glaubt sie zu wissen. Sie kann und will es nicht vor sich selbst verleugnen, dass sie diesen charmanten Arzt sehr mag. Und sie kann sich auch vorstellen, dass er der Einzige ist, mit dem sie ihr Leben und ihre Liebe teilen könnte, wenn ... ja, wenn ...

»Ich freue mich, dich zu sehen!« Samuels Stimme reißt sie schlagartig aus ihren Gedanken. Freundlich lächelnd steht er mit ausgestrecktem Arm in der geöffneten Tür. Von ihrem Tagtraum noch benommen betritt sie das Arztzimmer.

»Verzeih mir, weil ich dich warten ließ, aber ich hatte ein sehr dringendes Ferngespräch zu führen, und die Verbindung war äußerst schlecht. Aber bitte setz dich.«

Für einen Augenblick sitzen sie sich schweigend gegenüber, nur ihre Augen scheinen zu sprechen. Nervös zieht Anja den Saum ihres Rockes ein Stück weit herunter. Sie kommt sich plötzlich so deplatziert vor. Mag es daran liegen, dass sie Zivilkleidung trägt und nicht ihren Schwesternkittel, in dem sie sich ansonsten den Ärzten gegenüber ebenbürtig fühlt. Sie ist nicht krank und weiß nicht genau, was Samuel von ihr will, warum also sitzt sie auf diesem Patientenstuhl? Außerdem bleibt es ihr nicht verborgen, dass sich hinter seinem vertrauten Lächeln eine sonderbare Ernsthaftigkeit verbirgt. Sie will der inneren Anspannung entgehen, sie will die Situation an sich reißen. Unter diesem zwanghaften Eindruck steht sie unvermittelt auf, geht um den Schreibtisch herum, umarmt Samuel und drückt ihm einen innigen Kuss auf die Wange.

Rundweg verdattert schaut er sie an. Dann springt er auf, zieht sie an sich heran, und leidenschaftlich verschließt er mit seinen Lippen ihren Mund.

Anja muss einige Kräfte aufbringen, um ihn von sich wegzudrücken. »Samuel! Stopp! Halt, halt!« Sie ringt nach Luft. »Ich wollte mich mit diesem Kuss nur bei dir bedanken, dass du Robert und mir in all der schwierigen Zeit beigestanden hast.«

Jetzt sind es wieder seine dunkel glänzenden Augen, die zu sprechen scheinen. Ihre Hand fassend führt er sie wortlos zum Stuhl zurück, dann setzt auch er sich mit nachdenklichem Gesichtsausdruck an seinen Schreibtisch. Immer noch schweigsam sortiert er einige Papiere, die er mechanisch von rechts nach links legt.

Anja erschrickt ein wenig, als er plötzlich zu reden beginnt. »Du hast recht. Verzeih mir, wenn ich zu aufdringlich gewesen bin. Also, was ich wissen will, warum ich dich *auch* gebeten habe zu mir zu kommen … Wie ist es Robert bei Frau Brombach ergangen? Er war doch bei ihr, oder?«

Sie ist unkonzentriert, weil sie jetzt noch seine Lippen spürt, die einen Hauch von Pfefferminze auf ihren hinterlassen haben. Sie kennt den Geschmack von diesen orientalischen Teesorten her, doch mehr und mehr steigert sie sich in ihrem Bericht über das, was sie von Robert erfahren hat. So hört Samuel unter anderem, dass Robert wegen des Schneechaos bei Frau Brombach übernachten musste. An dieser Stelle pfeift er despektierlich, und mit einem Augenzwinkern fragt er, ob Robert wohl wirklich alles erzählt hat.

Anja empfindet es als überflüssig, dass er zudem süffisant anmerkt: »Ich habe Frau Brombach kennengelernt, sie ist eine sehr attraktive Frau.«

Sie übergeht seine Anspielung, indem sie ihn darauf hinweist, dass auch Frau Brombach von Roberts Besuch profitiert habe, wie ihr Mann geschildert hat, weil sie ihm beim Abschied versicherte, dass sie nun in all ihrem Schmerz dennoch einen Sinn im Tod ihres Mannes finden kann, wenn sie sieht, dass Robert durch ihn lebt. Allerdings hat sie ihm auch nicht verschwiegen, dass sie ein schlechtes Gewissen bekommen habe, als Robert ihr zu anfangs über seine Ängste und Visionen erzählte. Darüber habe sie sich keine Gedanken gemacht, als sie über den Wunsch ihres Mannes hinweg der Organspende zugestimmt hat. Das wäre doch nicht der Sinn, meinte sie traurig, dass dadurch ein anderes Leben zerstört würde.

»Ach, Samuel«, stöhnt Anja erleichtert, »Robert konnte nichts Besseres passieren als das Treffen mit Frau Brombach.«

Als wolle Samuel sichtlich beeindruckt einen Schlusspunkt unter die Akte Robert Lichtenberg setzen, schlägt er mit beiden Händen auf die Tischplatte. »Dann haben wir ja erreicht, was wir wollten!«

War es das, überlegt sich Anja. Hat er nicht soeben gesagt, warum er sie *auch* gebeten habe zu kommen? Warum also noch?

»Gut, Samuel, dann weißt du Bescheid. Und noch einmal von ganzem Herzen danke, danke … danke für alles! Dann werde ich jetzt gehen. Sehen wir uns übermorgen beim Nachtdienst?« Anjas Lächeln trifft auf einen sorgenvollen Blick. Sie ist verwundert.

Was hat er, soll ich ihn fragen?

»Bedrückt dich etwas?«

Man kann ihm deutlich ansehen, dass er sich vor einer Antwort innerlich windet.

»Samuel, was ist? Was hast du auf dem Herzen? Du hast doch noch etwas auf dem Herzen?«

Entschlossen schaltet er seinen Piepser aus, steht ruckartig auf und schließt die Türe ab.

»Hallo? Was soll das?«

Samuel schaut flüchtig auf seine Armbanduhr. »Warum so erschrocken, Anja? Ich habe noch zwanzig Minuten Mittagspause, und ich möchte gerne ungestört sein, weil ich dir aus meiner Sicht etwas Wichtiges zu sagen habe.«

Anja zieht die Brauen hoch. »Du machst es sehr spannend. Muss ich Angst haben?«

Er lächelt sein unwiderstehliches Lächeln. »Um Gottes willen – nein. Angst brauchst du nun wirklich nicht vor mir zu haben.« Und wieder bedrückter dreinschauend meint er im ernsten Tonfall: »Es würde mir allerdings schmeicheln, wenn du ein wenig traurig werden würdest.«

»Bitte, Samuel, sag mir jetzt endlich, was los ist!«

Samuel rollt seinen Schreibtischstuhl, auf dem er Platz genommen hat, direkt vor sie. Seine Hände erfassen ihre, und dabei spürt er, wie kalt seine sind. Auch entgehen ihm nicht ihre hektischen Flecken am Hals. Sie ist sehr verunsichert. Der Mann, der ihr vom ersten Augenblick nicht egal war, der sogar schon stille, heimliche Sehnsüchte in ihr geweckt hat und dessen Kuss sie immer noch auf ihren Lippen schmeckt, sitzt nun wie ein verliebter Jüngling vor ihr, der vielleicht herumdruckst, ihr einen Liebesantrag zu machen. Sie sieht fordernd auf seine Lippen, als könne sie damit seine versteckten Worte hervorlocken. Vor lauter Anspannung ist sie elektrisiert wie unter leichten Stromstößen. Fast versteht sie gar nichts, als er zu reden beginnt. Doch als er sagt: »Du weißt, dass ich dich liebe«, ist sie hellwach. »Ja, ich liebe dich! Darum fällt mir das, was ich dir jetzt zu sagen habe, sehr schwer.«

Sie möchte gerne ihre Hände wegziehen, weil sie ganz schweißig werden, aber er hält sie umso fester, und sie will wehrlos geworden nichts weiter als ihm zuhören.

»Ich bin ehrlich zu dir. Als es schlecht um Robert stand, habe ich gehofft, dass eure Ehe in die Brüche geht. Ich wäre für dich da gewesen, Anja, und ich habe mit jeder Faser meines Herzens darauf gewartet, es dir beweisen zu können. Heute weiß ich, dass eure Ehe wieder auf das richtige Gleis gekommen ist und ich mir inzwischen eingestehen muss, dass es sinnlos ist, weiter um dich zu kämpfen, auch wenn meine Liebe zu dir nie enden wird.«

Nur noch unscharf sieht Anja Samuels Mund. Sie kennt das schlimme Gefühl nur zu gut, das sich jedes Mal einstellt, wenn der endgültige Abschied in der dunklen Gestalt einer Bedrohung daherkommt. Ihre Tränen scheinen sogar ihre Ohren zu fluten, denn immer leiser und verschwommener wird Samuels Stimme.

»Darum habe ich mich entschlossen, als Arzt nach Afrika zu gehen. Es gibt dort viele Hilfsorganisationen, die dort den ärmsten der Armen helfen.« Hier unterbricht er sich, weil er selbst schlucken muss. Er will der Frau, die er liebt, nicht wehtun, und doch sieht er, dass er es eben getan hat. Aber er weiß genau, dass der Seelenschmerz bleibt, wenn er bleibt. Und um es ihr in aller Deutlichkeit klar zu machen, sagt er noch: »Ich könnte es nicht aushalten, dich ständig in meiner Nähe zu wissen, ohne dir meine Liebe zeigen zu dürfen.« Wieder stockt er, weil Anjas sichtbarer Schmerz nicht mehr verheimlichen kann, was sie für ihn fühlt.

»Anja, hörst du? Ich möchte, dass du glücklich wirst. Mit Robert wieder glücklich wirst … und mich vielleicht schon bald vergessen hast. Ob ich jemals mit einer anderen Frau glücklich sein werde, weiß ich heute noch nicht. Eines weiß ich jedoch ganz genau, vergessen werde ich dich nie!«

Robert horcht. Er horcht angestrengt und hört nur Anjas gleichmäßiges Atmen.

Er kann nicht schlafen. Er beneidet sie um ihren Schlaf. Seit er bei Christine war, schläft er keine Nacht mehr durch. Vor allem das Einschlafen fällt ihm schwer. Immerzu muss er an sie denken. Ihm kommt es so vor, als habe er seitdem einen Magnet in der Brust, der ihn zu ihr zieht. Regelrecht fremdbestimmt fühlt er sich. Es ist beinahe, als träfe Harry die Entscheidung. Überhaupt hat er mehr und mehr das Gefühl, als übernehme Harry die Oberhand über ihn. Nachts ist es meist Christine, die sein Denken bestimmt, und tagsüber in der Regel Harry. Das einzig Gute daran ist, dass die unerträglichen Visionen in den Hintergrund getreten sind. Jedoch gibt es da ein neues, ebenso feindlich gestimmtes Fantasiegebilde, das ihm nun vorgaukelt, ein Mörder zu sein. Wieder und wieder sieht er die Tat vor seinem inneren Auge, und dabei ist es nicht Harrys Hand, die das Messer führt, nein, es ist seine. Und während er schlaflos darüber nachdenkt, sieht er unvermittelt die Klinge aufblitzen, und gleich darauf hört er den Schrei des Fisches, sodass er hochschreckt. Die Zunge klebt ihm am Gaumen. Er stiert in die Dunkelheit, die nur von der Leuchtschrift an der Zimmerdecke durchbrochen wird, die der digitale Wecker auf der Nachtkonsole ausstrahlt.

Anja wacht auf. Sie hebt den Kopf, dann dreht sie sich auf die andere Seite. Sie schafft es gerade noch, verschlafen zu fragen: »Robbie, was ist? Kannst du nicht schlafen?« Und schon ist ihre Atmung wieder gleichmäßig.

Total verschwitzt sitzt Robert immer noch im Bett. Er hat Wut bekommen, Wut auf Harry. Am liebsten würde er *ihm* das Messer in die Brust stoßen. *Was für ein Quatsch, sein Herz ist jetzt mein Herz. Mich selbst würde ich umbringen.* Sein düsterer Gedanke verselbstständigt sich dennoch in der Weise, dass er der Vorstellung hilflos ausgeliefert ist, wie er sich klammheimlich aus dem Bett stiehlt, die Treppe hinunter schleicht, sich in der Küche am Messerblock zu schaffen macht, das Messer mit der längsten und schärfsten Klinge herauszieht und sich dieses selbst zwischen die Rippen stößt. Ganz deutlich sieht er, wie ihm das Blut aus dem Mund quillt und er daran erstickt. Er sieht es dermaßen realistisch, dass er in Todesangst nach Luft ringen muss.

Über eine Stunde braucht er, bis er sich insoweit beruhigt hat, dass er wieder einigermaßen klare Gedanken fassen kann. Verdammt, so geht es doch nicht weiter! Irgendwie muss es ihm gelingen, sich ein Beispiel an Harry zu nehmen. Er hat es nach der Tat doch auch geschafft, über Jahre hinweg ein scheinbar ungezwungenes Leben zu führen, sodass er sogar von Christine geliebt wurde. Sie muss ihn so sehr geliebt haben, dass ihre Liebe sie sogar blind gemacht hat, oder war Harry solch ein guter Schauspieler gewesen, dass er seine Nöte grandios überspielen konnte? Sicher hat das tote Mädchen auch ihn all die Jahre über in seiner Seele gequält. *Aber was will es nun von mir? Vielleicht will sie mir ja gar nichts Böses?* Möglicherweise ist ihr Schrei gar kein Schrei des Entsetzens, der ihm Angst einjagen soll, sondern der Ruf nach Gerechtigkeit? Ein Hilferuf, dass sie in dem tiefen, kalten See nicht vergessen wird, bevor ihre bleichen Knochen endgültig vom modrigen Schlamm des Grundes für immer bedeckt sind.

Und Robert überfällt ein furchtbarer Ekel, als er sich zwanghaft vorstellt, wie die Fische Tag für Tag und Stunde für Stunde das Fleisch von den Knochen knabbern. Wie sie so lange an ihrem schönen Jungmädchengesicht herumschmatzen, bis nur noch ihre unbelebten Augen in den Höhlen ihres knöchernen Schädel stecken, als könnten sie ungeachtet all des vielen Wassers über ihr aus der dunklen Tiefe bis in den blauen Himmel flehen.

Der Schweiß, der ihm auf der Haut klebt, lässt ihn frieren. Er kriecht wieder unter die Decke. Eine Weile beobachtet er die erleuchteten Ziffern über sich. Die Minuten springen voran, als könnten sie es gar nicht abwarten, dass sich die Zeit eines Tages bis auf die letzte Sekunde erschöpft hat. Halb drei in der Frühe, und er wird, wie so oft in letzter Zeit, wieder einmal unkonzentriert und total gerädert sein. Noch übt man in der Geschäftsstelle Nachsicht mit ihm. Aber wie lange noch? Klar, man hat ihn mit offenen Armen empfangen, sie haben sich gefreut, dass er wieder in sein Büro zurückgekehrt ist, aber ihn nervt allmählich auch das Getue, das um ihn herum gemacht wird, vor allem wenn die Kundschaft mehr oder weniger hinter seinem Rücken tuschelt. *Ich bin doch kein Weltwunder*, will er dann losschreien. *Heiße ich etwa Louis Washkansky? Hat Christian Barnard mir 1967 das erste Herz eingesetzt? Ich heiße Robert Lichtenberg und bin nur einer von vielen, die mit einem Ersatzteil ausgestattet sind, also, was glotzt ihr so blöde?* Genau das möchte er gerne den Gaffern und Klatschsüchtigen unter die Nase reiben.

»Du schläfst ja immer noch nicht«, hört er Anja murmeln.

»Mach dir keine Gedanken, Liebling, schlaf weiter«, flüstert er.

»Wenn was ist, weck mich ruhig!«

»Ja, ja, geht schon in Ordnung.«

Zwischen ihre sanften Atemzüge mischt sich ein weiteres Geräusch. Jetzt bemerkt Robert, dass der aufgekommene Wind Regen vor die Scheiben klatscht. Gott sei Dank, der Winter findet wohl sein Ende. Bald ist wieder Frühling. Selbst seine Nacht mit Christine wird dann Schnee von gestern sein.

Spontan beschließt er, sie morgen nach Feierabend zu besuchen. Ab vierzehn Uhr hat er Dienstschluss, so bleibt ihm bis zum Abend genügend Zeit, mit ihr einen schönen Nachmittag zu verbringen. Er weiß nicht genau, was er sich davon verspricht, auf der anderen Seite sagt er sich, dass man seinen Gefühlen auch mal nachgeben muss. Und während er sich auf den kommenden Nachmittag freut und sich bereits gedanklich auf die Couch neben Christine flüchtet, spürt er wieder die Wärme ihres weichen, anschmiegsamen Körpers, riecht den schweren morgenländischen Duft ihrer parfümierten Haare. Und mit dem Wohlgefühl der Erinnerung legt sich auch ganz sacht der Schlaf auf ihn nieder. Gefangen vom Geist seines Unterbewusstseins verschwindet er lautlos in eine Welt, die fern jeglicher Realität seine eigene Wirklichkeit hat.

»Na, sind die für mich?«, wird er am Morgen von einer Kollegin breitgrinsend gefragt, als er kurz nach acht mit einem Frühlingsstrauß die Sparkasse betritt. Im Blumengeschäft hat man ihn ebenfalls vielsagend angelächelt, als er während des Wartens ein wenig zu eifrig mit Christine telefonierte. Ja, sie freut sich auf ihn.

»Vielleicht hat er ja was gutzumachen?«

Doch Robert überhört die Sticheleien. Dieser Schröder, den sie ihm von der Hauptstelle vor die Nase gesetzt haben, kann ihn ohnehin kreuzweise. *Nur bis sie wieder richtig fit sind,* hatte Bröker, der Oberboss, zu ihm gesagt und ihm seine feuchte Hand gedrückt. Auch der kann ihn kreuzweise, und zwar stundenlang. Er wird es schon allen zeigen. Sie sollen nur abwarten, bald schon wird er wieder am Zug sein. Von denen kann ihm keiner was. Wer einmal so gut wie tot war, den erschüttern diese menschlichen Belanglosigkeiten nicht mehr. Fast nicht mehr! Aber das musste er auch erst lernen. Eine harte Schule.

Zäh geht der Vormittag vorüber. Robert lauert auf den Feierabend. Immer wieder schaut er zu der großen Uhr, die über der Tür seines Büros hängt. Ausgerechnet heute sitzt ihm so ein Korinthenkacker gegenüber, wie er ihn im Stillen bezeichnet, der nicht recht verstehen will, dass man Kredite mit dem oder dem Zinssatz zurückzahlen muss. *Den Kerl am Kragen packen und rauswerfen. Idiot!* Robert muss sich arg bezähmen. Als er schließlich die Sparkasse verlässt, ist es fünfundzwanzig Minuten nach zwei. Da muss er schon ordentlich Gas geben, dass er nicht allzu spät bei Christine eintrifft. Nicht dass sie noch denkt, er komme nicht, und sie das Haus verlässt.

Beinahe hätte er die Blumen vergessen. *Robert, die Blumen*, wird ihm flachsend nachgerufen.

Als er aus der Stadt fährt, beschleunigt er sofort. Die Straßen sind inzwischen wieder trocken, also *Stoff!* Außerdem weiß er, wo in seiner Umgebung die Radarfallen stehen. Er ist aufgeregt wie ein Pennäler, der sich zum ersten Rendezvous verabredet hat. Anja hat er wohlweislich nichts davon gesagt. Sie hat Spätdienst, und Julian ist nach der Schule wieder einmal zu Oma Rita gegangen. »Meinst du, er will nicht mit mir alleine sein?«, hatte Robert Anja vor Tagen nachdenklich gefragt, als es darum ging, die gegenseitigen Dienste abzusprechen, und Julian gleich lauthals bestimmte, dass er die Nachmittage in der besagten Woche bei Oma Rita verbringen will.

Demnach wird ihn heute keiner vermissen. Robert lächelt still vor sich hin, ihm gefällt es, ein Geheimnis zu haben. Die Ehe braucht Würze, fremde Zutaten sozusagen. Er drückt seinen Fuß noch fester auf das Gaspedal. *Was Anja und Samuel können, kann ich schon lange!* Ein wenig erschrickt er über seinen Zynismus. Eigentlich will er Anja noch nicht einmal in Gedanken wehtun. Ob Harry es ist, der ihn aufwiegelt? Doch dann ist es ihm gleichgültig.

In der Ferne kann er schon die Ortschaft ausmachen, an deren Rand sich Christines Haus im Wald versteckt. Ohne Schnee und Nebel sieht die Umgebung jetzt ganz anders aus. Nun wirft die erste Frühlingssonne zaghaft die Schatten der Straßenbäume schräg in die erdbraunen Äcker. Während sein Wagen surrend jeden einzelnen Schatten wie einen Schlagbaum passiert, kommt ihm der wahnwitzige Gedanke, ob er dazu bereit wäre, für Christine seine Ehe aufs Spiel zu setzen – Anja und Julian zu verlassen. *Idiot!*, schimpft er sich. Doch so einfach verdrängt man keine Leidenschaften, wenn man ihnen scheinbar ausgeliefert ist.

Im Rückspiegel überprüft er sein Lächeln, das er aufsetzen will, wenn er ihr einen guten Tag wünschen wird.

Da! Genau in dem Moment erkennt Robert Harry. Schattenbild, Geist oder was immer das sein mag, er ist es, auch wenn er ihn bei Christine nur kurz auf einem Foto gesehen hat. Kein Zweifel!

Aber, aber das kann doch nicht wahr sein!

Harry versperrt ihm den Weg. Mit ausgebreiteten Armen steht er direkt vor seinem Auto auf der Straße. Unwillkürlich tritt Robert mit aller Kraft auf die Bremse. So als würden tausend Kreidestücke über eine Schultafel kratzen, quietschen die Reifen. Roberts Fahrt endet genau an der Unglücksstelle, wo Harry sein Leben verlor und wo jetzt im zaghaft sprießenden Gras ein bunter Frühlingsstrauß den Stamm berührt. Als Robert zu sich kommt, ist Harry verschwunden. Im ersten Moment kommt ihm die wahnwitzige Idee, auszusteigen, um nachzusehen, ob er ihn überfahren hat. Nein, er tut es nicht. Aber ein anderer Gedanke kommt ihm unwillkürlich.

Schweißgebadet setzt Robert den Wagen so weit zurück, dass er vorwärts in den schmalen Stichweg fahren kann, der ansonsten für landwirtschaftliche Fahrzeuge genutzt wird. Mit weichen Knien verlässt er das Fahrzeug, um die wenigen Schritte bis zum blumengeschmückten Baum zu gehen. Warum genau er das tut, weiß er nicht, aber einem inneren Drang folgend muss er es tun. Stocksteif steht er vor dem Stamm, jedoch innerlich erschüttert suchen seine Augen die Rinde ab, an der immer noch deutlich die Spuren des Unfalls zu erkennen sind. Da ihm das Herz vor Aufregung bis zum Hals schlägt, muss Robert sich ins Gras setzen. Er achtet dabei nicht auf die erstaunten und neugierigen Blicke der Fahrer, die ihre Fahrzeuge verlangsamen, als sie die besagte Stelle passieren. *Was macht der Kerl da?*, mögen sie sich denken. Natürlich hören sie nicht Roberts Gemurmel, als er Harry Vorwürfe macht.

»Was willst du von mir, Harry Brombach? Warum lässt du mich nicht in Ruhe leben? Was ist dir daran gelegen, mich immerfort zu quälen, verdammt noch mal? Ich will endlich meine Ruhe vor dir haben, verstehst du mich?«

Ohne auf Antwort zu warten, stiert er bewegungslos in die Ferne, um seinen Gedanken freien Lauf zu lassen. So lange stiert er, bis ihm langsam klar wird, dass er für Harry etwas zu Ende bringen muss, damit sie beide endlich getrennte Wege gehen können. Er weiß nun, dass er alles dafür tun muss, dass auch der Geist des Mädchens endlich seine Ruhe in der Ewigkeit findet. Darum ist er sehr froh darüber, dass ihm gleichzeitig eine Idee kommt, wie er das anstellen kann.

Ja, sagt er sich, *nur so kann es gehen!*

Entschlossen steht er auf. Den Weg zum Auto legt er eilig zurück. Er überlegt kurz, dann öffnet er die Beifahrertür und greift sich den Blumenstrauß. Mit diesem geht er schnurstracks zurück zum Baum und legt ihn neben das andere Gebinde, das Christine erst vor Kurzem dort abgelegt haben muss. »Die sind für Mareike, Harry!«, sagt er laut und bestimmend.

Ohne sich noch einmal umzudrehen, verlässt er den Ort.

Christine erwartet ihn bereits. Wieder sieht sie umwerfend aus, und ihre Freundlichkeit wirkt betörend, keine Frage, aber etwas ist anders als bei der ersten Begegnung. Robert vermisst die Vertrautheit ihr gegenüber, die er noch an jenem Abend spürte, als sie eng beisammen auf der Couch lagen. Überhaupt hat er nun das Gefühl, das Haus als Fremder zu betreten. Direkt kühl und unaufgeregt reagiert sein Herz. Seltsam, er hat felsenfest damit gerechnet, dass Harrys Geist wieder über allem schweben würde. *Wo ist der abgeblieben?*, fragt er sich. Einzig den Kaffeeduft, der in den Flur weht, empfindet er wohlig vertraut.

Christine hat auf dem Couchtisch bereits Kaffee und Kuchen eingedeckt und bittet ihn lächelnd, Platz zu nehmen. »Ich freue mich, dass Sie mich besuchen, Robert.« Während sie ihm dampfenden Kaffee in die Tasse gießt und ihm ein großes Stück vom selbst gebackenen Kuchen auf den Teller legt, fragt sie: »Sie mögen doch Käsekuchen, oder?«

Robert nickt beiläufig. Ihm ist es in diesem Augenblick ein wenig peinlich, ihr die Blumen nicht überreicht zu haben, und so sagt er: »Wundern Sie sich nicht, wenn Sie das nächste Mal …« er stockt, »das nächste Mal Ihrem Mann Blumen bringen, weil da noch ein zweiter Strauß liegt. Oder zumindest das, was dann noch von ihm übrig ist.«

Sie sieht ihn erstaunt an.

»Er ist von mir, ich habe ihn soeben spontan für …«

Doch sie unterbricht ihn. »Warum tun Sie das?«

Und nun erzählt Robert ihr geradeheraus, woran er auch die ganze Fahrt über denken musste, nämlich dass es doch für alle Beteiligte besser wäre, endlich *klar Schiff* zu machen. Ja, er sagt im Überschwang seines Vorhabens tatsächlich *klar Schiff machen.*

»Wie stellen Sie sich das vor?«, fragt sie ihn verwundert.

Ohne Scheu antwortet Robert: »Indem der Tod des Mädchens Mareike so rasch als möglich zur Anzeige gebracht wird!«

Entsetzt richtet sich Christine auf. »Was? Wie stellen Sie sich das vor – nach so langer Zeit? Was verlangen Sie da von mir? Wir hatten doch schon über alles gesprochen?« Vor Schreck ist sie blass geworden, und mit zittriger Hand stellt sie die Tasse auf den Tisch zurück. »Nein und nochmals nein, ich werde das Ansehen meines Mannes nicht im Nachhinein beschmutzen!« Sie überlegt angestrengt. »Außerdem … was wird mich als Mitwisserin erwarten? Robert, ich bitte Sie aufrichtig! Verlangen Sie das nicht von mir. Lassen wir die Toten ruhen.«

Robert beugt sich nach vorne. „Lange her? Für Sie vielleicht, aber nicht für mich, Christine, nicht für mich. Für mich hat es erst angefangen. Und von ruhen kann ja wohl keine Rede sein. Als ich soeben am Baum saß, ist mir klar geworden, dass Harrys Geist in mir und durch mich die Chance sieht, da, wo er jetzt ist …«, er zeigt mit dem Finger zur Zimmerdecke, »für immer zur Ruhe zu kommen. Aber ich denke mir, dass er erst dann Ruhe haben wird, wenn Mareikes Seele ebenfalls ihren Frieden findet, indem ihr auf Erden rechtlich genüge getan wird. Ich kann mir gut vorstellen, dass in der *anderen Welt* Mächte wirken, denen wir in unserer realen Welt ausgeliefert sind, denen wir sozusagen zu gehorchen haben und sie uns so lange keine Atempause lassen, bis das, was sie wollen, zu Ende gebracht ist.«

Frau Brombach schaut ihren Gast lange an, so als würde sie in seinem entschlossenen Gesicht nach der Wahrheit forschen. Dann sagt sie unerwartet: »Ich glaube,

Sie haben recht. Verzeihen Sie mir, dass ich vergessen habe, wie Sie von Ihren Visionen gequält werden. Und in der Hoffnung, dass diese durch Ihren Vorschlag beendet werden können, werde ich mir am Wochenende alles reichlich überlegen. Ich möchte Ihnen ja gerne helfen und, wenn Sie recht haben sollten, vielleicht ebenso meinem Harry.« Hilflos und geradezu ängstlich wirkt sie, und nach einer Minute des gemeinsamen Schweigens fügt sie an: »Meinen Sie, dass man mich bestrafen wird, geschwiegen zu haben?«

Robert rückt nach vorne und legt seine Hand ermutigend auf ihre. »Ich denke, Sie werden nichts zu befürchten haben, Christine. Sie dürfen wahrheitsgemäß sagen, dass Sie erst kurz vor Harrys Tod davon erfahren haben und Sie sich danach nicht sofort durchringen konnten, den Tod des Mädchens im Nachhinein zur Anzeige zu bringen.«

»Mord verjährt aber nicht. Oder irre ich mich da?«, gibt sie zu bedenken.

»Es war kein Mord, Christine. Es war Tötung im Affekt oder wie man so etwas juristisch nennt, und deswegen wird es nach dem Gesetz kein Nachspiel für Sie haben, weil es, soweit mir bekannt ist, in einem solchen Fall tatsächlich eine Verjährung gibt.« Jetzt ist es Robert, der sie flehentlich anschaut. »Tun Sie es für mich, Christine! Tun Sie es für mich, für Mareike und nicht zuletzt für Ihren Mann!«

An diesem für alle Beteiligten einschneidenden Nachmittag saßen Robert und Christine noch lange beisammen und sprachen sich gegenseitig Mut zu. Und als sie sich innerlich bewegt voneinander verabschiedeten und Christine an der Haustür noch einmal voller Rührung für einen Augenblick ihr Ohr auf Roberts Brust legte, um Harrys

Herzschlag nahe zu sein, fühlten beide, dass es ein Abschied für immer war.

Auf dem Polizeirevier war man Tage darauf hocherstaunt, als Frau Brombach ihre unglaubliche Geschichte erzählte. Aber es brauchte vonseiten des Beamten, der sich alles aufmerksam anhörte, anschließend nur wenige Telefonate und einige konzentrierte Blicke in den Computer, um bald darauf festzustellen, dass in Frankfurt, betreffend des genannten Mädchens, tatsächlich noch eine nicht abgeschlossene Vermisstenanzeige des Kinderheimes vorlag, aus dem Mareike damals verschwunden war. Dann ging alles ganz rasch seinen amtlich routinierten Gang. Um die Akte endgültig schließen zu können, wurden umgehend die Behörden in Schweden informiert, die unproblematisch Amtshilfe leisteten, indem sie die fast aussichtslos erscheinende Unternehmung starteten, mit Tauchern den Grund des besagten Sees abzusuchen. Und was insgeheim bezweifelt wurde, bestätigte sich auf grausame Art. Nach etwa fünf Stunden und mehreren Tauchgängen fanden die Taucher schließlich doch noch vier größere – dem ansonsten ebenen und unspektakulären Seegrund gezollt – und recht auffällige Steine, in deren unmittelbarer Nähe, von Schlick und Moder überzogen, die menschlichen Überreste in Form eines Skelettes freigelegt werden konnten. Da in den Akten noch Röntgenaufnahmen aus Mareikes Kindertagen dokumentiert waren – mit komplizierten Frakturen des linken Sprunggelenks und Wadenbeins –, konnte man von medizinischer Seite eindeutig feststellen, dass es sich bei den Knochenfragmenten um die Vermisste mit dem amtlich gemeldeten Namen Mareike Suberowski handelte.

Für einen Augenblick lauschen sie noch dem Gesang der Amsel, die umgeben von grünem Blattwerk im Geäst der

Birke sitzt und scheinbar eigens für diesen Moment ihr schönstes Lied singt. Und als Robert und Anja sich daranmachen, das frisch mit Erde aufgeworfene Grab zu verlassen, fliegen zwei Schmetterlinge mit leichtem Flügelschlag auf das schlichte Holzkreuz, auf dem der Name *Mareike Suberowski* mit ungelenker Hand eingebrannt wurde.

Anja drückt fest Roberts Hand. »Glaubst du, es ist ein Zeichen, dass sich die Schmetterlinge dort niedergelassen haben?«, flüstert sie.

Robert schaut sie verschmitzt lächelnd an. »Ich glaube an alles, von dem ich früher glaubte, dass es das nicht geben würde. Aber weil ich es in mir spüre, weiß ich eines ganz genau: dass Mareike nun ihren Frieden gefunden hat. Der See durfte anscheinend nicht ihr Grab sein.«

»Ja, Robbie, wir werden ihr zeitlebens ein ehrendes Andenken bewahren, schließlich hast du auch ihr indirekt dein neues Leben zu verdanken.«

»O ja, ich bin sehr froh, dass Frau Brombach dafür gesorgt hat, dass Mareike in unserer Nähe bestattet werden konnte.«

»Du mochtest sie, habe ich recht?« Anja sieht ihn vielsagend von der Seite an.

»Wen?«

»Wen schon? Frau Brombach natürlich!«

Robert stellt sich vor seiner Frau und umfasst mit beiden Händen ihre Schultern. »Vielleicht mochte ich sie so, wie du Samuel mochtest?«

Beide lächeln sich etwas verlegen an. Anja ist es schließlich, die der Situation die Spannung nimmt. »Ach Robbie, sollen die beiden glücklich werden. Samuel in Afrika und Frau Brombach in Teneriffa. Ich finde, sie ist eine sehr mutige Frau, weil sie in ihrem Alter alles verkauft hat und fern ab ein neues Leben beginnt.« Sie sieht ihn zweifelnd an. »Meinst du, dass es ihr schwergefallen ist, Harrys persönliche Dinge zurückzulassen? Sie wird ja nicht all die ausgestopften Tiere und was weiß ich für einen Kram mitgenommen haben. Und dann waren da ja noch die verrückten Bilder, wie du mir erzählt hast.« Sie stutzt. »Ich frage mich, ob man sie ohne Weiteres vernichten kann, wo ihr Mann so viel Herzblut hineingesteckt hat?«

»Die Bilder zu vernichten wird ihr sicher leichtgefallen sein. Mich schaudert ja jetzt noch, wenn ich an den *Schrei des Fisches* denke. Mit Genugtuung hätte ich die Leinwand eigenhändig zerschnitten. Nein, nein, Frau Brombach kann nur ohne diesen Ballast befreit in die Zukunft schauen.«

Anja nickt zustimmend. »Ich denke auch, dass es für sie das Beste war, alles hinter sich zu lassen. Sie wird trotz ihrer großzügigen Spende an das Kinderheim finanziell ein sorgenfreies Auskommen haben, wenn ich da an das tolle Haus und das große Grundstück denke. Unvermögend ist sie bestimmt nicht gewesen, da wird wohl ein ordentliches Sümmchen zusammengekommen sein.«

»Pst, pst, Schatz!« Robert legt seinen Finger auf den Mund. »Von jetzt an werden wir nur noch an uns denken.« Dann zeigt er auf die beiden Schmetterlinge, die flatternd umeinander tanzend in der Bläue des Himmels entschwinden. »Schau hin und lass uns fest daran glauben, dass Mareike und Harry uns zeigen wollen, dass auch ich frei bin, endlich frei bin.« Ausgelassen vor Freude fasst er nach Anjas Händen und dreht sie im Kreis herum. »Und in den Ferien …«, ruft er, »in den Ferien fahren wir wieder zum Ammersee, und du wirst sehen, diesmal wird es unser schönster Urlaub werden!«

»Ja, das machen wir«, kichert Anja vor Vergnügen, »aber jetzt holen wir Julian ab und gehen ein großes Eis essen!«

ENDE

Der Autor

Rainer Mauelshagen wurde am 5. März 1949 geboren. Seine Kindheit und Jugendzeit verbrachte er in Wuppertal. Seit 1984 wohnt der Autor in Vettelschoß, einer ländlichen Gemeinde im äußersten Norden von Rheinland – Pfalz. Rainer Mauelshagen ist verheiratet und hat zwei erwachsene Kinder und vier Enkelkinder. Nach Ausübung verschiedener Berufe widmet sich der Autor seit einigen Jahren intensiv dem kreativen Schreiben. Nach *Das Kastanienherz*, *Herr Jonas erwartet Besuch*, *Grab 47* und *Lieb Vaterland ... Gottfried Krahwinkels Erbe* ist nun mit *Im Schrei des Fisches* sein fünfter Roman veröffentlicht worden. Der ganz eigene Schreibstil ist es, der seine Bücher in dem Sinne lesenswert macht, weil es dem Autor immer wieder gelingt, die Leser emotional in seine literarischen Erzählungen hineinzuziehen. Ein weiterer Roman ist bereits in Arbeit.

Die Bücher des Autors

ISBN: 978-3845912752

Das Kastanienherz

Was hat er hier verloren? Nach so langer Zeit? Was hat ihn gedrängt, gerade jetzt die Stätte einer längst vergangenen Lebensepisode aufzusuchen, die allerdings so entscheidend für alle Beteiligten gewesen war? Sind es nicht die schlimmen Träume, die ihn all die Jahre aufforderten zurückzukommen, um die Fratze der Vergangenheit mit der Gegenwart zu beschwichtigen? O ja, in der Rüstung des unverwundbar erscheinenden Alters will und muss er sich dem stellen! Felix Liebtreu, ein inzwischen an Jahren und Erfahrungen gereifter Mann, kehrt an einem heißen Sommertag zurück zum Ort seiner Kindheit. Allem Anschein nach hat er dort etwas aufzuarbeiten. Der inzwischen stillgelegte Bahnhof von Leitheim ist es, den er als erstes aufsucht. Denn hier hatte damals alles begonnen.

ISBN: 978-3746000121

Her Jonas erwartet Besuch

Was ist Zeit? Zeit ist im Grunde lediglich die Vermischung von Vergangenheit, Gegenwart und Zukunft. Doch über allem steht als Grenzwächter das Alter. Herr Jonas, ein hochbetagter Herr, muss an einem besonders herrlichen Sommertag feststellen, dass er zwar auf eine lange Vergangenheit zurückblicken kann, ihm aber die Neugier auf die Zukunft fehlt, denn schon die Gegenwart ist ihm fremd geworden. Allein gelassen mit Erinnerungen, Verzweiflung und Hoffnungslosigkeit lebt er zurückgezogen hoch unterm Dach in einer schäbigen Mansardenwohnung. Wäre er in der Vergangenheit nicht so ein Pedant und Querulant gewesen, niemand in seiner Umgebung hätte von der Existenz eines Friedbert Jonas gewusst. Deshalb trifft er eine wohlbedachte Entscheidung. Es gibt da jemanden, dem er alle seine Nöte aufbürden will. Er zieht den guten Anzug an und kocht ein opulentes Mahl, denn: Herr Jonas erwartet Besuch! Rainer Mauelshagen ist es gelungen, die Unaussprechlichkeit der Einsamkeit in Worte zu fassen und damit ein Mahnmal für die moderne Gesellschaft zu erschaffen.

ISBN: 978-3752836226

Lieb Vaterland ... Gottfried Krahwinkels Erbe

1918: Der große Krieg und das deutsche Kaiserreich werden bald Geschichte sein, als der dreizehnjährige Gottfried Krahwinkel vom Heldentod
seines Vaters erfährt. Gewaltsam aus ihrem bürgerlichen Leben herausge-
rissen, müssen Gottfried und seine Mutter Meta mit Hunger, Not und den
politischen Wirrnissen fertig werden. Sie verlassen ihre Heimatstadt und
ziehen zum Großvater aufs Land.

In der freundlichen Obhut des Alten wächst Gottfried zu einem jungen Ei-
ferer heran; nach dem Tod des Großvaters zieht es ihn wieder in seine Heimatstadt. Hier beginnt er eine Ausbildung und schließt sich den National-
sozialisten an. Dies bringt ihn wegen seiner Liebe zu der Jüdin Libsche in
arge Bedrängnis.

Der Zweite Weltkrieg bricht aus. In Ostpreußen heiratet Gottfried Hetty
Hallmann. Während des Russland-Feldzugs lernt er endgültig den Irrsinn
des Krieges kennen, der ihm auf grausamste Weise alle Ideale raubt. Hetty
erwartet ein Kind und Gottfried gerät in russische Gefangenschaft. Während Mutter Meta daheim auf Nachricht ihres Sohnes hofft, erfasst der
Krieg mit seinen verheerenden Bombardements die Zivilbevölkerung.
Deutschland ist vom Feind eingekreist - und in einem endlosen Treck be-
gibt sich Hetty 1945 mit Mutter und Tante auf die Flucht aus Ostpreußen.

ISBN: 978-3744836302

Grab 47

Ein Autounfall beendet das alte Leben von Marc Levante auf dramatische
Weise, aber damit beginnt für ihn auch eine neue Existenz als Albert Mertin, der wegen seiner schrecklichen Brandnarben schon rein äußerlich
keine Ähnlichkeit mehr mit dem Menschen hatte, der er vorher gewesen
war. Doch damit nicht genug, Mertin hat auch keinerlei Erinnerung an den
Unfall, sein neues Leben in Südfrankreich wird zu einem unlösbaren Rätsel.
Aber er ahnt, dass in seiner Vergangenheit etwas Grausames geschehen sein
muss.

In Deutschland ist derweil Hauptkommissar Hartmut Schnapp mit einem
Vermisstenfall beschäftigt. Eine gewisse Constanze Cramer rückt dabei in
den Fokus der Ermittlungen, denn ein ominöser Brillantring wird dabei zu
einem roten Faden, der die Schicksale mehrerer Menschen verknüpft.